完美世界28

PERFECT WORLD

Oriental Fantasy

辰东◇著

山东画报出版社

图书在版编目（CIP）数据

完美世界. 28/ 辰东著. — 济南：山东画报出版社，2022.3
ISBN 978-7-5474-4105-3

Ⅰ. ①完… Ⅱ. ①辰… Ⅲ. ①长篇小说 – 中国 – 当代
Ⅳ. ①I247.5

中国版本图书馆CIP数据核字(2022)第027187号

WANMEI SHIJIE 28

完美世界28

辰东 著

责任编辑 郑丽慧
装帧设计 曹希予 周艳芳

出 版 人 李文波
主管单位 山东出版传媒股份有限公司
出版发行 山东画报出版社
社　址 济南市市中区舜耕路517号 邮编 250003
电　话 总编室（0531）82098472
市场部（0531）82098479 82098476（传真）
网　址 http://www.hbcbs.com.cn
电子信箱 hbcb@sdpress.com.cn
印　刷 湖南天闻新华印务有限公司
规　格 169毫米×233毫米 1/16
20印张 320千字
版　次 2022年3月第1版
印　次 2022年3月第1次印刷
书　号 ISBN 978-7-5474-4105-3
定　价 34.80元

CONTENTS

目录

WANMEI SHIJIE

WANMEI SHIJIE

第1495章 上古神祸

WANMEI SHIJIE

那雨水落来，根本不是人们认知中的雨点，更像是大团大团的水花，翻腾着，涌动着，从天穹上砸来。

雨水落在地面后，“啪啪”声震耳，溅起白色的浪，如同河水滔滔，从天而降，落入泽国中。

寻常年代何曾见过这个场面？所有的百姓都吓坏了。地上的水在猛涨，没多长时间就要淹没房屋了。

“轰隆！”

电闪雷鸣，大雨倾盆。

整片天地都处于黑暗中，乌云翻滚，带着无尽的水泽，从天上倾泻而来，如同世界末日来临一般。

石昊得到禀报后，第一时间从石国皇都赶往事发地。

在路上，他便睁开天目，遥望苍宇，观察天际尽头的异象，究竟是什么人在作乱？

这很不平常，跟他想象的不一样，那肯定是一个大神通者，让他不得不严阵以待。

真的是雨神吗？他竟有这种手段，难道这位上古时期的人物真的可以降临不成？石昊冷静地寻觅着。

天地间越发黑暗，伸手不见五指，只有水声滔滔，从苍穹上倾泻而来。

地上，也不知道有多少人在哭喊，但他们的声音都被雨声淹没了。

漆黑的天地如同狰狞的地狱深渊，什么都看不到了，越发显得可怖，如同走到了世界末日的尽头。

“咔嚓！”

闪电横空，巨大无边，在黑暗中画出刺目的光，让大地上显化出真实的景象。

一些房屋都快塌了，在瓢泼大雨中摇摇欲坠。很多人都躲在屋顶上，躲避那越来越高的水位，屋子中的瓢盆都浮在水上了。

还有部分人逃上山，躲在地势较高处，可是那一道又一道闪电从虚空中炸开，向着这片区域蔓延，十分可怕。

“轰隆！”

乱石翻滚，巨木崩碎，向四面八方炸开，异常吓人。

“老天啊，你怎么了？我们犯了什么错？”许多人哭号着，跪在地上，瑟瑟发抖，向上天哀求、祈祷。

没有人敢向山峰进发，可是，哪怕如此，也极其危险，山洪开始暴发了。

至于平地上的村镇，还有人口较多的城池，现在所有建筑物都快被淹没了，有些已经倒塌。

“石国国君，荒淫无道，天降罪罚！”

这一刻，漆黑的天空中响起隆隆之音，压盖了雷声，所有闪电都快速消失，只有这个洪大的声音在回响。

雨势不减，越发惊人。

这是天地的惩罚吗？人们都吓坏了，那天上居然传来声音，像是上苍在警示。

“求上天怜悯啊！”

“请上苍宽恕啊！”

…………

许多人大叫着，哭喊着，一些人被山洪冲走了，不少人消失在漩涡中。

“爷爷，你快回来啊！”一个少女在大叫。因为，在她身边保护她的老人，随着一个浪花就这么被卷走了。

“娘，不要啊，你快回来！”一个六七岁的孩子哭喊着。他伸出手，向水中抓去，因为他的母亲为了不让他被洪水卷走，奋力将他推上还露在水面的房顶，结果自己被冲走了。

“孩子！”还有老人急得额头上的青筋都爆了出来，因为他那壮年的长子为了救他，自己落入了洪涛中。

地面上，上演着一幕幕人间惨剧。

可天空中的声音并未消失，依旧在隆隆作响。

“国君无道，天怒降临，警示人间，石国皇主穷凶极恶，罪无可赦！”

雨更大了，伴着雷光，人们见到了一张脸。那张脸巨大无比，在那苍宇上，冷漠地俯视着下方，看着洪水中的悲剧，注视着一幕幕悲惨的画面。

地上，许多人感到迷茫、害怕。

这么多年来，石国风调雨顺，国泰民安，结果这场灾难突然来临，让他们不知所措，被恐惧笼罩了。

许多人都昏厥了过去，上天惩罚，这种大罪谁不怕？

只是，一些人不解，石国不是蒸蒸日上吗？为何会这样？难道石皇真的做了什么天怒人怨的事情？

“石皇纵然有罪，但那不关我们的事情啊，请上天宽恕！”一些人道。

“请神明慈悲，我等无知，不懂昏君石皇犯了什么错，请饶恕我等吧。”地上，有人哀求着。

“呵呵，还不够。”

漆黑的乾坤，唯有在闪电划过时才能看清那张冷漠、巨大而模糊的脸，脸上还有冷笑，他道：“还不够！”

随后，他又在低语：“这人间的血与乱，还有罪，还不够深。若是整个世界都如此，定会是天大的因果，施加在荒与我的身上，荒注定成道无望！”

“我是族中一员，不是最强的，但今日之威却是最大的。”他冷冷地说道。

雨族中的一员表明他要做的事情涉及因果，哪怕施加在石昊身上的伤害很小，他也要进行。

石昊本是重伤之身，修道之路艰难，能活下来都希望渺茫，而这个人是在动用最恶毒的手段，要阻断一位天纵奇才的路。

“苍天啊，饶恕我们吧！”地上，哭号声响起，成片的怨气腾起，有因果流转。

很显然，敢触碰因果的生灵，都是高层次的修士，一般的人怎能涉及？

这就是针对石昊的，没有一点的低估，用最强的力量，以最恶毒的手段阻击他，最起码也要断了他的成道之路！

石昊来了。

从接到消息，再到赶到这里，他没有浪费一点时间。只是这场雨太大了，才这么一段时间而已，就淹没了大地。

唯一值得庆幸的是，虽然山洪暴发了，但是还没有席卷至人群密集处。

“无耻修士，祸乱人间，当诛！”石昊大吼道，声音震动天地。接着，他一拳轰出，击穿天穹，璀璨的光芒照亮整片天空，驱散了黑暗。

他无法不怒，这本是他跟雨族的恩怨，结果对方所谓雨神竟然祸乱大地上的所有生灵，这是要覆灭一域吗?

“轰隆”一声，天地震动，雨势瞬间变小了一些。

石昊这一拳带着无比强大的阳刚之力，将漫天乌云击中、震散，使之冲向远空。

“嗷——”

无畏狮子到了，在石昊的命令下，它张嘴一吐，漫天的云朵向着汪洋中而去。

石昊自己则动用法力，双手结印，一瞬间而已，就将地上的水泽都引到了天空中，所有的浪涛、山洪、骤雨等都离开了地表。

刹那的显威，便让这人间地狱瓦解。

所有人都愣住了，哀号声止住了，只见一个少年双手擎天，指端发光，将山洪引向天宇，水泽蒸腾，他击溃了“雨祸”！

石昊以法力牵引，笼罩也不知道多少万里的大地，同一时间，将水泽引向大海中。

大河在天空中流，山洪在天宇上汹涌，见此情景，众人震撼不已。

一般来说，修士不会在凡人面前显化这种大神通，免得引发大乱。可是，今日雨神这么祸乱人间，想要瓦解“雨祸”，唯有凭借如此手段。

“神迹啊！”地上，也不知道有多少人在欢呼。

接着，石昊身上神光万丈，密集的光点化成一道又一道流光，冲向大地，覆盖所有地方，那是最本源的生命精气。

“哧哧哧！”

所有垂死之人第一时间被流光击中，而后复苏，甚至被山洪冲走、被大水淹没的人，竟也起死回生了！

无畏狮子很吃惊，没想到石昊这么舍得，居然动用先天精气救一些凡人。

“天神在上！”许多人在地上高呼，拜倒下去。

就这么一瞬间而已，人间惨剧被改写，许多原注定殒命的人都活了过来。

当然，石昊花费的代价也不小。

“咔嚓！”

突然间，天穹上，密集的雷电化成恐怖的刀剑等，向着石昊劈去。

有生灵趁着石昊散发生命本源精气之际，对他出手。

“雕虫小技！”

石昊呵斥一声，拳头迎向高天，“轰隆”一声，将之全部击溃。随后，他腾空而起，来到了域外，盯着那张巨大的脸。

“雨族的杂种，你还敢来此显露，纳命来吧！”石昊喝道。

他怒火中烧，对方完全没有一点顾忌，就这么想要毁灭广袤大地上的生灵，可以说是不择手段。

“石族的小子，你动怒又如何？我在另一界，距离你无限遥远，你能奈我何?!”那张模糊的脸冷漠、无情，不为所动。

石昊想知道雨神那样的上古生灵在哪一界，正好可以从此人身上突破。

“你滚过来吧！”石昊断喝道。他动用无尽法力，不断结印，数不清的秩序神链飞出，将那张巨大的脸缠绕起来。

“这是跨界，你想擒拿我？呵呵，可惜，你永远没那个机会！”雨神冷笑道。

石昊不言不语，接连换了数种古法，最后猛力将那张巨大的脸拉动了。

“嗯？不可能！”雨神突然大叫道。

那张巨大的面庞逐渐变得清晰，慢慢被拉近，向着石昊靠近。

“啪！”

石昊没有急着把他拉过来，而是先扬起手，狠狠地抽了他一巴掌。

第1496章 又一界

WANMEI SHIJIE

这个巴掌很响亮，很清脆，震得天空都在颤动，如同打了一个惊雷。

主要是，这张脸很大，如同一座磅礴的大山，而石昊抡出的这巴掌自然也跟着放大，故此声音大得惊人。

地上，洪水退去，大灾终止，所有人都在仰头看着天，见到了这一幕。

一时间，人们都愣住了，这些人以凡人为主，还有部分修士，一个个目瞪口呆。

要知道，不久前，天地间漆黑一片，暴雨倾盆，如同世界末日来临一般。所有的这一切都是那张恐怖的脸所为，而现在他却被人一巴掌扇中了，声音还那么脆响。

“天神在上！”

“神人啊！”

地上，普通百姓都忍不住惊叫，而后更加心颤。有的在那里念叨着，有的不停地叩拜，甚是惶恐。

当然，还有很多人即便表面上不敢叫好，但心中无比舒坦，恨不得大吼一声，因为觉得很解气。

他们知道，这场灾难是那张脸所致，那是一个生灵，强大得不可思议，他要为石国百姓降下灾难，报复石皇。

地上吃苦、受难的人自然心中不忿，最后是石皇救了他们，谁好谁坏，一目了然。

“真的是石皇吗？”

“是，是当年的少年人皇！”

…………

有不少修士赶来，道出石昊的身份，回答了地上众人的疑问。

“我就知道，这么多年来，石国风调雨顺，有大神通者庇护，蒸蒸日上，可谓国泰民安，怎么可能引起上天征伐？那是一个来作乱的大妖魔！”

“请人皇斩妖除魔！”

到了最后，地上有人大喊着，不再害怕了。天空中出现的修士越来越多，正在结阵，散发光芒，将地面上的人保护了起来。

战王、鹏王等石国高手都来了，无畏狮子更不用多说，很是张扬，浑身毛发灿灿耀眼。它摇头摆尾，张开血盆大口，迎着那张大脸就过去了。

天穹上，那张人脸无比愤怒，同时有些慌。

石昊那一巴掌打得他眼冒金星，而他居然逃不走，这可是位面投影，他是在另一界，怎么可能被拘禁？

他被一条又一条秩序神链锁住了，无法退回去。

石昊盯着这张人脸仔细地看，抽完一巴掌后，他对此人的底细有了一些了解。此人实力很强，但这肯定不是他的真身，而是神念所化。

所谓投影，是从另一界投出神念与法力，在这一界显化。

“说吧，那是怎样的一个世界？”石昊问道。

关于上古那批人，关于雨族的神，石昊确定他们没有进入三千道州，因为他在九天上查过，根本就没有这群人。

“你不懂，不会理解。”雨神直接就回了这么一句，颇为傲然，大有轻蔑之意。

“跟你这种人说话就是累，自以为不凡，可其实算什么？”石昊相当直接，“啪”的一声，又是一个耳光，更加响亮。

下方，石国的一群人面面相觑，那可是神灵级的战斗啊，就这样吗？

他们觉得小石根本就没变，当年是什么脾气，现在还是什么脾气，面对上古之神都这个样子，说抽就抽，完全不胆怯。

到底谁傲气，谁轻视谁，现在雨神心中有了最为直接的感受。

他的脸一下子涨得通红，一股火焰要燃烧起来了，他是雨神，可现在却是烈焰熊熊，满头白雾。

这真是愤怒到了极点，上古之神这么强势显化，结果却遭罪了，被一个后世的小子当众扇了两个大耳光，什么威严，什么盛名，都给扇没了！

“小子，你……”雨神都快要气炸了。

石昊盯着雨神，双目冷漠。他也在琢磨，依据当年跟雨族对抗时所知道的事来看，雨神昔日的处境相当不妙。

还记得，当年雨族的人曾勉强与雨神沟通过，他无比虚弱，显化出虚影，随时会消散。当时，就是雨族人都认为，或许雨神要坐化了，支撑不住了。后来，雨族的人又得悉，雨神在某一界，他是因为处境太糟糕，所以才那么虚弱，自身难保。

这些事是石昊在跟雨族交手时知道的，他当年还啃过雨神留在雨族中的破碎法旨呢。

“你所在的世界当年很危险，如今看来情况有变，你的处境变好了。”石昊说道。

这种猜测很明显，不然的话如今雨神怎么可能会这样显化，还能大范围地降雨，造成一场大灾难?

“你真是上古雨族的那位神吗？”石昊问道。

雨神这辈子都没有这么憋屈过，他从位面投影过来，被人禁锢也就罢了，还被接连扇耳光。

“他是雨族的那位神！”下方，战王开口道。他见过雨族供奉过的神像，就跟这张脸一模一样。

“你会做人事吗？你当年也是从这片国土走出去的，结果就这么回报这里，要害死千万生灵？”石昊扇得更用力了。

地上，别说普通百姓，就是那些修士也都面面相觑，近乎发傻。

“小辈，你这般羞辱我，将来没有好下场。我雨族之强盛，不是你可以想象的！”雨神也急眼了，怒吼连连。

然而，雨神被禁锢着，就是动不了。

石昊闻言，顿时心中一动，那是怎样的一个世界？雨族在那里势力很大吗？难道还真有一片不凡的古土不成?

上古成神后的一批强者，有小部分人去了三千道州，但还有一大批人消失了，不见踪影，难道说都在那里?

“给你机会，坦白一切。”石昊逼问道。

“你做梦！”雨神喝道。

石昊不再多说，开始搜查其神识海。

“轰！”

就在这一刻，天宇摇晃，锁住雨神的秩序神链绷紧，要被挣断了。

“界壁之力？”石昊蹙眉道。

不是雨神自身的实力过于强大，而是另一界的力量在影响这一切。

因为，这个地方毗邻某一界，在这片区域有一个特殊的空间节点，可让两界紧邻，甚至贯通。当然，这仅限于神识的穿行。

眼看着雨神要归去，被一股磅礴之力拉回那个位面，石昊盘坐在虚空中，让无畏狮子护法，直接展开行动。他元神出窍，提着一柄剑胎，径直向前冲去。

“天啊，不可！”

“石皇！”

许多人惊叫道。他们十分震惊，没想到石昊敢这么做。

石昊在跨界，确切地说，是进行位面投影，进入另一界。

从来都是高阶位面的人投影，现在却反过来了。这样做有很大的危险，充满了不确定性。

同时，人们看到，石昊元神出窍，这可不是投过去部分神念，而是元神整体跨界！

“无妨！”石昊让无畏狮子守护好他的肉身。

他连异域都去过，仙域也闯过，对这片古界没什么可怕的。而且，他也只是打一个时间差而已，追着雨神的元神进去，将其真身彻底击灭后迅速撤回。

“轰！”

石昊提着大罗剑胎，直接从这处空间节点追过去了。

接着，石昊看到了一座祭坛，有一个老者盘坐在上，嘴角溢血，倏地睁开了双眼，而雨神的神念没入了此人的头颅中。

“你敢！”雨神震惊不已，没想到这个年轻人胆大包天，就这么追过来了。

石昊感觉到了海量的天地精气，比三千道州的还要浓郁，这里绝不是凡地！

“我有何不敢？”石昊冷冷地说道。他展现出强大的实力，冲了过去。

雨神快速出手，想跟石昊厮杀，但是，哪怕他是上古神，修炼了漫长的岁月，道行极其高深，也还是无法与石昊抗衡。

石昊当即就将雨神镇压，将剑抵在了他的眉心上。

“轰隆！”

远方，宇宙中流光溢彩，震动四方。一股磅礴的神念在波动，汹涌而来。

石昊看得分明，那是一缕神念，是强者的一道神识，它从星球上划过，从星海中飞出，到了附近。

石昊无惧，因为那个真正的强者还不知道在何方呢，这只是他的一缕神念。

这缕神念的确很强，超然无比，但是，想凭借一缕神念就镇压他，是不可能的。

石昊敢过来就肯定有手段自保，他举起了大罗剑胎！

“你应该就是那个荒吧？”这缕神念惊疑地道。

同一时间，石昊看到了一片封印之地，那里色彩斑斓，不时有神虹荡起，缭绕而出。一道古老的门户，被封印在宇宙星空中。

石昊蹙眉，感到极其意外。很快，他发现那是一条路，跟他当年在三千道州的仙坟内看到的路相似。

石昊倒吸了一口凉气，未来会有不可想象的存在沿着仙坟那条路回归，进行清算。难道说，这里的门户也与之类似，是另一个禁忌般的存在回归的路？

“若非仙域之门开启，这里就成为死地了，不容易啊！雨族的这个修士多少也有一些功劳，毕竟跟一批修士一起镇守了很长时间。”绚烂的光华中，那缕神念在传音。

“可惜啊，你中了折仙咒，不然的话，以你的资质有机会进入仙域，而今九天十地都在选拔无敌种子呢。”

石昊听到这些话，自然大吃一惊，这些消息他此前是不知道的。

“你错过了一场大机缘，若是自身无损，可以追随在某位少主身畔。你们年纪相仿，脾气若相投，日后好处多多。”

听到这些话，石昊的脸绷紧了，没有说什么。时至今日，哪还有人敢让他追随？

第1497章 复杂大时代

WANMEI SHIJIE

追随在他人的身边，即便不是仆从，只是强大的班底，那也不可能是石昊的选择！

时至今日，他一路闯来，什么样的人没有见过？什么样的对手没有征伐过？他面对异域的帝族强者都敢向前，从不退却。

所谓少主，那是什么？他根本不认！

“年轻人，要知道，人外有人，天外有天。这个世界远比你想象的复杂，你以为自己有天纵之资，就古今无敌了吗？我可以很负责地跟你说，但凡从你那一界走出的生灵，无论多么厉害，都没有一个可以称王称霸的，最终都会被击败！”

虽然这缕神念很平静地说出这么一些话，但是却如北风卷地白草折般，凛冽之气迎面扑来，让人心惊。

这些话透露出一些可怕的信息，令人不得不神魂悸动。

“你是说仙古纪元吗？”石昊追问道，相当不死心，打心眼里不服。

“对仙域来说，一个纪元不是很漫长，有些道统存在的时间之长超乎你的想象。”这缕神念说道。他的语气依旧很平淡，却让气氛显得更加凝重。

这缕神念回答了石昊关于时间的疑问并明确告诉他，那不是某一偶然的时期，而是普遍的岁月。

何为自古长存的年代？有那样的道统吗？石昊心神不宁，有一种激昂之情，他想要崛起，闯出这一界，看遍天下！

同时，他也有忧虑。位面广阔，古界之大，纵贯时间之长，超乎他的想象，到头来若是有动乱，有大战，最终会有何等强大的怪物出世？

石昊心中平静不下来，总觉得自己曾经跳出过九天十地，看到了一些什么，但现在看来，他所见到的依旧只是冰山一角。

“都说那葬士一沉眠就是数百万年，甚至大半个纪元，可是跟仙域的道统比起来，却不见得更久远。仙域的有些道统比他们起源还早，并且曾经的始祖都还活着！”

这缕神念道出一个事实，向石昊讲了一些事，天下高手出仙域，自古无人能敌。

九天十地哪怕很辉煌，曾经灿烂得让人心醉，可是一个时代又一个时代过去，不管是听说过的年代，还是不了解的史前岁月，无论走出过多么强悍的生灵，都没有一个可以称雄仙域的。

这份震撼，让石昊久久未语。

“还好有共同的敌人，大势上是在对外。”这缕神念补充了一句。

这是怎样的一种心情，石昊难以说清。他知道，若是追溯的话，那仙域内不可想象，有些古老的存在来头极大。

那些人，那个时代，若是一定要追溯的话，多半要跟“帝落”二字沾边。

什么样的恩怨，怎样的对立，才导致这样，一个又一个时代过去，都没有办法化解，一提起就会造成“大恐怖”？

“有那么久远的怪物吗？他们一直活着，到了这一世？”石昊心思飘忽，不知道是怎样的一种感慨。

人生在世，悲欢离合，七情六欲，恩怨情仇，看来都太渺小了，跟那些老怪物的执念比起来，真的算不上什么。

人家那才是玩得大，但也是致命的，一不小心就会灭界。

什么顶级的一株仙药被分成六份，分别封印一位存在的残躯，栽种在不同的古界中，这些不是个例，都将掀起惊天的波澜！

石昊有点恍惚，想到了很多，他叹息一声，未来的路或许很长，要漫长的岁月去经营才有资格入局；又或许很短，生命刹那间终止。

他的胸腔中有热血在奔涌，让他难以自抑，他要逆势而上，在最短的时间内参与进去。同时，他的心情也很复杂，路不平，大界黑暗，他或许只是一只小虾米，很快便被淹没了。

这缕神念的主人对石昊的印象不算坏，当然也谈不上真的照顾，他说了很多。显然，他知道边荒之战，也知道石昊中了折仙咒的事，明白发生过什么。

他虽然没有敌意，但也没有为石昊出头的意思。对这个神秘人来说，成王败寇，很清晰，也很明了。

既然石昊不久后便要废掉了，他便没有出头的意愿，对一个注定要沦为凡品的生灵，他毫无出手的必要。

石昊自然也不会跟此人相求什么，路是自己走的，所谓折仙咒在这些人看来已经无解，最起码他这等年轻修士一旦中了，就废掉了，他也不想多说什么。

随后，石昊询问这个神秘人这里是什么地方，结果得到证实，这里果然是一处非凡的秘地！

在这里，有一条路需要镇守，向远处望去，一片寂静，荒芜的星系，干枯的天地，但是灵气很浓郁。

灵气是暴虐的，一会儿如海浪般汹涌而来，一会儿又被抽干了。

这里很重要，镇压着一条古老的路，等待着什么归来！

仔细一看，石昊明白了，这里已经被打残了，远方还有星辰残骸呢。这是一处旧地，一个被遗弃的残破世界。

雨神，还有上古的一批生灵，曾经飞升到这里，成为士兵，跟着一起镇守此地。

相对来说，雨神虽然强大，但是在这里只能算是一个兵，并不出众，不过雨族来头不小。

毕竟，风雨雷电这种自然景象可不是说说而已，曾经代表着某些古老的族群。甚至，曾有人言，天地间之所以有这些自然景象，是因为那代表了一些古老族群的喜怒哀乐。

不过，在这片残破的古界中，雨族没落了，见不到什么绝世高手。

说到底，这里就是一片残破的宇宙，不知道在多少岁月前就被打残了，曾经被整体封印，跟外界断绝了联系。

近古以来，守在这里的人衰弱到极致，险些全部殒命。

因为，那条通道向外喷薄精气，如同狼烟般腐蚀一切，而古老的路自身在复苏，有生灵注定要过来了。

直到边荒大战落幕，仙域有感，并得悉消息后，最后打开仙门，与曾经的一些古地有了联系，比如这里，他们才得救。

后来，仙域出手，继续封印了通道。

“原来是这样。”石昊点头道。整片残界因一条通道而兴衰更迭，可见有多么恐怖。

“这里的生灵很多吗？”石昊问道。

“不多，不足百万人口，都是修士。”这个神秘人答道。

石昊愣住了，这里毕竟自成一界啊，可是人口相对来说却稀少得过分。

“如果你翻开那些星骸的话，会发现每一寸土下都是碎骨。”这个神秘人说道。

到了这一步，石昊都不用细问了。这片世界被打残，应该算是举世皆灭了，之所以有百万生灵，也不过是后来到此镇守通道的。

“可惜了，我想给你介绍某一族的传人，你却失去了缘分。”这个神秘人又一次提起这件事。

“一族少主？在仙域能排第几名？”石昊不是很在意，嘴角微翘。

“不好说，有可能是其始祖借体复苏啊！那样的话，前几名不成问题。若传说不是真的，只是他自己，那么十大之列或许有其名。”这个神秘人说道。

石昊顿时愣住了，他可以不在乎那所谓少主，但是对于借体复活者，他相当敏感，寒毛竖起。

如果是这种怪物的话，那就麻烦大了。

“当然，如果你没有废掉，不愿意成为那位少主的追随者，也可拜入那几个最古老的道统中。你若是被他们看上，也会有大机缘，但是难啊！”这个神秘人说道。

石昊撇了撇嘴，懒得多说，他现在有古经，有秘法，还需要再拜其他道统吗？

“说句不好听的话，这个世界流传的法算什么？都已经是末法。岁月沧桑，时代更迭，这一界的法严格来说都是从仙域流出去的。这么多年过去，仙域的修炼体系都变了，再次开创了新路径，你拿什么去比？”

石昊早就有开辟自己的路的想法，现在他才知道，仙域可能早就有一些路了。这更加激起了石昊的斗志，他要走得更远，将来看一看孰强孰弱。

这不是他张狂，而是他心中的确有了各种推演，并且如今踏出了他独一无二的路，以身为种，再继续完善的话，相信他一定会迎来收获的金秋岁月。

“这个人，我能除掉吗？”石昊很大胆，问出这么一个问题。

“雨族的人，我不管。不过你要明白，杀了这么一个镇守者，对你没什么好处。你自身都要废掉了，小心他日果。”这个神秘人说道。

石昊太干脆了，大罗剑胎一抖，在雨神惊恐的神色下，一剑刺透其眉心。

“从这残界很容易进入八域吗？”石昊询问神秘人。

“很难，特定的时间，特定的地点，才有可能投下去一道虚影。弱者容易，强者难。雨神违背规矩，擅自投影，落得这个下场，也算是冥冥中自有注定。”这个神秘人说道。最后，他就这么离开了，没有理会这里的一切。

远空，五色斑斓，神虹缭绕，那道古老的门户若隐若现。

石昊没有耽搁，转身就走，“哧”的一声，他从这里击穿界壁，回到了荒域。

果然，那处空间节点在他离开后，缓慢地挤压，而后崩塌，最后彻底消失了。

第1498章 岁月易逝

WANMEI SHIJIE

石昊元神归位，睁开了眼睛，站在原地久久未动，很沉默，想了很久。

一旁，为他护法的无畏狮子一双眼睛不停转动，它也在琢磨那是什么地方，竟引得荒出神。

九天十地的人在角逐，既为了争取那进入仙域的资格，也为了得到仙域强大道统的赏识。

石昊细思，同时又想到了那深不可测的少主等，这让他的心中不可能没有波澜。

若是他没有中折仙咒，那个神秘人居然想拉着他去追随一位所谓少主，这有些出乎他的意料。

“给他人去当班底？”石昊自语道。

他在猜测，那所谓少主到底有多强。

他有一种紧迫感，他必须苦修，踏出自己的路，不然的话，将来还真说不好会遇上什么可怕的对手。

同时，他也有一种豪情，在最底层的下界默默潜修，他一样能成道，早晚还是要冲出去的。

上界在争霸，仙域在激荡，肯定有大波澜，而他现在要沉下心来，修自己的法，见证自己的道，一切都要圆满才好。

石国东部，这场灾难结束了。

不久后，石昊返回石国皇都，后方是一片呼声，许多人口呼石皇，发自真心地感激。

石国皇都来了一些客人，比如玄域十大美人之一的芊芊郡主，在石昊下界后，她最先与之相遇，而今果然来拜访了。

今日的客人很多，在证实石昊回来后，一大群人到访。

九头狮子金宏来了，它浑身金光灿烂，九颗头颅熠熠生辉，如同天神下凡一般，不得不说这一族天生神武。

它化成人身，收起了八颗头，跟常人一般，带着数人一同来见石昊，其中有火鸦、五色鸾鸟、紫貂、三眼族的两兄弟。

可以说，这几个人与石昊也算是不打不相识了。

九头狮子当年被石昊欺负得很惨，甚至当过石昊的坐骑。当然，那也是有前因的——九头狮子太傲了，轻慢石昊。

最后还算圆满，几人与石昊越走越近，九头狮子金宏还成为石昊的结拜兄弟。

这么多年过去，提到小石过去的事，许多人都会提及九头狮子。

“有长进！”石昊哈哈大笑，迎了过去。他与九头狮子等人多年后重逢，心中有喜悦，更有无尽的感慨。

连九头狮子自己都在笑自己，当年两人可是大打出手过，最后能尽释前嫌，成为兄弟，还真有些不可思议。

“这位是谁？我的本家兄弟吗？”九头狮子打量着无畏狮子，问道。

无畏狮子一向自傲、自负，从来就没有化成过人身的念头，最起码现在不想，它觉得自己的种群是超然的，不屑化成人形。

现在，听到下界一头狮子对它评头论足，还称它为兄弟，无畏狮子顿时大怒，很不满。

“你这头小狮子，敢对我无礼！”无畏狮子龇牙，恫吓九头狮子。

“啪！”

石昊相当不客气，直接在无畏狮子头上拍了一下，道：“别龇牙，不得乱来。”

而后，他转头告诉金宏，这是他的坐骑。

“哦，我说本家兄弟，你也太没出息了，怎么跑我兄弟这儿当坐骑来了？”九头狮子金宏说道。

石昊一阵无语，这家伙也不是善类，还调戏无畏狮子呢。

无畏狮子大怒，在它看来，下界的所有生灵，包括它的近亲，也什么都不是，现在这九头狮子居然敢这么跟它说话。

纯血的九头狮子号称十大坐骑之一，它们很凶残，曾经将想骑坐它们的主人击灭，凶名远播。

严格来说，它们这一脉与无畏狮子还真是近亲，不过长有九颗头的黄金狮子明显是变异了。

“有空将你压箱底的绝招教给它一些。”石昊对无畏狮子说道。

“凭什么?!”无畏狮子大怒。

“你这本家兄弟也当过我的坐骑，后来跟我成了兄弟。你传授它一些绝技，我想它会指点你解脱的。”石昊忽悠道。

这效果相当明显，后来，无畏狮子和九头狮子走得相当近。

不久后，另外一群人来访，他们来自下界的补天阁，这一次清风也跟着出去迎接了。对补天阁，他们有非同一般的感情，毕竟他们当年曾在那里修行，也是补天阁的弟子。

当然，这跟补天教不同。石昊哪怕在补天阁修行过，也只认鬼爷，不认补天教。

下界的补天阁，是鬼爷在上界叛出补天教后，来到下界开创的。

当年，在那里发生了太多的事。石昊心绪波动，叹息一声，他会去那里看一看的，那里的祭灵——那株葫芦藤再生了吗?

“头角峥嵘！”

当看到补天阁的那群人时，石昊对着一个银袍青年哈哈大笑起来。那是萧天，当年补天阁内同辈中石昊之下的最强者。

听到“头角峥嵘”几个字，萧天的表情顿时变得复杂起来，打人不打脸啊!

当初，石昊跟萧天的初次相见太具有戏剧性了，石昊将萧天的额头敲得满是大包，将他折磨得不成样子，也就有了“头角峥嵘”之说。

“哈哈——”一群人都在大笑。

这些人有周宇豪、彦心、飘雪等，都是石昊在补天阁时的旧识。

众人一番相聚，相处愉快，清风也跟他们推杯换盏。而石昊被问及上界之事时，轻轻一叹。

有许多事，他没有办法细说，因为太过不可思议。

众人误会石昊的修为在天神境，即便如此，一群人也惊呆了，十余年而已，这是何等逆天的修炼速度!

石昊苦涩地一笑，儿时的伙伴早晚有一天会远去。他知道，等他再离开时，或许跟这些挚友再难有交集了，因为他的路太远，艰辛而危险，注定会很孤独。

这一刻，他有些羡慕仙域那些古老的道统，那些年轻人成长起来后，少年时的伙伴想来还可以一路同行。

他轻轻一叹，有些怅然。

不过，石昊也知足了，这一次回来，能够见到他们就足够了。

哪怕日后再难见到，彼此的路已经相距遥远，但曾经有过欢声笑语，有过美好的回忆，这就够了。

最后，石昊送走了众人，相约会去一一拜访。

次日，石昊来到了补天阁。这是在废墟上重建的家园，这里有他们的回忆。

当年那一战，补天阁死了太多的人，最后是一批年轻人走在一起，再建家园。

在这里，石昊还见到了一个熟人——夏幽雨，这个女子跟萧天资质相仿，实力强大，当年给石昊留下了深刻的印象。

在石昊离开石村，走出大荒时，夏幽雨是他第一个见到的外界人。那个时候，夏幽雨正好在石国边荒，在原始山林中见到了七岁的石昊。

“夏师姐好！”石昊在这片故地向夏幽雨打招呼，思绪一下子就回到了从前。

补天阁还有老辈人物，但是极少，仅存了那么几位，石昊很认真地一一拜见他们。

清风心中很是苦涩，有点想哭的冲动。当年，补天教覆灭时，那么多长老为了护着弟子逃生，几乎全部战死，还有许多师兄师姐为了殿后，让更小的孩子逃走，力战而死。

“慕炎前辈，我来看你了。”石昊在一座坟前祭拜，眼睛发酸。

这是一位可敬的老人，当年他教石昊雷道神通，可以称之为石昊的师父，最后殒命于那场风波中。

临告别前，石昊见到了补天阁废墟上的一株藤，那是昔日的祭灵所结下的那枚种子长出来的，被人寻到了。而今，它青翠欲滴，神力澎湃，一看就非常强大。

可是，很快，石昊又黯然，这株藤不记得从前的事了，它虽然涅槃重生，但早已遗忘其他，成了一株新的神藤。

“有希望就好。嫩芽翠绿，生机勃勃，那是生命的升华。”石昊自语道，而后离开了。

他心情复杂，来这里与故人相见，更像是告别。他在祭奠曾经的点滴旧事，也在祭奠逝去的岁月，因为他知道，日后他可能回不来了。

走曾经的轨迹，或许是提前告别。一旦他踏上心中的那条路，那么，就可能永远再无法回头了！

离开补天阁后，石昊没有让清风陪着，更是打发走了无畏狮子，他自己一个人漫步，沉默着，径直赶向北海。

大海翻涌，漆黑如墨。

石昊眺望着远方，心想，他回到了下界，那个地方一定得去，他要看个究竟，那就是鲲鹏巢！

第1499章 再临鲲鹏巢

WANMEI SHIJIE

北海，浪涛翻涌，水并不碧蓝，而是如同墨水一般。这是北海的特质，汪洋浩瀚，墨色无边。

石昊踏波而行，走在这条通向海外的水路上，想到了很多过去的事。他曾跟云曦等人一起出海，又跟海族人激战，并在那里认识了魔女。

曾经的对手，有的永远沉在了海中，还有的去了上界，音讯杳然。

海神后代莫殇、火炎鱼族的韩天，应该是海中最为强大的两个少年，当年他们曾跟石昊激烈地比拼过。

“不知道那些人怎样了。”石昊有些感叹地道。一些对手，一些故人，随着岁月的流逝，都很难再见到了。

想去鲲鹏巢不是那么容易的，当年他经历了很多险阻才到达那里。因为，鲲鹏巢在正常的年代是不显化的，它隐藏在北海深处，更确切地说，是藏在奇异的小世界中。

石昊如今修为今非昔比，称之为至尊之下第一人也不为过。故此，他并未被挡住去路，而是在北海中徜徉多日后，强行破开虚空，进入神秘海域。

骷髅古船漂泊，如同幽灵般出没。这只是石昊在路上所见到的奇观异景，有上古时代留下的船，还有不灭的英灵。

而纸船，这一路上他都没有见到！

当年，那染血的纸船上面的那一行字，着实让石昊难忘。

只剩下我自己了……

那一行娟秀的字出自一个女子之手，像是带着怅然，还有一种孤寂，令人心颤。

石昊走走停停，从一片海域到另一片海域。他见过黑色的海，更到过金色的海，而之所以有那种转变，自然是因为进入了小世界。

最后，石昊到了，接近了鲲鹏巢。

对别人来说，找到鲲鹏巢的所在之处是很难的，近乎不可能，可是石昊找到了。

鲲鹏巢在这个时期理应是隐藏起来的，但现在石昊一路而来，真的到了鲲鹏巢的近前。

一座很大的石崖矗立在海中，在那石崖上，有一个巨大的鲲鹏巢，它散发着丝丝缕缕的混沌之气。那就是目标，时隔多年，石昊又回到了这里。

“又到了这里。”石昊轻轻一叹。

他一跃而起，来到了山崖上，这也算是海中孤岛。

鲲鹏巢看起来跟鸟巢一样，只不过非常巨大，这就是堂堂十凶之一的栖居之地！

那条河流呢？石昊在寻找。

在鲲鹏巢畔，曾有一条河流，河流中有一扇门，灵液从中向外流淌，染血的黑色纸船从其中漂出。

虽然那条河流要干涸了，但那毕竟是一条神秘的路。

石昊露出喜色，同时心中微微紧张，一会儿要进去吗？当年自己可是无法进入那扇门的。

凝望了片刻，石昊又将注意力转移到了鲲鹏巢上。

“我又来了。”石昊叹道。这里对他来说意义非凡，当年他就是在这里得到鲲鹏宝术，从而进一步崛起的。

下界，不说处在绝对的末法时代，但也差不多了，能寻到鲲鹏宝术，绝对算是大造化。

昔日，各种生灵，有陆地上的，有海中霸主，都在此片区域战斗，一切恍若就在昨日。

“鲲鹏就葬在这里。”石昊自语道。

突然，他心中一动，当年虽没有见到鲲鹏的尸骨，可是所有人都说它死了，真相的确如此吗？

随后，他又见到了鲲鹏留下的干枯池子，那里有羽毛和残血，他就是从那里得到的传承。

“而今，巢穴附近还在压制外来者的修为，任何人闯过来，都会受到一定的影响。”石昊自语道。

这跟过去的差别不大。不过，如今石昊的修为很强，至尊以下无敌，还真不用处处顾虑。

他走上以身为种的路，又修有各种秘法，这个地方虽然压制他的道行，但是没有像过去那般一压到底。

可惜一代强者，本是赫赫有名的十凶，却在下界丢了性命。

石昊一闪身，进入了鲲鹏巢，强行开启入口，到了内部。

这是一个小世界，很广阔，和从外面看到的巢穴完全不一样，内部可不是鸟巢的粗放形式，而是有精巧的空间等。

石昊一路向前闯，没怎么停留。

在路途上，他见到了不少灵药、神料。接着，他又进入昔日那个地窟，在那里站了很久，闭上眼睛仔细体悟。

"鲲鹏真的死了。"石昊轻轻一叹，做出了这种判断。

石昊认为这巢穴还没有探个究竟，总感觉还有些遗漏。

"那些兵器呢？"石昊在寻找鲲鹏的兵器天荒。那柄大戟虽然断裂了，但依旧很不凡，当年飞走了。

"咦？"

不久后，石昊开启了一处密室。密室内部如同一个小世界，很广阔，也很深邃，混沌之气一下子弥漫开来。

很快，他大吃一惊，感觉到了某种奇异的气息，宛若有鲲鹏在此。他修炼过鲲鹏一族的宝术，此时生出了强烈的感应。

石昊没有退缩，继续前行。在这片密室小世界内，他见到了几颗蛋，这几颗蛋不是置于柔软之地，而是陈于冰冷与坚硬的石地上。

金色的蛋很大，也很慑人，上面带着黑色斑纹，毫无疑问，这就是鲲鹏蛋。

石昊十分震惊，没有料到会有这样惊人的发现。他走到近前，默默地打量了很久，发出一声叹息。

几颗蛋不是被刺透，就是碎裂了，虽然有混沌之气缭绕，但是早已没有了生机。

石昊检查过后，确定这几颗绝世稀珍的鲲鹏蛋没救了，不然的话价值无量。

不用多想，石昊也知道，昔日的事很惨烈，鲲鹏子还没出世就遭到了攻击。

这不是他第一次目睹这种事了，比如不久前他见到的赤龙，就只有它幸存下来，而它的兄弟姐妹永远都不可能孵化而出了。

还有九天上的小天角蚁，它也曾被仇敌重创，被父亲封印在混沌中，以通天手段滋养，才重新有了生机。

当年，一些真仙的子嗣遭到迫害，情况相当严重。

它们的父母迫不得已，只能将一些蛋封进混沌中，以天材地宝滋养，希望有朝一日它们可以孵化出来。

“可怜的鲲鹏子。”石昊想到了那个曾被压在五行山下的不灭生灵，它多半是唯一幸存下来的鲲鹏子。

但是，它应该元气大伤，自身有大问题，因为，早有传闻，它曾被封印在混沌中百万年，那足以说明一切。

不过，那唯一活下来的鲲鹏子很不简单，不知道何故竟拥有了不死身，不知道是吞噬了某种物质，还是其法门古怪与诡异。

石昊在这里一番寻找，而后见到了一些字，那些字大致说了鲲鹏蛋皆被毁的悲惨之事，让人扼腕长叹。

“十凶之一的鲲鹏居然是女性！”石昊愕然，他后来发现的只言片语，居然揭示出了这个秘密。

之前他一直以为十凶中的那头鲲鹏是男子，结果完全不是那么一回事。

“怪不得。”石昊想到了那唯一活着的鲲鹏子曾说过它是遗腹子。

当时，他还觉得奇怪，这一纪元早年时，鲲鹏还曾出现过，鲲鹏子怎么就成了遗腹子？原来出现的那只鲲鹏的确是十凶之一，只不过是它的母亲。

石昊继续探索鲲鹏巢，终于又发现了一处秘地。

那是一个石洞，石洞内部仙气氤氲，同时也有某种诡秘的气息，既神圣又让人不寒而栗，十分奇异。

石昊走进石洞，身体顿时僵了，因为，他竟感应到了折仙咒的波动。

很快，他在这个石洞中见到了一些碎骨，这些碎骨都有折仙咒的力量。

“鲲鹏骨！”石昊叹气道。

没有完好的尸身，只有失去灵性的残骨，残骨都不大，只剩下十几块。

“鲲鹏当年果真中了折仙咒！”石昊蹙眉，渐渐明白了它的死因。

早先在仙古大战时，鲲鹏就几乎殒命，它拖着重伤之躯活到了这一纪元，即将解体，但被压制了。

最后，鲲鹏压制不住折仙咒，并且仙古大战的旧伤又发作，被生生磨灭在此！

可惜！可叹！石昊能说什么？

随后，他寻遍鲲鹏巢，再也寻不到其他秘密了，因为好东西真的没有了，比如天荒大戟虽然折断了，但早已通灵，直接飞走了。

鲲鹏巢探险波澜不惊，与石昊想象中的完全不一样。

最后，石昊从巢穴中出来了，他直接沿着那条灵力河往上走，到了一扇光门前。那里有一截世界树的枝丫，它横在河流中，正好遮挡着光门。

光门向外流淌的灵力河已经快干涸了，那是从另一界而来的。

“还有纸船向外漂流吗？”石昊等了很久，都不见动静。他决定逆着河流进去，看一看里面到底有什么。

第1500章 凝固的世界

WANMEI SHIJIE

虽然这个决定有点冒险，但是石昊不想错过机会，他总觉得那扇光门内有什么重要的秘密，吸引着他前进。

石昊深吸一口气，向前走去，在水中漫步。

如果是在过去，他肯定会被光门周围形成的场域碾碎，但今日他已经踏进了那扇门半步。

世界树的枝丫横在那里，十分显眼，石昊自然不会客气，将之搬开。

世界树的一部分枝丫腐烂了，这等东西号称万劫不朽，永世不坏，可还是毁掉了小半，让石昊一阵心痛。

这里到底发生了什么？连世界树的枝丫都会如此，竟腐烂了一部分，令人心惊。

世界树是开天辟地的无上古树，只有在完整的大世界才会有一株，而今却破灭了。

石昊一叹，到了今日他怎能想不明白，这多半就是此界的世界树。

“这是好东西啊！”石昊将残缺的枝杈收起，很谨慎，也很郑重。

可惜的是，当年的无上精粹所蕴含的精华流失了很多，如今只剩下丝丝缕缕了，不然这东西的价值极其惊人。

沉重的压力似乎要将人的神魂都碾碎，此时，石昊的半边身子都进入了光门。

他不禁倒吸了一口凉气，难道只有元神才能进去，肉身不行吗？他的肌体仿佛要裂开了，哪怕他修炼了《不灭经》都难以忍受。

“哧！”

可是，当他探出神魂时，也是一阵剧痛。霞光落下，如同天刀斩来，要将他的元神劈碎。

“这个地方……”石昊一阵摇晃，险些栽倒在光门入口处。

最后，他深吸一口气，神魂归位，就这么再次迈步，要挤入光门内。

剧烈的疼痛感传来，石昊觉得肉身仿佛在被磨盘碾压，神魂也像在被刀割，从里到外，痛苦得让人难以忍受。

石昊挤入光门内，身体如同背负着数十颗星星，被压得腰都要弯下去了，发出“嘎吱嘎吱”的响声。而他的眉心也发出铿锵之声，仿佛有刀在斩其神魂。

“真是一种残酷的锤炼！”石昊自语道，他将这当成了一种磨砺。

换作一个遁一境的修士来此，形体绝对被碾碎了。在这片光的世界中，个人显得无比渺小。

也不知道过了多长时间，石昊渐渐适应了，他昂着头颅，微眯起眼睛，打量着四周。

这是一个安静的世界，也是一片祥和的净土。在这里，他脚下的河水呈金色，缓缓流淌，没有声音。

整片土地也是如此，带着金色的光芒，草木干净，发出柔和的光。总体来说，这里宁静而祥和。

若不是身体与神魂上的压力，石昊会觉得这是一片无上净土，与世无争，适合隐居。

或许真仙喜欢这里，并在这里栖居，石昊若有所思。

他的身躯站得笔直，适应了很久，开始向前迈步。他沉重的脚步带起大片的水花，在这里显得很刺耳，打破了宁静。

“砰！”

终于，石昊上了岸，岸上绿草如茵，弥漫着朦胧的灵气，氤氲霞雾蒸腾。

就是这绿草地也带着点点金光，很是神圣。

事实上，这片世界都仿佛镶嵌着金边，如同太阳初升，金霞洒满大地。

这里太安静了，也太祥和了，真的很像先天神祇的国度，真仙的净土，没有喧哗，也没有红尘纷扰。

石昊绷紧身体，竭尽所能地对抗无形的压力，继续迈步，向着这片神秘之地的最深处走去。

他在岸边的草地上沿着河流而行，因为，当年那些染血的纸船就是从这条河漂流而下的。

世界仿佛都荒芜了，石昊一个人走在天地的尽头，追寻与探索，要进入那永恒的未知处。

他真的不知道要去往哪里，目的地是什么，只能顶着极大的压力，一步一步地前进。在这个地方，他飞不起来，他所有的法力都用来对抗无形的压力了。

时光仿佛过去了千年，又仿佛才过去一瞬间，让人有种紊乱的感觉，在这片区域内很反常。

石昊一直在戒备着，谨慎而小心。

终于，前方雾气朦胧，景象不一样了，天空有些灰暗，大地上没了金色的光芒，尤其是植被都干枯了。

沿途所见，生机开始绝灭，土地变得干硬，灰雾如同与天齐高的城墙一般，将这净土截断，分成了两片区域。

再前进的话，就完全不同了。

石昊略作迟疑，还是前行，依旧沿着河流，向最深处进发，身体已经被灰雾笼罩。

“嗯？”石昊很是惊讶。

这河水的颜色变了，不再是金色的，而是呈暗灰色，既没有神光缭绕，也不再有灵气。

这一路上，石昊依旧没有见到染血的纸船！

不知道过了多长时间，石昊穿过灰雾区域，见到了一片广袤的大地，这仿佛是另一个世界。

在这片区域，他心神剧震，眼中充满不解。

这里是一片寂静之地，连他的脚步声都听不到，他甚至无法感应到自己的心跳声。整个世界仿佛凝固了一般，如同一幅古老而斑驳的画卷，永远定格在了这一刹那间。

远方，有生灵，有城池，还有神殿，更有古树等，但都一动不动，如同泥塑木雕般，整个乾坤都处于寂灭的状态中。

一些干枯的古树结满了果子，有的果子落下了，它们是干瘪的，静止在半空，没有坠在地上。

有些生灵行走在路上，抬起脚，却没有落下去，定在了那里。

这是一个静止的世界，神秘而恐怖。它毫无声息，不知道突然遭遇了什么，就这么定格在这一瞬间。

显然，这一界发生过激战，有人祭出兵器，发出神光，却也定格在半空。

有的城池被宝具击中，毁掉了一大半，烟尘冲起，瓦砾四飞，也凝固在那里。不远处，有如同山一般巨大的生灵，手持战戟，做出前冲的状态，结果一动不动。

这就如同此地发生大战时，被外力突然干扰，结果凝固了。

石昊迈步，只有他能动。

他看着这里，甚是不解，这是多少年前凝固的世界？简直如同一幅历史的画卷。

第1501章 钟定乾坤

WANMEI SHIJIE

穿过这片区域，石昊发现自己如同在看史书与古画卷，而他是不属于这片时空的。

不知道前行了多远，石昊有所察觉，他看到了天穹上的异象，一道波纹在那里定住，横贯乾坤间。

那是时间之力，是无上的时间法则，是它导致了这一切！

它是有形的，如同一道巨大的涟漪，竟截断乾坤，作用在这片疆土中，让广袤无垠的大地都定格了，成为静止的画面。

石昊震撼不已，这是怎样的一种力量?

可是，他为何无恙，没有受到影响？是他身上有什么东西可以抵御时间之力吗？还是说这一切都已成为历史的烙印，他只是见到了昔日的景，这些只是古代的画面?

石昊并不知道，总觉得很紊乱，他无法辨别，看不透这里，只能作为一个孤独的观望者旁观。

再前进时，他心悸了，神魂都在颤抖，像是要炸开了。

这个时候，他止步了，感受到了一种致命的威胁。他已经来到了这片大地的尽头，前方已然无路了。

奇怪的是，这条河还在流淌，渡过虚空，进入神秘的未知处。

石昊竭尽所能，睁开天眼，遥望虚无的尽头。

他看到了巨大的涟漪，那是某种波澜，更是时间法则，长存在虚空中。并且，随着双目如小太阳般发光，他又看清了一些景物。

在虚空的尽头，有一个色彩斑斓的世界，那个世界很朦胧，也很神秘，但它真实地存在。

这条河流便是通向那里！连着彼岸，那是什么地方?

时间涟漪就是从那里发出的，这一路上共有数道。

“那是……”

当石昊的瞳孔亮到极致时，他看到了真相！

那是一个残酷的世界，那里在发生剧烈的大战，有仙道之光冲起，不朽规则交织，不过，一切都定住了！

石昊看到了元凶——一口大钟！它横在那个色彩斑斓的古界边缘，巨大无边，镇压十方乾坤。

一切都明了了，这路上的涟漪是大钟发出的，禁锢了一切，让时光都似乎静止了。

绝世大战涉及的层次高得不可想象，不知道有多少生灵参战。

那大钟镇压一界，钟波化作涟漪，席卷洪荒天宇，都来到了这一边，而那斑斓的大界也被定住了。

这里虽有恐怖的大战，但都陷入死寂中。

“有字！”

石昊看到钟波间有无上符文，那是不属于这个时代的文字，但大道相通。大钟在释放规则，仔细推理可琢磨出其中的意思。

“无始！”

石昊皱眉，心中震惊的同时，产生了各种怀疑，那钟波中蕴含着道则奥义，竟有这样的纹路。

昔日，有无终仙王，这无始又是怎么回事？

石昊凝视前方，瞳孔都要裂开了，他想要看透那一界，可是那一界太遥远，像是不属于这个时代，无法辨清。

他的目光追逐着那条河流，随着它而动，仿佛看到了在那条河流的尽头，有一个白衣女子，她独自坐在河边，雪衣飘飘。

可是，一眨眼，又什么都没有了。

石昊猛力摇头，眼睛酸涩，他太勉强自己了，还是看不透前方。

他想继续前进，沿着河流而行，可是自身却撑不住了。他觉得再走下去的话，自身会消失，会毁掉。

“那边发生了什么？有什么？”石昊自问道。

他有点怀疑，自己所见到的是真的吗？这只是烙印，还是真实的景象？

在这里驻足的时间太长，石昊承受不住了，他不得不开始倒退，沿着原路返回。

归途中，他体内的骨骼响个不停，被压迫得几乎要裂开了，这还是在有《不灭经》加持的情况下！

终于，石昊离开光门，重新回到了熟悉的世界。

“砰”的一声，他倒在河岸边，大口喘息，居然虚脱了。他在那里面消耗了全身的力气，法力都近乎枯竭了。

休息了很久，石昊才坐起来，凝视着这扇门。太可惜了，他如今的实力还是不够强，没有办法坚持下去。

“河流很长，其源头太诡异了！”石昊自语道。

“该向谁请教？”他皱起眉头，在这下界，能请教的人不多啊！

禁区之主吗？他去了的话，肯定要遭受大罪。去肯定是要去的，但近期他不打算再去受折磨，因为才回来没多久。

“去虚神界！”石昊决定去问鸟爷和精璧大爷。

越是接触，他越觉得那两人很神秘，如果他们能想起过去的一些事，从魔化中彻底清醒，肯定能透露一些大秘密。

“嗯？”石昊大吃一惊。在这条河流近前，他没有办法进入虚神界。

这里不属于下界八域吗？石昊神色严肃，回头看了那扇光门一眼。

光门毗邻鲲鹏巢，是因鲲鹏巢在此，才有了这条河流，还是说应该反过来，是因为有这扇光门，鲲鹏才在这里筑巢？

石昊决定离开，没有再耽搁下去。

直到看到黑色的北海，他才发现可以进入虚神界，身后的那片区域果然不一般。

想进入虚神界的话，必须保证肉身的安全。

石昊没有在外面冒险，而是选择回归石村，不然的话，在海面上元神出窍，天知道会发生什么。

石村依旧如同世外桃源一般。

远处，山地间，一群孩子在认真地修行。从边荒来的孩子们十分刻苦，带动村中的孩子也不敢懈怠。

当看到无畏狮子皮笑肉不笑，尽量和蔼地凑过来时，石昊反应平淡，觉得这家伙肯定没什么好事。

“我觉得，我也能修炼真凰秘术！”果然，这头狮子绝不会无事献殷勤。

“你抓到五色雀了吗？就是那个在你鼻子上留下鸟粪的小家伙。”石昊不厚道地问这种问题也就罢了，还特意在后面加了一句，戳到了无畏狮子的痛处，差点让它当场发飙，气得蹦了起来。

这一刻，什么真凰秘术，见鬼去吧，无畏狮子转身就走，不想理石昊那浑蛋了。

同时，它心中充满怨念，一直想逮住那只小家雀。它愤怒地低吼一声，扑进大荒，又去寻找五色雀了。

石昊进入了虚神界，没想到赤龙葛沽跟进来了。

上一次的经历太诡异，也太奇特了，居然在虚神界的最深处见到了囚牢，囚牢里还藏着真凰秘术。

葛沽觉得自己这个便宜师父多半又要去虚神界挑战了，不知道他今天能带出什么来。

显然，这次是葛沽想多了，石昊只是想去见那两个老家伙，了解一些事。

“鲲鹏巢旁边，一扇光门内有凝固的世界？”

鸟爷与精壁大爷都是一脸发蒙，不知道是遗忘了，还是压根儿就不知道这件事，反正石昊现在问不出结果。

“嗯？”

突然，鸟爷脸色微变，道：“又来了！”

精壁大爷也是如此，神色有异。

“什么又来了？”石昊问道。

“上界有人下来了，在捶打虚神界的大门，想要进来。”鸟爷没有隐瞒。

石昊道：“那就放他们进来啊！”

“我怕虚神界发生大乱，挡不住他们。”精壁大爷说道。

石昊脸上露出惊讶之色：“为何？”

“他们来自仙域！”精壁大爷道。

“什么?!走，去看一看！”石昊闻言，顿时来了兴趣。

第1502章 仙域来客

WANMEI SHIJIE

这条石阶路十分漫长，沿着它可以登天而上。

昔年，石昊曾经一步一步，拾级而上，进入灵界中。而不久前，他的神魂亦经过这条路，从上界返回虚神界。

今日很不平静，灵界的黄金巨门开启了，从上面走来一群人，这群人有男有女，有老有少，修为都不弱。

这已经不是他们第一次来了，事实上，最近几日，他们每天都要走上一遭，因为他们想进入虚神界。

奈何他们每次沿着石阶路走到尽头时，都只能无功而返，那里有一对巨门挡住了他们的脚步，任他们拍打，就是无人开门。

显然，他们不愿意放弃，每日都拿着神兵利器来这里攻击，引得天地都暴动了，巨门摇颤个不停，都近乎变形了。

但是，此门就是不破，始终屹立着，无法开启。

“大人，真的有必要进去吗？”一个老仆人问道，皱着眉头。

所谓大人，其实是一个年轻人，看起来不过二十几岁，他背着双手，穿着万兽袍，身体周围缭绕着恐怖的仙气。

“你不懂，这里有大造化。”那个年轻男子道。

“没错，这个地方很不简单。”另一个身穿火红色长裙的少女道。她面容姣好，气质出众，一看就是那种很自负的年轻人。

一群人以他们两个为首，因为他们两个来自仙域。至于其他人，不是九天的，就是三千道州的，陪同他们两个而来。

“八域会有造化？那里荒芜无比，应该只是囚笼啊！”那个老仆说道。他并非仙域的生灵，只是如今投靠在那个年轻男子的门下。

“是啊，下界八域被称作牢笼。”有人附和道。

“正因为它是囚笼，所以价值才大到无边！”那个身穿火红色长裙的少女眼中光芒灿灿，非常炽热。

“继续轰击。”那个身穿万兽袍的年轻男子开口道。

牢笼是指下界八域？有人露出异样的神色，十分吃惊。

最近，仙域传出消息，要从九天十地选取无敌种子，着实震惊了各方。尤其是，最后有使者出现了，更加让人振奋。

而今，九天十地的精神世界中已经摆下很多座擂台，正在争霸。一旦有人胜出，成为佼佼者，就可以进入仙域，成为某些古老道统的弟子。

这两个年轻人随使者而来，后来悄然离队，转而进入三千道州，最后更是来到精神世界，到了这里。

“下界可有什么特别的生灵？”那名身穿万兽袍的年轻男子问道。他名为旭辉，来自仙域的万兽宫，背后的道统相当恐怖。

“有一个荒，他很强，曾经称雄年轻一代，不过被仙殿的大人废掉了。”有人答道。

“称雄年轻一代？呵呵。”那名身穿火红色长裙的少女笑了笑，露出揶揄之色。她名为伊洛。

“当然，荒怎么可能跟仙域的大人们相比，他也只能在这下界逞强而已。”一个年轻人说道，话锋一转，“更何况，他如今已是废人一个了。”

这个年轻人来自三千道州的某一大教，带着幸灾乐祸之意，显然这一大教跟石昊曾经有怨。

事实上，这些“带路人”所属的教派有部分都曾跟石昊有过冲突，而他们之所以来虚神界，就是想打听关于石昊的消息。

“可惜啊，算一算时间的话，荒已经废掉了，不然的话，说不定能在虚神界与他重逢呢。”

“那个画面很不错，如果再次相遇，不知道荒是否还那么骄傲，真的很期待再次相见啊！”

一些年轻男女说笑着。

“咚咚咚——”

旭辉与伊洛亲自出手，攻击那巨大的石门。

“开启界门，仙域使者到访！”有人跟着喝道，帮助那两人一起攻击石门。

门内，石昊他们已经到了，并听到了这句喝声。鸟爷与精璧大爷站在那里，皱着眉头。

“来自仙域的生灵可都不简单啊，不好对付，一般的人降伏不住。”鸟爷这般说道。

旁边，赤龙葛沽跃跃欲试，很不服气。

“开门吧，看一看他们到底想做什么。”石昊说道。

“好吧，你确定折仙咒暂时不会发作？小心惹来祸患。”精璧大爷说道。

“无妨，最近都不会有事。”石昊答道。他想看一看那些人想寻找什么。

“轰隆！”

巨大的石门缓缓打开，云雾翻滚，混沌澎湃，响声沉闷。

一群从灵界来的生灵都愣住了，这门居然真的打开了！

“大人神武，轰开了界门，当真惊世啊！”有人恭维道。

来自万兽宫的年轻男子旭辉摆了摆手，他第一时间看清了前方的几人，知道是有人开启了石门。

“哟，原来是有人在迎接我们。”身穿火红色长裙的女子伊洛带着淡淡的笑容。

雾霭散尽，其他人也看到了大门内的几个生灵。

这群人的表情要多精彩有多精彩，在看到石昊的瞬间，他们如同活见鬼一般，嘴巴张得很大，都能塞进去拳头了。

他们无论如何也没有想到，开启界门后，第一时间就见到了石昊，一个个都目瞪口呆。

就在刚才，他们还在议论石昊，结果转眼就见到了，这令他们觉得很不可思议。

“见鬼了！”有人忍不住嘀咕。

“荒，真的是你？”

他们有点不敢相信，算一算时间的话，折仙咒该发作了吧？荒怎么还可以进虚神界？

“按时间推算，这两日，他就该沦为废人了。”有人低语道。

“我明白了，他在利用仅有的时间进入虚神界，以后便没有机会了。”有人给出这样的解释。

他们之前还在谈论若是能见到荒就好了，看一看他而今的表情，结果，还真的实现了愿望。昔日年轻一代的至强者而今要沦为凡人了，再次相逢，他们很是振奋。

“荒，别来无恙？”有人故意说道。谁不知道荒中了折仙咒，怎么可能无恙？

“荒，我来为你介绍，这两位是来自仙域的大人，还不过来一见。”另有人说道，有点狐假虎威的味道。

石昊淡淡地扫了他们一眼，没有说什么，他在打量旭辉与伊洛。

“荒，你还是那么自负，见到仙域的大人还跟过去那么霸道无礼吗？可惜，你已经不再是过去的你了！”有人开口道，甚是不满。

“聒噪！”

石昊终于开口了。他看向那个年轻人，而后毫不客气，抬手就是一指，“噗”的一声，神光激荡，疾速而去，让那人避无可避。

“啊——”那个人惨叫一声，捂着嘴巴，露出惊惧之色，快速倒退，没想到荒说出手就出手。

“连你的父辈都不敢在我面前放肆，你算什么?!”石昊冷冷地说道。

“你就是荒？”伊洛开口道，走了过来，围着石昊转了一圈，上下打量。

“看来传闻有误啊！都说你中了折仙咒，可你还好好的。”旭辉开口道，他一直在观察石昊。

听到这些话，无论是年轻男女还是几名老者，一个个都身体一颤，脸色当即就变了。

尤其是刚才先后开口的几人，小脸煞白，荒没有中折仙咒吗？这是怎么回事？上界尽知，荒的修行路已经断了，没希望了。

几人浑身发冷，如果荒没有废掉的话，别说他们，就是他们的父辈，甚至他们的教主也得发毛啊，谁敢放肆？

第1503章 求助

WANMEI SHIJIE

仙域的生灵可以无惧，但是来自九天和三千道州的人不能不怕，如果荒真的无恙，那就太恐怖了。

连折仙咒都伤不了他吗？他们是不信的，毕竟，那东西是为对付仙而准备的！

“道兄说笑了，我只是命硬，比别人能多坚持几天而已。”石昊回应道。他现在没必要显摆，得知仙域之门开启后，他想了很久，估计这天下不能宁静了。

石昊现在不愿去做那出头的椽子，以免被人盯上，尤其是残仙未灭，如果得悉他中了折仙咒都安然无事，一定会更惦记他。

周围，来自九天与三千道州的人听到石昊的解释，总算长出了一口气，心中不再惧怕了。

不过，他们不敢再挑衅石昊了，都很老实与本分。只要现在石昊还没有真正废掉，那他们就不得不敬畏他。

“那就可惜了，我听说你在边荒十分神勇，很不错。”身穿万兽袍的年轻男子旭辉笑了笑，说道。

他自然也不信石昊可以挡住折仙咒，不相信下界有人能硬抗下来。

“你是一个人才，在边荒跟异域帝族激战，的确不凡，不过，我敢肯定你所对上的帝族年轻人并非佼佼者。”身穿火红色长裙的女子伊洛说道，脸上带着微笑。

“是吗，怎能确定呢？”石昊问道。

“上一纪元的最后之战，不说高层的对决，只论同代年轻人的一战，想想就很可怕。仙域几大天骄，数人重伤，一人战死，很是惨烈。”伊洛答道，并且进一步补充，“他们遇上了帝子！”

石昊哑然，又一个纪元过去了，他上哪里去找帝子？想来俞陀、安澜不会再生出什么亲子了吧。

看来他想跟帝子战斗，注定要成为真仙才有机会了。

同时，石昊心中一凛，当年九天十地覆灭后，仙域果然跟异域交手了，那是迟到的一战。

“道兄，既然你道行还在，帮我一个忙可好？”旭辉问道。

“何事？”石昊问道。

“我们来虚神界，是想找到一个地方，寻一些东西，想请你出手相助。”旭辉说道。

周围，其他人都露出异样的神色，现在他们还是有些忌惮石昊。个别人大胆地打量着他，希望他早日废掉，不然的话总觉得压力很大。

“只要你相助，我就可以保你家人平安。”伊洛更为直接，美目中光芒闪烁，这般说道。

“你什么意思？”石昊沉下脸。

“我是说，你道行将失，不如趁现在还可以发光发热，助我们一臂之力，这也算是一份交情。”伊洛说道。

虽然伊洛的话语比刚才客气了一些，但石昊还是听着不舒服，这分明是带有威胁之意，若他不去的话，他的家人就不能平安了吗？

“这天地随时会变得兵荒马乱，谁都说不好会发生什么。你的那个弟弟天赋好像不错，但有些傲气，很容易得罪人啊。”伊洛说道。

看到石昊脸色有些难看，旭辉笑了笑，道：“小事而已，你放心，没人会动你的弟弟。”

石昊冷漠地看着两人，这是什么意思？明着说没事，其实是赤裸裸的威胁吗？

“别误会，只是正常的切磋。你的弟弟负伤了，养几个月就好了。”旭辉看着石昊说道。

对方越是这样说，石昊的脸色越是难看，他目光冰冷，看着这两人。

“不是我出手的。这一次跟着使者来了六七人，有一个家伙好战，想掂量一下九天十地的修士的实力，挑战了十几场，你弟弟的伤势不算很重。”伊洛说道。

“我倒要谢谢你们两人的好意了？”石昊冷冷地道。

伊洛柔和地一笑，一改此前的态度。她也发现了石昊的冷漠，不愿逼迫，于是道：“道兄尽可放心，我们回去后，就会竭力维护，保证不会再有不愉快的事情发生。”

此前，她觉得石昊都要废掉了，自然不需要多么重视，说话也很随意，但是，她想到要去的那个地方很危险，或许可以让石昊帮他们探路，故此一改之前的自负与孤傲。

“道兄，我们很钦佩你，在这下界你是地主，可得领我们好好转一转。”旭辉也很客气。

他们的态度在转变，这很微妙，让来自上界的其他人都有些惊异，却不敢多说什么。

石昊点了点头，他不希望自己的弟弟秦昊出事，如果这两人帮衬秦昊一下，他不介意给予这两人帮助。

两人都很客气，脸上带着笑容，显然是想明白了，没有必要与石昊闹僵，若是能借他之力就再好不过。

“我们要找一个地方，那是一处神秘的囚牢……”旭辉说道。

听到旭辉的描述，石昊立刻知道了那是哪里，就是他得到真凰秘术的那个黑暗天牢，那里封印着很多恐怖的生灵。

“道兄久居下界，比我们更清楚一些事，不知能否帮我们寻到虚神界的掌控者？”伊洛问道。

这两人想向掌控者请教那个牢笼在哪里，对于他们来说，那个地方有大秘密，更蕴藏着大造化。

“不用找了，我知道那个牢笼在哪里。”石昊说道。他没有为他们介绍鸟爷和精璧大爷，带着他们径直前往目的地。

事实上，石昊很好奇，想知道这两人到底要干什么。

在前进的路上，石昊悄无声息地就控制了一个来自三千道州的年轻人，对石昊来说，这太容易了。

此人依旧在前进，外表看不出什么，可是他的神识海已经被石昊的一股强大神念禁锢了。

石昊不动声色，在这个年轻人的神识海中搜寻，知道了上界一些事，当时就怒了。

秦昊果然被打伤了，而打伤他的人就是伊洛的兄长，同时也是旭辉的结拜好友。那个人原本是冲着石昊来的，听闻石昊在边荒一战表现非凡，便想挑战他。可是，石昊被废，且早已离开三千道州，那个人便找到了石昊的弟弟，与之一战，结果秦昊败了，受伤颇重。

难怪伊洛早先的态度不怎么好，原来就是她兄长出手打伤的秦昊，结果现在她还想利用石昊。

石昊克制住了，没有出手，而是带着他们前往那片古地。

鸟爷和精璧大爷自然也跟着呢，他们都不动声色，和石昊有同样的念头，想看一看旭辉和伊洛到底要做什么。

“啊，就是这个地方。想不到道兄这么厉害，居然找到了这里！”旭辉大喜道。

他们看到了那座黑色的古殿，更看到了后方那数十座都摆放着瓦罐的祭坛，这跟一些人向他们描述的一模一样，应该就是这里。

“你们到底想做什么？”石昊问道。

“实不相瞒，我们不是为自己，而是为我们这一代的王者探察这里。如果可以的话，我们想取走一些东西。”旭辉说道。

这两人都十分强大，居然心甘情愿地这样为他人出力，来这里冒险，可见那个人有多么非凡。

“道兄，可否相助，帮我们开启几个瓦罐？有些藏在当中的东西，对我们来说很重要。”伊洛说道，面带请求之色，显得很诚恳。她表示以后会报答石昊，或者帮他照料秦昊。

石昊闻言，很想一巴掌拍出去，就是她的兄长出手针对秦昊的，现在她还敢诓骗他，欺辱了秦昊，还要他这个当兄长的卖命，实在可恨。

此时，就是鸟爷与精璧大爷的脸色都不是很好看，但是他们没有发作，强行忍住了。

这是什么地方？每一个瓦罐中都封印着一个恐怖的生灵，绝不能将之放出，不然的话将会造成一场大祸。

可是这两人为了得到什么东西，居然要开启封印！

因一己之私，要释放出大凶大恶，无论谁这么做，都会成为历史的罪人，这有可能会毁掉虚神界！

第1504章 不可触及的禁地

WANMEI SHIJIE

放出那些生灵，会造成人间惨剧和滔天大祸！

石昊也忍着怒火，并没有爆发出来，面孔显得很僵硬。

于公于私，他都不会答应这两人的请求，与这两人关系莫逆的人击伤秦昊也就罢了，这两人居然还敢这样利用他，真是不知死活。

不过，石昊没有立刻动手，他表现得很平淡，道："对不起，我做不到。我以前曾尝试在此探寻，可这里很古怪，有危险。现在我中了折仙咒，修为已经有所削弱，虽然还没有完全失去道行，但也肯定比不上从前了，无法在这里动手。"

伊洛闻言，眼中的轻蔑一闪而过，她掩饰得很好，道："只是想请道兄相助而已，不需要大动干戈。"

石昊心中冷笑，这是要撕破脸皮了吗？别说无法相助，就是可以帮忙，这里有没有危险，他还会不知道吗？

"道兄，你是否触动过那些瓦罐？"旭辉问道。

石昊自然不会坦言，他道："没有，我只是在外面徘徊。但我总觉得很压抑，黑色殿宇中的石像有威压传来，让人心悸。"

"一会儿，我们可以一同出手，这里不过是有一些亡魂而已。无数年过去，它们肯定已经虚弱不堪，没什么大不了的。"旭辉微笑着道。

石昊在猜测，他们到底是为了什么器物而来，还是想放走这些恐怖的生灵。若是后者的话，这两人包藏的祸心太大了，得立刻除掉。

"你们到底所为何来？"石昊问道。

"到了现在，我们也不想瞒你。我们的确有所求，那东西事关重大。"伊洛说道。

"你应该听闻过，异域进攻边荒，想要杀过来，就是要找某种东西。如果没有意外的话，这里应该很关键，多半藏有什么。"旭辉的脸色很严肃。

听到这些话，鸟爷和精璧大爷有些迷茫，而后心中一震，眼神清澈了不少。他们有所察觉，有所领悟，回想起了一些东西，神色变得越发难看。

“这种事就是真仙也不知道吧，你怎么会清楚？”精璧大爷问道。他的语气很平静，但是石昊知道，他在酝酿狂风暴雨，两个老头子可能要爆发了。

来自仙域的两个年轻人触动了两个老家伙的某根心弦，让他们想起了一些事。

“真仙不知道此地，但是，那位年轻的王偶然知晓了。他的家族可是仙域最强道统之一，而他的先祖更是仙域的禁忌存在之一。”旭辉说道。

“所以说，我们很坦诚，将这天大的秘密告诉了道兄。”伊洛微笑着道。

石昊叹气，这两人敢说出来，日后肯定是要将其他人灭口的，估计跟着他们来的人都要殒命，至于他，反正要废掉了，不足为虑。

“鸟爷，还想问什么吗？”石昊看向两个老家伙。

“真是胆大包天！这个地方也敢泄露，活腻歪了，统统镇压在这里一百万年！”鸟爷嗷嗷叫道。

“我想起了一些事，这地方是禁地，绝不能发生变故！谁敢放出瓦罐中的生灵，谁就得死！”精璧大爷跟凶神恶煞似的。

他们已经忘记，不久前，他们还亲自将石昊带到这里呢。

不过，两个老头子浑浑噩噩，这不能怪他们，现在他们忆起了一些事，这地方太重要了，必须封锁秘密。

“你们想管我们的事？”伊洛笑了，笑容很冷。

“有什么不敢管的？”石昊说道，并且第一时间就出手了。“砰”的一声，他的掌刀如虹，削了过去。

这很突然，但是伊洛与旭辉都极为强大，两人快速反击，动用最强的力量抗衡石昊。

在他们激烈地交手间，人影翻飞，伊洛捂着嘴巴，横飞了出去，脸庞赤红。

“砰！”

接着，旭辉也倒飞了出去。

远处，那些来自九天十地的修士，个个都心惊肉跳，荒也太霸道了，一言不合，连仙域的两位年轻大人都不放过？

这些人怕了，心想，荒真的没有失去道行，现在战力依旧强大。

“不对，你的道行一点都没有减弱，比传说中的还要强大！”旭辉惊叫道，脸色难看。

至于伊洛，她一只手捂着半张脸，更是恼怒。她的另一只手扬起，有一张符纸在闪耀，绽放仙光。

“你敢惹我，饶你不得！”伊洛叫嚷着，眼神冷厉。

石昊心头一跳，那是什么符纸？居然发出仙光，感觉极其危险。迫不得已，他唯有取出大罗剑胎。

“好大的手笔，连封仙符都带来了！”鸟爷冷冷地道。

“还真是祸害啊，居然想触动这里，不过这等于摸了真龙的逆鳞！”精璧大爷口诵咒语，让这里剧烈地颤抖。

“你敢！”伊洛叫道。

“嗡！”

黑色古殿颤抖起来，那个牢笼也在抖动。

在某一座祭坛上，那里有一个敞着口的瓦罐，一刹那而已，它就将旭辉还有手持古符的伊洛给收了进去。

“还好，这里还有富余的封印之罐。”鸟爷说道。

远处，来自九天与三千道州的那些人都愣住了，两大强者就这么被收走了？

“消息不能走漏，他们也得收！”精璧大爷说道。

那些跟伊洛还有旭辉一同来的人，一个都没跑掉，无法反抗，被收进了同一个瓦罐中。

“咦，我怎么会用那个空瓦罐？”

做完这些，两个老家伙有些发蒙，显然他们的状态有问题，遗忘了太多事情。

见此状况，赤龙葛沽直翻白眼，石昊也一阵无语。

半刻钟后，石昊开始晃动那个瓦罐，审问伊洛与旭辉。

“说，这里是怎么回事？”

那两人惶恐不安，没想到他们居然被封印了。而且，他们没想到连封仙符都没有用上，准备那么充足都会失手。

“是仙域那位年轻的王拜托我们来此探察的，跟我们无关啊！”到了这一刻，伊洛害怕了。

连封仙符都用上了，可见仙域那位年轻的王对这里有多么看重。

“那个人说所谓下界牢笼不是指八域，而是指藏在虚神界最深处的一个牢笼。”旭辉道。他很清楚，自己遇上了大麻烦，再不开口的话，多半会死无葬身之地。

“异域要找的东西可能就在这里。”伊洛也赶紧补充。

石昊神色严肃，心中波澜起伏。

第1505章 斩记忆

WANMEI SHIJIE

这件事如果传出去的话，后果不堪设想，必须严密封锁消息。

石昊看了又看，这个地方只有他与鸟爷、精璧大爷，还有赤龙葛沽。

“我看，还是斩了你们的记忆吧。”鸟爷说道。他的脸色相当尴尬，但是马上又恢复了严肃。

斩人记忆，这不是什么好事，可现在鸟爷却不得已而为之。说起来，这也怪他自己，毕竟是他将石昊引到这里来的。

“我们遗忘了太多，光想着给你真凰秘术了，没想到还有这么大的因果。”精璧大爷也开口道。

石昊一阵无语，这两人得有多糊涂啊，到现在才警觉。

赤龙葛沽也在腹诽，这么大的事都能忘个干净，这两个老头子也太不靠谱了。

“徒儿，去吧，让这两位前辈施法，帮你斩掉一些痛苦的记忆，以便解脱。”石昊微笑着对赤龙葛沽说道。

葛沽翻白眼，尽管现在拜石昊为师，可总有那么一点不甘，他可是当世唯一的真龙啊，尤其是听着石昊这么说话，总觉得这个便宜师父不靠谱。

在葛沽犹豫时，“砰砰砰”几声，另外三人一起动手，将他抓住，让他想反抗都不行。

“啊，怎么不先从你开始?!”葛沽挣扎着对石昊道。

“你这不孝之徒，难道不知道有事弟子服其劳吗？”石昊一脸正色，毫不客气地将葛沽按在了那里。

“我不想忘记这里，我以后还想来……”葛沽大叫着，可惜最后他被两个老头子直接抹去了相关记忆，而后一把从这里给扔了出去。

葛沽莫名其妙就到了虚神界的另一地，想了半天都不知道发生了什么，一脸发蒙。最后他无奈地离开此界，返回了石村。

“该你了。”黑色殿宇旁，两个老头子盯着石昊。

“你们也好意思动手？自己神志不清，什么都快遗忘了，日后还不知道会发生什么呢！”石昊大言不惭，一脸的严肃之色，将两个老头子唬得一愣一愣的。

“别废话，赶紧的，你也得抹去那部分记忆！”鸟爷回过神来，向前探臂。

“你还是当心你肩头那只鸟吧，我如果是你，就直接将它给炖了。”石昊笑道。

精璧大爷也出手了，他向前抓去，要将石昊制住。

“两位大爷，那就切磋吧。动用你们的真本事，我早就想向你们请教了。”石昊哈哈大笑道。

“轰隆！”

这个地方如同天翻地覆一般，三人动手了。

不过，争斗并没有持续很久，仅几个照面而已，两个老头子就收手了。

“好吧，你要守口如瓶，这事不能泄露，很有可能会成为最可怕的大祸！”两个老头子严厉地告诫石昊，跟以往的态度完全不一样。

毫无疑问，两个老头子不可能放走旭辉与伊洛，若无意外，他们就再无重见天日之时了。

并且，三人又一次重审旭辉与伊洛，要他们道出究竟。

同时，石昊也在向两个老头子请教，刺激他们回想过去的秘密，看是否能记起当年的一些事。

结果，还真有一定的效果，石昊知道了一些秘闻！

九天十地所有的精神世界，如灵界、虚神界等，都早有“骨架”，是仙古遗留下来的。这一纪元之初，诸多神祇又对精神世界进行了完善。

按照两个老头子所说，许多神祇在坐化时并不知道，他们惊人的神级精神力被接引并被融入灵界、虚神界，以维系这庞大的精神世界。

“虚神界较为特殊，哪怕在仙古纪元都很神秘，它是一个精神牢笼，有别于其他。”

这是伊洛和旭辉透露出的秘密。

原本他们两人自然都没有资格知道此事，是他们身后那个年轻的王告知他们的。

当石昊离开这个黑暗牢笼时，心中波澜起伏，别看他不久前嘻嘻哈哈的，面对那么严重的事都在笑，可其实他内心很沉重。

如果被异域的人知道这里的事，那他们攻破边荒后，肯定会直接杀到虚神界来，那将是毁灭之灾。

无须细想，仙域那位年轻的王野心勃勃，他从父辈那里了解到古代大秘后，竟敢将手伸向这里，在未来这多半也是一场祸事。

石昊皱眉，轻轻一叹，道："我得变强啊，不然不足以应付。"

"你要去哪里，灵界吗？"鸟爷问道。

因为，石昊让他们打开了界门，要沿着那条石阶路登天而上。

"我想上去解决个祸患。"石昊说道。

伊洛的兄长还在三千道州，想必他也是那位年轻王者的人，最好将他也给捉来，免得发生意外。

相信手下的人都失踪后，那位年轻的王会谨慎起来，不敢随意遣人来虚神界了，这也算是一种警告。

"留他在上界确实不好，万一被禁区的人洞悉什么，那就不妙了。这种事在仙域有几人知道实属无奈。"鸟爷点头道。

九天上有禁区，禁区与异域的关系很复杂。

石昊沿着那一级又一级石梯而上，速度很快，再也不像从前。

"嗯？"来到灵界之门前，他不禁一愣。那里有古怪，布置有玄妙的法阵，虽然大门有缝隙，没有完全关闭，但是他感觉极其危险。

"这是阻挡虚神界的人上去吗？"石昊冷笑道。这多半是阻挡他吧，或许确切地说是设伏，他若是进去的话，肯定会遭遇杀劫。

众人都知道他在灵界与虚神界中可以随意进出，这多半就是为了拦住他。

所有人都知道，他当日中了折仙咒，会在一个月内废掉。

"担心我在这一个月内疯狂报复吗？太小看我了。"石昊站在那里，没有前进，仔细思考。

忽然间，他听到门内有声音传出，似乎有一些修士驻守在附近。

"你们说，荒如何了，是否已经废掉？"

"还用说吗？算一算时间，一月之期已至，他已沦为废人无疑。"

"稍等半日就可知晓，伊洛与旭辉两位大人去了虚神界，想必可以带回确切的消息。"

"说起来，荒也怪可怜的，就这么废掉了。对了，他的兄弟秦昊可是伤得不轻，被伊洛的兄长打得很惨。"

第1506章 守株待兔

WANMEI SHIJIE

石昊在门前站了片刻，眸光闪动，随后，他转身走了，没有进去。

“咦，我怎么好像听到了一声叹息，就在界门外。”

“不会吧，我还以为是错觉呢，刚才好像看到了一道影子，如幽灵般一闪而没。”

“不会是什么大凶从虚神界上来了吧？听闻那是一个牢笼，关的都是太古以前罪大恶极的生灵。”

界门后，一群人面面相觑，觉得脊背一阵发凉。

“闭嘴！谁让你们在这里瞎议论，若是下面有人上来，也会被你们惊走，这界门前布的法阵陷阱根本起不到作用！”一位老者走来，大声呵斥。

石昊没有进入灵界，而是沿着原路走，不过他没有回虚神界，而是停在了不远处的一座铜坛上。

这里名为铜雀坛，是一座高台，可以当擂台使用。

当年，石昊第一次来铜雀坛时，便在这里与凤舞大战，和藤一甄古等人对决，往事历历在目。

原本他还想无声无息地进入灵界，去了解情况，看一看如何对付伊洛的兄长。现在界门附近都是人，他如果贸然强闯的话，肯定会打草惊蛇。

“那就守株待兔，多等上一段时间吧。”石昊在这里坐了下来。

他相信，伊洛、旭辉久去不归的话，肯定会让等在上面的人着急。伊洛的兄长伊海那么自负，多半会按捺不住，去虚神界寻找伊洛。

“想挑战我，却去羞辱我的弟弟。此人骄狂自负，想来他应该敢入虚神界，不会退缩。”石昊自语道。

在他看来，伊海明知他战绩非凡，还做出那种事，可见伊海强势而好虚名，显然是想踩着他上位。

灵界，伊海最近十分高调，名动九天十地。

他曾几次出手，除了在现实中击败数位曾在边荒参战的年轻强者外，还在灵界连破纪录。

若非被仙域使者警告，伊海会继续挑战下去。他的目标有很多个，比如十冠王、小天王等，都是他要挑战的对象。

甚至，就连和仙域交情莫逆的长生世家王家，也是他想要挑战的目标的家族，他曾听闻王长生有第十子，而今也出世了。

各大长生世家当年担心异域覆灭九天，都留有最强火种。这一世，异域大祸意外消退，故此许多“古人”出世了。

被仙域使者警告后，伊海不得不收手。

近日来，伊海接连进入各大世家，都是被请过去的。各大世家送给他各种奇珍异宝，希望他可以对他们照拂一二。

伊海毕竟是仙域来客，各大道统都不得不拉拢他，希望能对他们有所帮助。

近日，伊海进入仙殿，跟几位强者相谈甚欢。这里有残仙闭关，他倒也不敢放肆。

“可惜，荒被这里的大人废掉了，不然的话，我就是冒着被使者责罚的危险，也要将他挑落马下！”伊海说道。

“伊兄天纵之资，所向披靡，若是荒还在，也只会避退，他怎能跟仙域的天骄相媲美？”

“他那弟弟被我教训了一顿，半年都无法下地，全身骨骼被规则之力侵蚀，这也算是给他们那一脉一点教训。”伊海大笑道。

…………

这些话被仙殿的老仆传了出来，令外界一片震动。

显然，仙殿的生灵是想借此平息一些乱子。残仙出手将石昊废掉，这件事引发了很大的风波，虽然各教不敢多语，但暗中还是有很多人不解，也有一些人心中愤懑。谁都知道，石昊在边荒立下了大功，而现在仙殿放出这样的风声，是想向世人表明，连仙域的人都对石昊不满。

伊海离开仙殿后，有许多道统去请他，极力和他套近乎。

如今仙域之门开启，仙域会选拔部分精英种子，因此，各大道统莫不想送人进去，可是，正规的擂台对决，能选走多少人？故此，他们想通过别的关系，将自己的人送进去。

各教都极力卖好，宴请伊海，顺着他的话说。

“大人来自仙域，相对来说，三千道州算是苦寒之地，与真仙栖居之地无法相比啊！而这里的强者跟大人自然也无法相提并论。”

“不错，即便荒名动十地，纵横九天，跟伊海大人对上的话，他也只能是有败无胜。”

伊海闻言笑了笑，道：“真是可惜，他废掉了。”

“废掉等于保全了他最后的名声，不然真的落败，那就太不好看了。”有人附和道。

“真是可惜，我曾去寻过他的亲兄弟。他那亲兄弟的天资确实很不凡，但实战经验等差得远了，只是温室里的豆芽菜，被我教训了一顿。看在五行山的分上，我饶了他亲兄弟一命。”伊海说道。

众人既震惊又疑惑，秦族有五行山，让仙域来客都忌惮，甚至可以说旁人必须得给秦族面子。

“当年，五行山在仙域也曾有威名。”伊海说道，不过并没有多讲。

伊海在等，已经过去一天一夜了，他的妹妹伊洛还没有回来。

他不禁蹙眉，仙域那位年轻的大人叮嘱他们一定要小心，务必探得虚神界的秘密，不容有失。

“不行，我得走一趟！”伊海有些不安。

“大人要去虚神界？”有人问道。

“不错，旭辉与我妹妹至今未归，我不放心，要去看一看。”伊海答道。

旭辉与伊洛对外的说法是，他们想游遍九天十地，可是没办法进入下界八域，便从灵界通道去领略一番。

“或许，他们觉得虚神界风光秀丽，风土人情不错，多驻足了一日。”有人说道。

“那正好，我也去虚神界，若是能碰到荒最好不过了。可惜，算算时日，他应该已经废掉了。”伊海站起身来，这般说道。

“大人说笑了，你已经无敌。”那人说道。

“只是我有点遗憾，没能跟荒对战。唉！不过，通过他弟弟来看，我对他们这一脉很失望，也不过如此。这次去虚神界，真希望遇到他啊！”伊海感叹道。

这一日，伊海进入了灵界。

界门这里，许多人都站起身来，向他行大礼。

伊海点了点头，笑了笑，并没有多说，径直走进虚神界。

“咦，忘记告诉那位大人了，不久前这里疑似有人叹息。”

“算了，可能是我等的幻觉。再说了，如果真有什么也不用担心吧，那位大人不是想挑战荒吗？”

这些人小声地议论着。

铜雀坛上，石昊静静地坐着，一点也不着急，他相信伊洛的兄长必然会来，只是时间早晚的问题。

这时，他听到了脚步声，有人来了！

“嗯?!”伊海止步，看到了铜雀坛上背对着他的身影。那个人很安静，就那么随意地坐着。

“你是谁？在这里干什么？”伊海问道。

“守株待兔，等你。”石昊答道，没有起身。

伊海的脸沉了下来，目光冷厉，对方这么直接，镇定自若，当他是谁?!

“你可知道我是谁？”伊海的声音很冷。

“一只兔子而已，等你很久了。”石昊平淡地答道。

“你……找死吗？”伊海的声音很冷，脸上露出不屑之色，来到九天十地后，还没有人敢对他这么不敬。

“你是荒，对吧？”伊海并未失去冷静，第一时间做出这种判断。

石昊起身，转过身来，冷漠地看向伊海，怒气瞬间席卷而出。

“不错，应该就是你，跟秦家的那小子长得有些像。可惜啊，你那不成器的弟弟太弱了，我一只手而已，就将他打败了，很让我失望。不知道你这当哥哥的能比他强上多少！”伊海冷笑道。

伊海这是有意的，他在观察石昊的反应。其实，他已经意识到自己可能遇上了一个无法想象的敌人，对方比他预料的要可怕很多。

“不作死就不会死！”石昊只有这么一句话，便直接出手。

“很好，你还没有废掉。今日我来出手，让你提前变残！”伊海断喝道，俯冲过来，与石昊激战。

不得不说，伊海比旭辉还有伊洛强太多了，他真的非常勇猛，仙气激荡，仿佛要撕裂铜雀坛。

“轰隆隆！”

这个地方如同出现了末日天劫一般，雷光刺目，秩序神链交织，铜雀坛被淹没了。

石昊心中震惊，这个人真的非常强大，出乎他的预料，想来在仙域中也是非凡人物。

时至今日，有几个同代人能跟他激战到这一步？两人已经打了百余个回合。

不过也只能止步于此了，石昊不想耽搁时间，拳头发光，若一轮太阳炸开，雷霆出击，压迫得伊海不得不拼命。

十几招后，伊海的宝术被击散，神光被击穿，“砰”的一声，他的嘴巴中拳了。

灵界之门传来“当”的一声巨响，吓得一些人心惊肉跳。

“发生了什么？”这些人纷纷跃起。

“牙齿，一颗牙齿！”有人惊叫。

“当当当！”灵界之门再次发出响声。

突然，几颗牙齿飞来。

“我怎么觉得，像是那位年轻大人的牙齿，这……”

那几颗牙齿很特别，雪白中带着丝丝赤光。不久前伊海从这里入灵界，他们印象深刻，这个来自仙域的生灵，雪白的牙齿上宛若有赤电闪烁，很是奇异。

“天啊，真的是那位大人的牙齿！是谁将那位大人打成了这个样子？”

第1507章 大凶

WANMEI SHIJIE

那是谁？来自仙域的年轻大人，名为伊海，据闻在另一个世界很有名气，为某一大教的杰出弟子。可是，他在通往下界的路上遭遇了什么？——被人横击！

这些人心中发颤，怎能不害怕？那位来自仙域的年轻大人刚刚进去，就遭遇这等惨祸，实在令人惶恐。

谁在阻击他？他真的遇到了下界的大凶吗？

一般的上界生灵对下界不太了解，只知道那是放逐之地，关押着古代的囚犯以及穷凶极恶的生灵。

越是不了解，传得就越邪乎，甚至有传言称，那里还有仙古年间被镇压的大凶呢，而且那大凶还等着脱困而出。

其实，有些事若是细想起来，并非空穴来风，比如十凶之中有人活到这一纪元的太古年间，曾在下界出没。

“快、快去请人啊！”

“快去禀报给各位掌教！”

这些人惊慌失措，一个个大叫着，不少机灵的人转身就逃，趁机离开这是非之地。

“去几个人就好了，不要全部都离开！”一位老者呵斥道。

可是，没有人听他的，几乎一下子就跑掉了大半的人。一些人冲向四面八方，最后就是那老者也浑身起鸡皮疙瘩，跟着跑了。

就在这片刻间，灵界之门那里传来吼声，如同野兽在哀号。

“嗷——”

又是一阵凄厉的叫声传来。即便早已远离界门，躲得很远，可一群人还是忍不住战栗。

有一群人跑了，但最终还是有半数人被迫留下，在最远处监视，怕被那些掌教知道后遭到责罚。

“天啊，伊海大人进了地狱吗？怎么会这样嘶吼？”

“我觉得，下界很有可能连着地狱之门，埋葬着史前的各种大凶，现在那些大凶突破封印了。”

一群人战战兢兢，着实被吓到了。

连仙域很有名气的年轻高手都在这里遭遇挫折，发出不像是人叫般的声音，怎能让人不惊惧？

此时此刻，铜雀坛上，伊海踉踉跄跄，不断向后退去，他经历了人生中最黑暗的一天。

他从来没有哪一刻像现在这般觉得耻辱、愤懑，他真的打不过那个人，被人压着打，身体都快散架了。

这是一种巨大的挫败感，他从来都没有经历过。

在仙域，他是名动一方的俊杰，哪怕有对手，也曾被人追击，但也没有遇到过这种大败。

这是一种奇耻大辱，那个人族的年轻强者，一拳强过一拳，就这么压着他猛攻。

这还是人吗？伊海忍不住想诅咒，想大骂。他从来没有遇到过这样的人族修士，要知道，在仙域中，最凶狂的族群恐怕也没有这种力量。

此时，伊海觉得不是一个生灵在跟他战斗，而像是一颗又一颗缩小了，但质量等未变的星体，不断轰砸在他的身上。

“轰！”

又是一拳砸落，伊海举起双臂挡在前方。他的双耳嗡嗡作响，双目模糊，口鼻似乎不能呼吸了。

“啊啊啊啊——”伊海嘶吼着，如同野兽在哀号。

他简直要疯了，今日遇到荒，除了最开始的一百多招他还能占据一些主动外，接下来他全都是在被动迎击，每一次都要受重伤。

伊海的体内，骨节噼啪作响，疯狂地重组。可是，他依旧无法与石昊抗衡，双手一次又一次被轰击，那种疼痛让他快要发疯了。

在伊海看来，从仙域那些古老道统中走出来的年轻人也不见得就一定能压制荒，这个家伙太邪门了。

他甚至觉得，荒超越了人族的极限，发挥出的潜能极不正常！

在伊海的认知中，仙域自古至今所出的盖世高手，都来自那几个血脉稀有的特殊族群，所向无敌。而人族的人口基数巨大，血脉并不稀奇。

虽然很多人都说体质不重要，可是超脱之后，达到某一层次时，体质还是有作用的。

伊海曾听闻，那是仙王的体验，是无上高手的真实经历，有些先天条件是不可缺少的。

可是，这个荒似乎根本没有这种极限短板，他血气滚滚，强盛至极。

“我知道了，你的体内肯定还流淌着其他无敌强族的血液！”伊海低吼道。

“滚！”石昊一拳轰出，将伊海的身体再次击中。

石昊自己是什么族群他还不知道吗？同时，他觉得有些可笑，强与不强跟族群真的有那么大关系吗？

“所谓体质，所谓族群，肯定是你家大人说的吧。这些话，只是蒙蔽你这种无知之人，给你们信心罢了！”石昊横空而来，一脚踏下。

“噭——”伊海惨叫。

“既然觉得人族的潜力不够强大，为何你们又选择人形进化方向呢？”石昊冷冷地说道。

听到这些话，伊海顿时一愣，但很快又清醒了，道：“你不懂，所谓人形，只是与人族外表相近，但内部的大道纹路完全不同！”

“也就是说，人族天生是接近大道的族群，只不过有些桎梏需要打破罢了。”石昊非常平静，出手时却毫不留情。

“啊——”伊海惨叫一声，像是受到了刺激，同时也像是受到了启发，一声嘹亮的凤鸣声响起。

他的身体变大，血液剧烈地涌动，一下子变成了魔猿的面孔，背后生出凤凰的双翅，此外双足也化成凤凰爪，而双臂则为魔猿臂。

这一刻，伊海的样子很怪异，也很吓人。

“原来是个杂种！”石昊冷笑道。

“我要斩了你！”伊海怒吼道。他这是在返祖，他既不是纯血凤凰，也不是纯血的大力魔猿，故此他这一脉进化为人形后，一般来说都不会再显现本体了。

到了伊海这一代，他们已经固定为人形，很难显现出祖上的本体，如果想要返祖，需要付出极大的代价。

因为，他们这一族曾使用固化术，就是为了追求某一领域的极致强大，抛弃了一些身体潜能。

伊海这一生也使用不了几次返祖之术，因为使用返祖之术之后，不光肉身会发生变化，神魂也将分散、重组，对他的伤害很大。

“轰！”

下一刻，石昊背上出现了一对巨大的凤凰翅，翅膀一震，天地动荡，那景象太过恐怖。

此时，就是那坚固的铜雀坛都龟裂了。随着凤凰翅发光，这里的一切都被禁锢了。

“你不是有凤凰血脉吗？让我来教一教你怎么施展凤凰神通。”石昊的声音很冷。

伊海惊恐不已，随着对方的凤凰翅发光，他动不了了。

“轰隆！”

石昊一脚踏下，压着伊海落在铜雀坛上。

“所谓返祖，也不过如此嘛。”石昊轻语道。

一时间，伊海万念俱灰，在他眼中，这是一个少年大魔王，或许只有仙域那几位年轻的王者才能以同辈之资镇压这个人。

“就这样的人，也敢来下界作威作福？”石昊俯视着他。

伊海想到了不久前，他也曾这样将荒的弟弟踩在脚下，结果现在反过来了，他成了被践踏者。

第1508章 惊动各方

WANMEI SHIJIE

耻辱，从未有过的奇耻大辱！

对方就那么一脚踩在他的身上，踏着他的胸膛，居高临下地俯视着他，令他脸皮发红，而后又变得铁青。

“你还不服吗？”石昊笑了笑，而后神色变冷，“就凭你也敢辱我亲人，害我弟弟？”

在第一次听到伊海出手将秦昊重创时，石昊心中就生出了怒火，尤其是听到伊海是为了要挑战他而导致秦昊受了牵连，他更加想出手了。

伊海的神色越发难看，被人踩在脚下，他觉得胸腔都要炸开了，眼中凶光闪烁，恨不得长啸一声。

“听闻你想挑战我？”石昊问道。

伊海还能说什么，他这是自取其辱，早先的自负以及非凡的战绩，在荒面前就是一个笑话。

他很强，也的确跟荒战了一百多回合，可是到头来输了就是输了。

“你这样的人，也只能欺负一下境界比你低的生灵吧。我觉得我弟弟如果跟你一个境界的话，不见得会输！”石昊道。

伊海的脸越发滚烫，他的确算是以大欺小，狠狠地收拾了秦昊一顿。

但是，如果说伊海真的不堪，潜力不足，修为不行，那也绝对冤枉他了，他在仙域还是有不小的名气的。

“士可杀，不可辱！”伊海吼道。

石昊道：“你要是真有骨气的话，就不会对我弟弟动手了。牵连别人算什么，你不是想找我吗？我真身在此，来吧。”

“嗷——”伊海嘶吼一声，跃了起来，直接向石昊扑了过去。

可惜，这注定是一场没有胜算的战斗，他的魔猿神通，他的部分凤凰威能，在石昊面前都不够看。很快，他就又被拍翻在地。

到了最后，伊海没有力气了，躺在地上一动不能动。

“说吧，你们到底想找什么东西？”到了这一刻，石昊将伊海打得没脾气了，才开始逼问。

“你怎么知道？对了，伊洛还有旭辉都落在了你的手中？我就知道，他们出了问题！”

伊海脸色难看，此时才想到这个问题。

这并非他迟钝，主要是他刚才被石昊打得整个人都蒙了，一直处在一种愤懑的心境中。

到了最后，伊海吃不消了。石昊以灭魂针刺向他的眉心，要灭他的元神，他当即就抗不住了。

伊海虽然骨头硬，但到了生死关头，还是不愿意真的殒命，于是服软了。

可惜，他知道的也有限，基本上跟旭辉和伊洛说的那些差不多，让石昊相当不满意。

“守株待兔，就等到你这么一只没用的小白兔！”石昊说道。

伊海气得七窍生烟，肺都要炸开了，还真当他是一只无害的小兔子？他何曾被人这么轻视过？

可是，接下来石昊的动作更加让他受不了，石昊就那么抓住他的一条腿，沿着石阶路向虚神界走去。

真是气杀人也！伊海怒了，他如同一只兔子般被人提着腿，就这么拖着向虚神界而去。

“我自己会走！”伊海羞恼地叫道。他宁愿自己顺从地跟着走，也不愿意这么被人拖着走，这是一种耻辱。

“我知道，但我觉得这样更合适。”石昊回应道。

伊海气得头发都竖了起来，眼睛瞪得很大，可是最后又跟泄了气的皮球一般，彻底没脾气了。

遇上这么一个无法无天的主，他还真是没辙，打也打不过，恫吓人家也不怕。

就这样，石昊拖着伊海，一路走到了虚神界大门这里。

“这就是仙域的那个小家伙？”鸟爷说道，他和精璧大爷都在这里等着呢。

听到这样的话，伊海都有点麻木了，他算是看出来了，下界就没有一个好东西，连慈眉善目的老人说话都这么可恶。

“你留着他什么用？”精璧大爷问道。

“留着有用，回头让他给我徒儿当陪练。”石昊说道。他心想，一个实力很强的仙域生灵，应该是上好的磨刀石。

赤龙葛沽被喊来了。

为此，鸟爷和精璧大爷不得不又开启了一片区域，那是一处坚固不朽的擂台，同时也是一个牢笼。旁人上去后没有他们的相助，便无法出来。

就这样，赤龙葛沽的生死战开始了。

石昊曾跟葛沽说过，同境界的厮杀，击败不了对手，那么自身就会被击灭，作为师父不会出手相助。

这很残酷，但是赤龙葛沽没有抱怨，他表现出从未有过的严肃，在那里等待对决。

一旁，鸟爷和精璧大爷都在看着，他们的态度不像石昊那么冷酷。他们制定各种规则，规定每次战斗只有短暂的瞬间，为的是让稚嫩的赤龙葛沽逐渐适应。

石昊不管这些了，他回到了石村，这一日终于见到了阔别多年的毛球——朱厌。

“你还真是潇洒，朝游东海，暮宿西山巅，这么多天都不见你的身影。”石昊说道。

毛球见到石昊后，表达热情的方式很不一般，化成一只与天地齐高的金色神猿，直接抡动一柄山岭长的大矛，轰砸下来。

这才一照面，毛球就要掂量石昊的修为。

可是，石昊一根指头就接下了这一招，这让毛球相当泄气，它快速缩小，出现在石村中。

“你以为我在游山玩水？这么多天以来，我一直扎根在大荒中，寻找山宝呢。”毛球答道。

石昊心中一动，就是他至今也对那山宝念念不忘呢。

“你有线索了？走，算我一份，一起找出来！”石昊说道。

在石昊跟毛球去找山宝时，上界不能再平静，三千道州的各方教主都被惊动了。

伊海是什么人？强大无比，在虚神界同级一战中，他会被人打伤？这不可能！

然而，他们得到消息，的确如此，那些弟子门徒亲眼所见，伊海被人打得满地找牙，如今还在灵界之门的近前呢。

这些人被惊动后，一起进入灵界，来到界门前，结果他们都愣住了，好长时间说不出话来。

这是何人所为？真的是古代大凶突破封印了吗？可是，类似鲲鹏、真龙这种生灵，不是早就死绝了吗？除了鲲鹏等，还有谁能在这同阶中击败伊海？

“是荒！我觉得一定是他。除此之外，下界还有谁这么强势，可斩仙域的年轻大人？”有人做出这种判断。

“可是，他不是被废掉了吗？算一算时间的话，如今他已经道行尽失，沦为凡人了。”有人蹙眉道。

“我觉得什么事情发生在荒身上都不是没有可能的，他是个变数。”这是天国之主说的话，他对石昊无比重视。

若是有可能，天国之主真想找人冲到下界去彻底灭了石村，以求证石昊是否真的废掉了。

然而，仙殿的人摇头否认了。残仙很确定地告诉他们，这种诅咒，就是真仙一旦沾上，同样都要废掉，就更不要说区区一个遁一境修士了。

“荒必然废掉了，绝不可能是他。一定是下界有什么特别的东西，比如说真龙巢内的蛋孵化了，比如说鲲鹏还有遗腹子。”

一时间，三千道州都在谈论这件事，哪怕石昊离开了，被认为废掉了，可众人也还在谈论他。

不久后，这件事传到了九天上，惊动了各大长生世家，就是月婵、邀月公主、谪仙、王十等人都知道了。

此外，仙域的使者亦听闻了此事。

“有必要去一趟虚神界，看一看那里究竟有什么，那位故人如今是否还无恙。”这几日，先后有人动身前往三千道州，他们准备一起去虚神界探险，寻找真相。

第1509章 鸿鹄禽圣

WANMEI SHIJIE

“有没有组团去三千道州的？从那里转道去虚神界，看一看那所谓仙域俊杰被打得满地找牙的景象。”

九天上，曹雨生在吆喝，呼朋唤友，要去三千道州凑热闹。当听到虚神界的消息时，他整个人都很激动。

相对来说，小蚂蚁更直接一些，它嚷嚷着石昊一定无恙，道行没有被斩掉，是他镇压了伊海。

“哈哈哈，痛快啊！那个伊海人五人六的，四处挑战，骄横跋扈，我早就想收拾他了，结果被我兄弟给打了。”

小蚂蚁就是这么直接，别人都还半信半疑，不确定是谁出的手呢，它就已经认定是石昊做的了。

“那绝对是他的风格！”小蚂蚁拍着胸脯，一口咬定了是石昊所为。

“邀月公主，走吧，别参加什么擂台赛了，去三千道州吧。”这是曹雨生给长生皇朝的公主送去的信。

“月婵、清漪，你们真的成一个人了吗？该出关了。”

“重瞳小子，你兄弟又复苏了，邀你去再战一场。”

“十冠王，我兄弟捉到伊海了，你也敢镇压一个仙域来客吗？”

“金展、王曦、王十，有种在虚神界战一场！”

真可谓看热闹的不嫌事大，这些话有的是曹雨生与小蚂蚁喊出来的，有的是其他人起哄，送的信，放的假消息。

各地热热闹闹的，相邀一些名人去虚神界探个究竟，看一看那个大凶是谁。

“我可以很负责地告诉你们，荒已经废掉了，再谈论他如今有多强，已经成为一个笑话，他不可能再出现了！”

这是仙殿的强者的话，他明确地告知众人，荒已经成为过去，彻底沦为了凡人，不可能再出现在修行界。

他们曾在残仙的沉眠地又一次请教，得到了确切的答案，荒当日的确中了折仙咒，注定道基尽毁。

各地一片嘈杂，都在谈论这件事，许多人更是已经聚集在灵界之门近前，等人一起去下界。

大凶令人忌惮，一般的人不敢独自下去，等待人马越聚越多，才会动身。

石昊没有再去关注这些，因为他早已料到了这种情况，全都交给鸟爷与精璧大爷去处理了。

石昊跟毛球动身，深入大荒，一路追寻，欲找到那山宝。

当年，山宝出世时，瑞光迸发，气象万千，引得穷奇、吞天雀、毛球、小红鸟激烈争夺。

那个时候，柳神才从垂死中复苏，没有参与争夺山宝。

想到柳神，石昊不禁一叹。柳神从树体尽毁，化成一粒种子，走向涅槃，再到遭遇莫名的雷击，又一次在死亡的边缘挣扎，不知道它都招惹了些什么。

从仙古年代到这一世，柳神等于经历过几次“轮回”，由最强到最弱，再慢慢重新开始。

柳神的路是怎样的？它究竟要去哪里？最后的结局会是怎样？石昊想到了柳神最后消失的地方，那也是禁区之主遭劫的地方，那片堤坝的后方到底有什么？

当年，柳神栖居在石村时，完全破掉了自己的无敌金身，从底层开始。村人尽知，最初的那些年，它通体焦黑，彻底枯败，没有一点生机。

直到数年后，它才从最虚弱的状态复苏，抽出一根嫩枝。在随后的几年中，柳神慢慢修行，积攒了一些力量。

显然，这片大荒已经不再是石村附近的地域，而是到了荒域的边缘，此处怪石嶙峋，石山兀立。

石昊发现了一个鸟巢，鸟巢很大，以黑梧桐古木搭建而成，坐落在一座石山之巅，散发着朦胧的灵气。

“吞天雀的巢穴？”石昊惊讶地道。

即便过去很多年，他也没有忘记那只凶禽，这就是它的气息。

不过，吞天雀已死，来这里意义不大，石昊回头看了一眼毛球。

毛球挠了挠头，道：“你应该知道，当年山宝被我所得，结果我重伤垂死，真身躲在烂泥下，山宝丢在湖中，最后遗失了。”

毛球当年不幸失忆，遗忘了太多的事情，直到多年后才恢复记忆。它怀疑最后是吞天雀得到了山宝，因为它后来去过那片烂泥塘，在那里发现了吞天雀的残羽。

当然，毛球也不能完全确定是吞天雀得到了山宝，毕竟它们激烈地大战过，它身上沾上一根凶禽羽，遗落在那附近也很正常。

“吞天雀不在了，但我发现，曾有一个很强的生灵来过这里。”毛球领着石昊进入巢穴。

这里面很寂静，灵气氤氲，有蒲团，也有一些器皿，是一处宁静的修行之地。

“我族除了七十二变较为出名外，还有一种神通，可以返本还源，探察某一地的近年之景。”毛球说道。

它在这里施法，渐渐地，吞天雀的巢中出现了一道淡淡的虚影。这是一个老者，他头发雪白，很模糊，但真实地存在过。

有人曾来过吞天雀的巢穴，而且那人的实力很强。

“我功力不足，追查了很久，都没能确定这个人是谁。”毛球叹气道。这是它发现的最重要的线索了。

石昊闻言，有些吃惊，看来当年八域大乱过后，还是有一些强者生存了下来。

“你来试试。”毛球将返本还源的神通传给了石昊，让他在这里施法。

“轰隆！”

风雷大作，石昊施法时，这个地方虚影重重，便是一些不相干的虚影都浮现了出来。

毛球吃惊地发现，此时石昊的修为一路猛增，从真神到天神，又很快冲了上去。

“你到底有多深的道行？”毛球问道。

这也是外界的疑问，许多人猜测石昊在真神境，也可能摸到了天神的边缘。现在看来，所有人都低估了他！

“遁一。”石昊答道。

毛球愣住了，心中震撼不已。随后，它露出古怪之色，当年那个小屁孩成长到这一步了？别说下界，就是放眼诸天，有成长如此快速的生灵吗？

“打破神话，铸就无敌路。”毛球叹了口气，道。它知道，石昊未来的路，注定非凡，同时也会有恐怖的劫难，这等人物一生都不可能平淡。

“咦，清晰了，这也是一只魔禽？”毛球惊讶地道。

石昊也露出惊讶之色，那个老者越发清晰，苍老得不成样子，最后化成了一只鸿鹄！

“不可能！”毛球道。

“这是谁？你认识吗？”石昊诧异地道。

“这是鸿鹄圣者！”毛球答道。

石昊一愣，而后想了起来，那不是吞天雀的师尊吗？

有传言，吞天雀得鸿鹄圣者指点，如此修为才逐渐强大起来，可是在鸿鹄圣者晚年时，它却将鸿鹄圣者吞食了。可以说，吞天雀在荒域声名狼藉，但由于它很强，无人敢招惹它。

“有意思，一个已经殒命的人居然出现在这里并带走了山宝。”石昊看到那个老者的手中有一个正方体的骨块，雪白如玉。

毛球一口咬定，那就是它当年得而复失的东西。

“这个人的修为不弱。”石昊说道。

“这老家伙让人不寒而栗啊，都说他在血气枯败的晚年被吞天雀吃掉了，可结果他还活着。”毛球倒吸了一口凉气。不过，如今有修为在遁一境的石昊归来，它倒也不担心。

“查一查当年鸿鹄圣者在哪里修道，喜欢去何地，殒命在何地。全面搜集关于他的各种信息，我就不信找不到他。”石昊说道。

“不错，没想到有这么重大的发现，马上就能见到山宝了！”毛球说道。

第1510章 群雄下界

WANMEI SHIJIE

石国而今强盛无比，以举国之力去调查鸿鹄圣者，自然容易很多。当然，这件事是在保密的情况下进行的，不然的话，打草惊蛇就不妙了。

鸿鹄圣者还活着，这的确超出了石昊的预料。

想来，当年被大荒中各路人物尊为圣者的存在一定非同小可，如果真被弟子吃掉，那还真有些说不过去。

“师父，界门那里很热闹，来了很多人，有人提到了你的名字，你要去见吗？”赤龙葛沽来了。

虚神界，界门那里被封印了。鸟爷与精璧大爷不想头疼，直接关闭大门，将所有人都挡在了外面，落得清净。

石昊想了想，道：“你去那里带个口信，就说荒已经废掉，进不了虚神界，没有办法见故人。”

葛沽闻言，张了张嘴，表情要多怪异有多怪异，这便宜师父睁着眼睛说瞎话。

“你不是好好的吗？再说了，他们要是进入虚神界，不是什么都知道了。”葛沽咕哝道。

“少废话，让你去你就去，他们不是进不来吗？”石昊呵斥道。

最后，虚神界的界门那里，葛沽隔着一对石门传音，告知上界的人，荒废掉了，如今无法进入精神国度中。

“不可能，荒怎么可能废掉?!”有些人不信，大声吵嚷，情绪激动。

这部分人对石昊是充满善意的，希望他能创造奇迹，有朝一日可以再现世间，因此他们接受不了这个结果。

“我兄弟怎么可能废掉，他能熬下来才对！”曹雨生吼道。

小蚂蚁更是愤怒，不断地捶打界门。

石昊的一些故友都在叹气，没有比这更糟糕的事情了，石昊竟然真的遭遇不测，就这么废掉了。

“哈哈哈——”还有一些人笑了。这些人有的来自九天上的金家、王家等，有的来自三千道州的天国、冥土等。

“有什么好笑的！”小蚂蚁瞪向那些人。

“年轻人，别冲动，我们只是想到了其他一些事而已。”有人说道。

“别动手。”曹雨生低语道。

因为，仙域的使者也在场，他身边还跟着几人。他们都一言不发，沉着脸，这些绝对都是高手。

仙域的三位后起之秀进入虚神界，就这么消失了。这令他们很不快，他们来自仙域，居然在小小的下界受挫，心有不满。

不过，对于那三人擅自行动，离开使者队伍，就这么贸然进入虚神界，他们也有一定的怨言。

只不过，他们同样来自仙域，不管那三人犯了怎样的错，在使者看来，也只能由他们进行责罚。

“虚神界掌控者，请出来一叙。”就在此时，仙域的使者开口了，他的身份不一般。

可是，遇上鸟爷与精璧大爷，仙域的使者也没辙，两个老头子都没有理会他，而是撇了撇嘴，彼此交流。

“那人能命令我们吗？”

“不能。”

“那就让他滚蛋！”

“龙儿，过来，去告诉他们，虚神界不是他们能来的地方，趁早滚蛋！”

葛沽一阵无语，先不说这个别扭的称呼——龙儿，单是这两个老头子处理事情的方式，也太粗暴了，怎么比他那个便宜师父还不讲究？

“就这么直接说？”葛沽问道。

“没错，就是这么直接。”鸟爷和精璧大爷道。

葛沽硬着头皮来到界门前，拍了拍门，道：“别吵了！界主，不对，虚神界掌控者让我告诉你们，都速速离开，别在这里碍眼！”

外面的众人：“……”

这虚神界怎么这么邪性？直接让众人离开，还包括仙域的使者。所有人都有点发晕，有些不敢相信。

“大胆！你可知道在跟谁说话？普天之下皆为仙域所统率，你们敢违抗不成？”一个人喝道。

使者的眼神很冷，这也太不给面子了，居然就这样驱赶他们，自从进入九天十地，他们还没有遇到过这种事情呢。

“两位老爷子，还怎么说？”葛沽请教道。

“孺子可教也！”鸟爷赞许道。

“去，告诉那些人，回仙域去请教一下再来，不然别擅自惹祸。”精璧大爷很淡定地说道。

葛沽相当顺从，直接一顿奚落，让外面的一群人面面相觑。

“老爷子说了，让你们赶紧滚回仙域，去请教大人物，看一看这是什么地方。再敢吵闹，全部赶走！”

外面顿时炸窝了，仙域的几人怒不可遏，用力轰击界门。

便是仙域的使者也微微一愣，他想到了一些事，那是听一位活化石级的存在谈起的，那位古老的存在说九天十地有些地方是不能乱闯的，难道除了禁区，这里也有古怪？

“我只想知道，荒他……真的成为凡人了吗？”一个女子的声音传了进来。

“你是谁？月婵、清漪、魔女，还是邀月，抑或是王曦？”葛沽的八卦之心熊熊燃烧。因为，他在石村待过，听石昊简单地跟村人说了一些上界的事，记住了这几个名字。

界门外，几名女子脸色不变，但眼中的光束扫过时，恨不得直接轰开界门。

“荒是不是真的没有废掉？”又有人开口道。

“怎么说话呢，我师父虽然道行尽失，但也轮不到你来幸灾乐祸。”葛沽说道。

“他没有废！”又有人开口道。

“可笑，到现在还想有奇迹。我仙殿的至尊敢以人格担保，他再也无法进入修行界！”仙殿的人也来了。

一连数日，界门这里都不宁静，那些人并没有离去。

而在这里吵嚷之际，石昊动身了，他准备根据那些线索亲自追查鸿鹄圣者的下落，动用秘法返本还源等探察其踪迹。

到最后，石昊终于有了突破性的发现，确定鸿鹄圣者还活着，他在修行某种秘法，如今躲在洪域中。

“走，去看一看山宝到底是什么！”石昊跟毛球准备上路。

这一日，赤龙葛沽又来了，告诉了石昊一则消息。

“鸟爷、精壁大爷不胜其烦，最后打开了界门，将那群人放进来了。”

石昊大吃一惊，这两个老头子净给他找麻烦，他还没有打算面对那些人，想在下界老老实实、本本分分地待着。

如今是他的蛰伏期，实力不达到某一境地，他不想出去。

“那些人进入虚神界，可能会是一场乱子。我得去看一看那两个老家伙到底想做什么！”石昊说道。

“他们没有作乱，都被困住了，在一片迷雾区中。现在两个老爷子也很头疼，据说，那片区域就是他们两人也不能完全控制。”葛沽说道。

石昊顿时愣住了，他果然再次见识到了那两个老头子有多么不靠谱。

“他们为何这样做？”石昊不满地道。

“他们看那些人不顺眼，想让你去收拾那些人。两位前辈说了，那片区域对你来说是难得的磨砺之地，可助你突破到至尊境。”葛沽答道。

石昊一愣，没再说什么，径直前往虚神界。

第1511章 超越极境的层次

WANMEI SHIJIE

“突破”这两个字深深打动了石昊，让他的心弦都绷紧了，因为他无时无刻不想着突破。但是他知道，他的修炼速度已经非常逆天，想达到至尊那个层次不可能一蹴而就。

他还需要磨砺，毕竟才二十几岁，就已经到了遁一境，这完全打破了神话传说，称得上震古烁今，已是传奇。

如果想更进一步，那就显得过于虚幻了。不过，只要有希望，他就要尝试，愿意去闯一闯，在最短的时间内崛起。

他要抓紧时间突破!

或许，仙域有年轻的至尊，但在这下界中，在这片荒芜之地，想要成就至尊位真的太艰难了。

自古至今，九天十地的至尊是可以数得过来的。

“师父，你还真想成为至尊啊！你才多大？我听闻，昔日最年轻的至尊也比你大上一大截，不是有句话吗？称尊做祖，那是老家伙们的领域。”葛沽说道。

“你是不是跟那两个老家伙待的时间太长了，怎么变得这么唠叨了？”石昊一句话就将葛沽后面的话都给堵了回去。

虚神界，一片宁静，这一界的人并不知道上界强大的生灵已经下界而来。

葛沽引路，快速到达了目的地。

“咦，有点意思。”石昊相当惊讶。

这片区域很不一般，他们行走于沼泽中，天色昏暗，迷雾翻涌。

这里是虚神界，但是从感官上来说，跟在真实的世界没有任何区别。这片泥沼地带让人有种恶心的感觉，而那些景物更是让人不禁作呕。

“噗！”

葛沽一脚踩下去，踩中了烂泥，腐臭味散发而出。

“我说，你这修为都修炼到哪里去了，连走路都不会走了吗？”石昊斥道。

对这个弟子，他还真是从来没客气过，说数落就数落，当然，他偶尔也会在大棒中夹三颗甜枣。

“这地方禁锢修为，我没有办法用轻身术，走在上面自然会下陷。”葛沽不服气地道。

可是，当他回头时，却一下子愣住了。石昊身体轻灵，踩在淤泥上，纤尘不染，鞋袜雪白而洁净。

“这是为何？”葛沽竭尽全力都没有办法做到，他已经确定，这片空间禁制一切法道，所有生灵都跟凡人一般，误入其中，将失去道行。

可是，现在所见对他的冲击不小，这个便宜师父居然安然无恙。

“你……怎么做到的？”葛沽不解地问道。不过他发现，石昊也只能做到这一步，并不能御空而行。

“哧！”

石昊脚下发光，足心飞出三寸神光，让身体离地三寸高，令葛沽又是一惊。

“这是一处难得的磨砺之地，你却不珍惜。如果你能做到离地一寸高，便足以横行于同辈中。”石昊说道。

石昊说得很郑重，也很严肃。因为他看出来了，这个地方极其非凡，要运用一身的道行去抗衡，才能做到这一步。

在这里，若是运转法力，必须全力以赴才可无恙，因为四面八方的无形场域压盖而来，如同磨石压在身上一般。

“哧哧哧！”

葛沽看到，石昊的体表剑光四射，有剑气在劈斩他，可他却安然无恙。

“这是至尊大战之地，你看到了吗？地上的骨头都是至强者殒命后所留。曾有一些生灵在这里进行巅峰的元神大战，最终导致这里一片破败。这种环境对我辈来说，是最好的试炼场。”石昊教训自己的弟子。

葛沽虽然想张嘴，但是驳斥不了什么，只能沉默，然后运转法力，进行对抗。

最终，他离地半寸多高，接近一寸，但是头上已经见了汗水，很是吃力。

“看到差距了吗？你跟我差了两个层次。”石昊道。他样貌相当清秀，虽然二十几岁了，但是自修炼有成以来，容貌没怎么变化，除了长高了之外，面容依旧像十几岁的少年。

此时，石昊在这里教导葛沽，怎么看都像是一个稚嫩的少年，没有一点老成的样子。

“师父，我听闻你也算是一个高人，在边荒大战中创造了无限辉煌，怎么在我面前就如此面目可憎？”葛沽的话中带刺。

石昊回道：“老实地修炼！这片区域将强者的层次凸显了出来，你看你自己在哪个层次？”

依照石昊所说，脚离开沼泽地，不被烂泥触及脚底的生灵，这才勉强算是超越了极境，是一个天纵人物。

“您是夸我呢，还是夸您自己呢？”葛沽翻了个白眼。

因为，他才离地半寸多高，竭尽全力，也只有一寸，而石昊居然离地三寸高，那岂不是说比超越极境的人还强了两个层次？

在这个地方，葛沽满头大汗，浑身都湿透了。他跟石昊一样在运功，抵抗那种无形的压力。但是，这真的太吃力了，他有些承受不住了。

“别勉强。”石昊拍了拍他的肩膀。

“噗！”

葛沽被石昊这么一拍，双足顿时踏进了烂泥中，气得他愤怒地瞪着双眼，却毫无办法。

很快，石昊露出异样的神色。他看到了一些故人，他们在前方的迷雾区域中，彼此分散，如同盲人般在寻找着什么。

“他们在找出路。那两个老头子说进去就会迷失，师父，你敢进去吗？”葛沽不怀好意地说道，有点挑衅的意思。

“嗖！”

石昊一把拎着葛沽，直接把他给扔进去了。

“扑通！”

“哎哟！”

葛沽被砸进了泥沼中，跟人撞在一起，两个人同时叫了起来。

“哪来的小兔崽子，你家大人没教你怎么走路吗?!”那是一个中年人，他火气极大，抡起巴掌，就要拍下来。

结果，葛沽的火气比他还大，“嗷”的一声，后发先至，一把抓住了那个中年人，将他拍倒在地。

不远处，石昊在观望，这几人都是他的“故人”，被葛沽拍倒的那个，是三千道州某位大教的长老，结果就这么被收拾了一顿。

“仙殿的人来了没有？若是被我看到，我要让你们吃不了兜着走！”石昊在四处找那些人。

很快，石昊看到了一个熟人，他应该称呼她为月婵还是清漪呢？她白衣胜雪，正在那里很迷惘地寻找着。

但凡进入沼泽的人都会迷路，找不到归途。

“好久不见！”石昊的心情很好，他站在迷雾区域的边缘，冲着那个清丽动人的身影喊道。

“谁？”

称呼她为清漪也好，月婵也罢，而今两人初步融合了。她很吃惊，谨慎地在迷雾中寻找说话的人。

“你的老朋友……”石昊嘻嘻哈哈，伸出一条手臂，向前抓去。

第1512章 故人相见

WANMEI SHIJIE

“嗯？”石昊的手臂只伸出去一丈多长。这个地方对道行的压制到了极致，即便强大如他，也只能做到这一步。

但即便如此，也足够惊人了，其他修士若是看到这一幕，一定会露出震撼之色。因为，别人都被压制得跟凡人一般，只有石昊还能这么施展秘术。

“何方妖人？”清漪一边说话，一边倒退，裙摆下方被带出点点泥巴印子。

无论多么强的生灵到这里，长时间下来以后，都不可能足不沾地，必须踏足烂泥间。

感受到一缕指风从鼻端划过，她的身体顿时绷紧，手臂探出，竭尽所能结出补天印，可是这太难了！

“相距这么近，她都没有听出我的声音，看来这迷雾还真的有点诡异啊！”石昊自语道。

他在考虑要不要进去，真要闯入的话，虽然可以横扫一批人，但是他也怕自己成为一个睁眼瞎，到时候找不到出路。

那样的话“乐子”可就大了，想必那两个老头子正躲在一边看热闹呢，他们很乐意见到他吃瘪。

“鸟爷、精璧大爷在何方？速速现身！”石昊大喊道，可是没人搭理他。

他想了想，还是进入了那片沼泽地。在这里他是“猛虎”，而来自上界的生灵相对来说，很大一部分都是“绵羊”，他有什么好怕的？

要是真遇上他们，他一定要将天国之主还有仙殿的生灵，通通都打倒！

当然，他也可以先救人，第一个目标就是清漪。“嗖”的一声，他冲了过去，一刹那而已，天地变幻，风云失色，雷声震耳。

看着明明很近，可是一进来后，却显得那么远，仿佛相隔了极远的距离。

这是错觉！石昊意识到，要抛弃五感，以本心去度量才行，故此，他速度不变，自由落地，相信最早的判断。

像是一下子跃过去了数百里，“砰”的一声，石昊落在地上，烂泥溅起。然而，他身上纤尘不染，一层淡淡的金光迸发而出，守护他的体表。

若是古僧一脉有人在此，一定会大惊。这是不坏金身，甚至层次更高，万法相通。到了一定的层次，各种法与道都有相近之处。

当石昊落地的刹那，风雷声消失了，电光也不见了，只有迷雾，还有一道朦胧的身影。

“你是谁？”清漪倒退，严阵以待。

石昊揉了揉脸，刹那间变成了阔口獠牙的形象，也只有他能在这里面动用一定的秘术。

“本座乃荒域大凶，你，被选中了！”说罢，他就准备向清漪动手。

清漪顿时一巴掌扇了过去，这是什么生灵？真是大言不惭！

“砰！”

可是，交手的刹那间，清漪的神色变了，连她指端的神光也抵挡不住对方。

石昊很惊讶，清漪与月婵初步融合后，果然比以前强大了一大截。

经过数次碰撞后，清漪还是被石昊制住了，待看到对方是阔口獠牙的大凶后，她顿时花容失色。

“嘿嘿，走吧。”石昊将清漪扛起来就走。

清漪眼前发黑，她跑到下界来，突然遇到一个大凶，就这么直接被抓走了？对于神功初成的她来说，这打击也太大了。

“不对，你是……石昊！”突然，她心中一颤，这般轻呼出声。被这人扛在肩头后，她若有所悟。

“浑蛋！”清漪用力捶打，醒悟了过来。

刚才，她因受惊而乱了分寸，现在冷静下来后，她相信这下界唯有石昊有如此可怕的战力，且有绝对的优势压制各路人马。

“老实点，本座号称冷血无情大魔王！”石昊故意这样说道。

“敢蒙骗我，你欠揍吧？”清漪一边挣扎，一边扯石昊的耳朵。

“啪！”

结果，她挨了一巴掌，响声清脆。

刹那的宁静后，清漪莹白的面孔如同充血了一般。

“姓石的，我跟你拼了！”她恼羞成怒，在石昊的肩头挣扎，跟他拼命。

此时，她的心理是矛盾的，两个身体初步融合后，属于清漪的情绪对石昊是亲近的，而属于月婵的情绪则对石昊咬牙切齿。

这就是初步融合的弊端，两个人还没有彻底成为一个人。

石昊扛着她，继续向前走。

“姓石的，放手，不然我真的跟你拼了！”

石昊冲着虚空传音：“鸟爷、精璧大爷，适可而止，我要带人出去。”

可是，依旧没人搭理他。

“放我下来！”清漪挣扎着道。

石昊哈哈一笑，将她放下。

清漪神色复杂，盯着他看了又看，道：“你的修为没有废掉，这么说来，那伊海果然是你镇压的？”

“马上就要废掉了，还有不足半月的好时光。我的命虽硬，但也不能逆天啊，只是将折仙咒发作的时间推迟了数十日而已。”石昊叹道。

清漪一阵沉默，而后又问道：“真的？”

“咦，那不是冥土的修士吗？走，过去看一看。”石昊说道。只见前方有一个骷髅，它通体金黄，在迷雾中行走。

“喂，骷髅，留下买路钱！”石昊发出一声断喝，惊得那个金骷髅快速倒退。

“你是谁？”金骷髅问道。在这个地方，一时间竟无人能第一眼认出这阔口獠牙的大凶是石昊。

“本座就是你们口中的下界大凶，纳命来吧。”石昊果断出手。对冥土、天国的人，他不会有任何的心慈手软。

昔年，这两教就不断对他出手，而在不久前残仙登门去废掉他时，这两教更是摇旗呐喊，冲在前面。

“轰！”

仅一拳而已，这具金色骨架就被石昊击散，化成了点点光雨。

“谁有灭魂针？借来一用！”石昊喊道，并看向清漪。

“不对，这光雨融入了烂泥中，并未遁走。”清漪盯着那片光雨，吃惊地道。

一般来说，修士在虚神界若非被人擒住并镇压，一旦殒命，元神光雨就可离开精神国度，回归肉身。

现在，石昊与清漪清晰地看到，这光雨被沼泽地吸收了。

到了这一刻，石昊才意识到这里是多么危险，如果在这里殒命的话，那么就意味着此生终结了。

“曹胖子在那里！”

在这个地方，石昊的灵觉依旧敏锐，比其他人要强一截。他第一时间发现了曹雨生，于是带着清漪快速冲了过去。

他如一道轻灵的电光般，无声无息，眨眼间就到了曹雨生近前。

“砰”的一声，石昊一巴掌拍在曹雨生的肩头，让他发出一声大叫，半边身子都扎进泥坑中，着实被吓了一跳。

居然有人可以欺身到他近前，让他怎能不害怕？如果这个人怀着恶念，对他出手，他岂不是危矣?!

“你，你是……”曹雨生寒毛倒竖，看着这个阔口獠牙的大凶。

“本座乃下界大凶，小子，奉我为主，叩见吧！”石昊大咧咧地介绍自己，说罢，伸手就去摸曹雨生的头。

“是……你！”曹雨生惊喜不已，他看到了后面的清漪一直跟着这位大凶，瞬间猜到了这是谁。

“小声点。”石昊说道。

“哈哈哈——”曹雨生畅快地大笑，非常高兴，“仙殿的人说你已经废掉，还嗤笑我等，现在一个活生生的你站在此地，他们若是见到，会是什么表情？”

“仙殿的人也来了，在哪里？我很想他们。”石昊说道。

一听这话，曹雨生顿时露出一口雪白的牙齿，哈哈大笑起来，这绝对是石昊的风格啊！

“我刚才还见到他们了呢，不过我提前避开了，没有招惹那些人。”曹雨生指向一个方位。

“有不少人？”石昊问道。

“对，有一些强者跟仙殿的生灵走在一起。”曹雨生点头道。

“那就更好办了，省得我一一去找。走，带你们一起去见识下大场面。”石昊挥了挥手，豪气十足。

第1513章 遭遇

WANMEI SHIJIE

“哈哈哈——”曹雨生大笑起来，很是亢奋。他完全等不及了，很想立刻看石昊出手，见证一场盛事。

清漪看着这两人，无话可说。

“走，头前带路！”石昊一挥手，让曹雨生领路。

“走，走，走！”曹雨生带路，快速向着沼泽中前进，虽然找不到出路，但在一定的范围内，他还不至于彻底迷失。毕竟，上界来的人都在一片区域，还没有彻底分散。

“兄弟，这里！”在路上，他们遇到了小蚂蚁。

石昊哈哈一笑，他们分别数十日，在这里又相见了，他很高兴。可是，很快他就笑不出来了，小蚂蚁的一句话气得他鼻子都差点歪了。

“这丑八怪是谁啊？你们怎么跟他走在一起？我羞于与你们为伍。”金色的小蚂蚁横挑鼻子竖挑眼，因为不久前他跟仙域的人闹翻了，很不愉快，险些生死相搏，正憋着一肚子气呢，看到阔口獠牙的石昊，便直接出言讽刺。

“砰！”

石昊二话没说，上来就是一掌。

“这么大的力气?!”小蚂蚁震惊不已。此时他已经化成人形，是一个金发少年，他用力甩了甩那条手臂，直嘬牙花子。

天角蚁一脉号称力之极尽者，在所有族群里力气都是数一数二的，肉身强大。

“你是……荒！”很快，小蚂蚁就醒悟过来。

对方有这么大的力气，又生在下界，旁边还跟着曹雨生与清漪，小蚂蚁瞬间猜到了这是谁。

自小蚂蚁出世以来，在力气上敢跟他媲美的没有几个，眼前这个目标太明显了。

知道这个生灵是石昊后，小蚂蚁一阵激动。

“对了，我刚才看到了一条龙，那应该是纯血赤龙。可惜，它一闪而过，我没有追上。”小蚂蚁说道。

他们这一脉，当年跟真龙争雄，争那天下第一族，很是激烈，对龙的气息有一种天生的敏锐感。

“那是我徒弟。”石昊说道。

曹雨生几人很是吃惊，他们才分开多久，这家伙就收了一个真龙弟子，真是不简单，这下界太邪门了。

在沼泽深处，有一些古树，它们相距有一定的距离，格外高大，如山体一般。

“这是什么地方？”上界的一些人聚在一起，正在商量如何走出去。

“在精神国度中竟有这样的古地，真是让人有些不解，这片区域是常年存在的啊！”天国的副教主开口道，他对这种气息格外敏感。

“这是至尊战场，曾经有绝世高手在这里进行精神大战，有的高手被葬在了这里，人不算少。”仙殿的一个生灵说道。

这是仙殿的第二强者，该教有一位老至尊，而再排下来的话，就数眼前这个人最强。

“这里甚至有仙道意识，有不朽的精神意识残骸！”另有人说道。

…………

石昊他们一路而来，远远地看到了那群人。在路上，他们又遇到了邀月公主、长弓衍等人，还有赤龙葛沽，大家都聚在一起了。

“是否还有其他人下界来？”石昊问清楚后，开始念叨，“两位老爷子，你们都听到了吧，还有几人的样子我替你们描述出来，请你们帮忙照顾一二。”

他还真怕这片沼泽地太古怪，将其他熟人逼入绝境，因此他想请鸟爷与精壁大爷高抬贵手。

“你们在这里等，我过去就好了。”石昊让众人止步，躲在远处，不然的话，这样直接过去，他的身份会立时曝光。

他还不愿意去上界，还想蛰伏，不希望日后的宁静被打破。

在前进的途中，他听到了那些人说的话。

“这下界还真是诡异，有些门道，我们如何才能退出去？”

“真是可惜，这次下来，我们不仅没有弄明白那大凶究竟是否为荒，自身还遇上了麻烦。”

“想都不用想，荒必废无疑，不会有什么意外。我只是不太明白，究竟是何人出手，难道真有真龙的后代？”仙殿的人露出不屑之色，不认为石昊能安然无恙。

石昊无声无息，就这么走了过来。

“咦，你是谁？”有人惊呼道。

“我是跟荒交过手的人，听到你们谈到荒，便过来看一看。”石昊说道。

“你跟荒交过手，是他的敌人，而你还能活着，不简单啊！你和他何时交过手？他如今怎样了？”有人对此事感兴趣，这般问道。

“十余年前交过手，我很久没见过他了。”石昊答道。

“哈哈，我就知道，荒肯定废掉了，谈什么天纵之资，岂能抵得过真仙的手段？这就是得罪我仙殿的下场，沦为废人！”仙殿的第二强者旁边还有一个老仆人，他第一个大笑起来。

最近几天，一直有人表示质疑，觉得荒可能没有废掉，还在下界兴风作浪并镇压了伊海、旭辉等人。现在，听到这样的消息，他们彻底松了一口气。

“老混账，你笑什么？”石昊斜睨了他一眼。

“你说什么?!敢这样与我说话，你是谁？当年都败给荒了，也敢跟我等放肆?!你或许不知我等是谁，告诉你，就是我等废了他！”仙殿的老仆人喝道。

“呵呵，这位道友，还请过来一叙，我们有话问你。”有人开口道，是九天上王家的人。

可惜，这群人中没有王家的王十，他没有在这里。

“轰！”

石昊没有客气，直接一拳轰出。仙殿的那个老仆人根本躲避不及，直接没了生气。

所有人都愣住了，没想到他说出手就出手。

石昊擦了擦手，向前走去。

“你到底是谁?!”天国的副教主喝道。

“我就是你们口中的下界大凶。我虽然与荒是对手，但对你们也没有什么好感，那个叫什么伊海的，就是被我镇压的。”石昊说道。

听到这样的话，一群人顿时震惊不已，下界还真有神秘的大凶？

“哧！”天国的副教主瞬间消失了，他实力高深，想要没入迷雾中，伺机出手。

石昊的速度比他的还快，一闪身就跟了过去，在原地留下一道残影，接着一拳砸出，使得这虚空都扭曲了。

所有人都不禁倒吸一口凉气，要知道，在这个地方，所有法与道都不可施展，这个阔口獠牙的生灵却这么强。

“砰”的一声，天国的副教主中拳，横飞了出去，摔倒在泥沼中。

第1514章 遇强则强

WANMEI SHIJIE

“呵呵，小小的一个下界牢笼，竟出了这种大凶，不过是一片蛮荒之地，真是出乎意料。”来自九天上的王家人冷笑道。

一群人并不是很惧怕，这其中有来自九天上的长生世家，如金家、王家等的高手，也有三千道州的一些道统内的高手。

石昊心中惊讶，他们怎么不怕？

“年轻人，不要以为这天下无人收拾得了你。荒如何？他不知道天高地厚，还不是被我教给废掉了。你的确很强，但是也应该谦逊一些，懂得尊师重道。”仙殿的第二强者平淡地说道，显露出一派高手风范。

石昊最恨的就是仙殿之人，如今他们居然还拿他当反面例子并在这里教训他，真是有些可笑。

石昊直接捏拳印，向前轰去。

“嗯？”

很快，他又快速后退，因为这个时候，仙殿的第二强者祭出一座铜殿，向前压来。

青铜仙殿，这可是一件仙器！

石昊自然不会直接与仙器抗衡，他在考虑是否要动用大罗剑胎，只是那样的话，他的身份就注定要暴露了。

“咚！”

铜殿落在地上，响声沉闷。

石昊顿时愣住了，仙殿的第二强者更是发傻，铜殿居然没有起作用。

“诸位道友快助我，一起催动此器！”仙殿的第二强者喝道。

一群人快速冲来，全都竭尽所能，拍击在铜殿上，令它发光。

显然，这些人都知道仙殿的强者带着仙器而来，早先他们之所以有恃无恐，是因为有这个倚仗，现在他们都有点慌了。

仙殿的第二强者转身冲入铜殿中，其他人见状也都快速冲了进去。这样做虽然不能杀敌，但是可以自保。

“诸位，若有残存法力，不要吝啬，还请一齐催动！”仙殿的第二强者喊道。

不得不说，若是竭尽所能，有些人还是可以释放出部分法力的。他们竭力让铜殿发光，向着石昊镇压而去。

石昊快速躲开了。他很有兴趣地看着，而后堵在铜殿入口，嘿嘿地笑了起来。

“作茧自缚啊！”石昊大笑道。

这群人还真是背运，在这个地方，想催动仙器，那得需要多么庞大的精元？他们做不到，只能勉强驾驭。

“看你们连逃走都很费劲，现在又都扎堆进去，这下我便放心了。”石昊相当放松。

“小辈，你以为自己是谁？这是仙器，哪怕在这里也可以护我等离开！”仙殿的第二强者冷冷地道。

果然，铜殿先是发光，随后轰鸣，竟要带着他们离开。

这是他们敢进虚神界探察的底气所在。

石昊一愣，见到了殿宇内的情况，那里有一张纸符，纸符略微泛黄，被点燃后喷出精气，而后法力弥漫开来，催动此器。

“哧”的一声，铜殿腾空而起。

“你以为你们走得了吗？早先我是怕你们分开逃走，不想暴露身份，既然如此，正好将你们一窝端！”石昊哈哈大笑道。

他腾入半空，抽出一件兵器，向着铜殿就劈了过去。

“当！”

铜殿震动，斜着飞了出去。铜殿里面的人双耳嗡嗡作响，不知道石昊动用了何等兵器，全都震惊不已。

“我真不敢相信，这可是仙器啊！我们这么多人催动仙器，难道还不能将他镇压吗？”铜殿中，一位教主很是恼火。

若是在别处，众人一起催动法力，驾驭此器，可谓所向披靡。然而，这个地方限制了所有人的发挥，一些人连一丝法力都无法祭出。

“哪怕不能镇压他，自保也应该可以吧。诸位，赶紧出手吧，有手段不要藏着掖着！”天国的副教主大喊道。

“哧哧哧！”几道神光照耀。

纸符居然可以在这里点燃，催动铜殿，向着石昊砸去。

可惜，这样的力量依旧被压制了。这片区域太特别，那些特别的纸符也不能彻底发挥出应有的力量。

“当！”

石昊躲过攻击后，再次追击了上去，又是一剑劈在铜殿上，震得它砸在泥沼间。

直到这时，他才向前走去，提着大罗剑胎，站在铜殿的入口前。

石昊催动法力，掌心居然有火光喷出，开始焚烧这座铜殿。

“你是……”有人惊叫，此刻他终于看清了石昊手中的兵器，认出那是大罗剑胎。

“荒的兵器怎么落在了你的手里？难道说你是荒……没有废掉！”王家的人惊讶地道。

“不可能，真仙的手段谁可化解？荒就是再厉害也要废掉，这剑胎是你从荒手中夺来的吗？”仙殿的老仆不甘地叫喊道。

仙殿的第二强者脸色有些冷，他死死地盯着石昊，道：“你究竟是谁?!”

此时，所有人都在盯着石昊手中的大罗剑胎，如同活见鬼一般，真的是那个人吗?

“荒应该殒命了吧，他的剑胎被昔日仇敌所得，此人是下界的大凶……”有人低语道。

“让你们失望了。”石昊的阔口獠牙在变化，连身材也变了，眼神很亮，带着灿烂的笑容，看向众人。

可是，在这些人的眼中，这好比是恶魔的微笑，太瘆人了！

“嗡”的一声，一群人当时就蒙了，真的是荒！他为何没有废掉？这让人难以置信，为何连残仙亲自出手都没有废掉他?

谁都知道，就是仙人中了折仙咒，最后也得饮恨，终究会废掉，荒凭什么？他是怎么做到的?

一群人预感大事不妙，都很害怕。

所有人都惊惧不已，尤其是仙殿的人更是面色发白，全都僵在那里，如同遭到了雷劈一般，这是一次信念的动摇！

“你就这么露出真容了，打算将他们全都干掉吗？”曹雨生露头，接着清漪、葛沽等人都跟了过来。

“这还用说，你们难得下界，我怎么也要盛情款待一番吧！”石昊大咧咧地说道。

“孽障，你敢！”仙殿的第二强者惊怒交加。

其他人也都勃然变色，愤怒无比，荒太嚣张了，竟要这么对他们。

“我有什么不敢？连异域的帝族我都斩过，遑论是你们！”石昊冷笑道。他的手心在发光，准备继续焚烧铜殿。

“走！”铜殿中，有人喝道。

他们一起发力，想催动古殿，就这么逃走。

石昊挥动大罗剑胎，直接将铜殿砸了下来，响声巨大无比。

“我们也帮个忙吧。”曹雨生说道。

他们这群人在这个地方占尽了优势，虚神界中最看中的就是潜能，葛沽、小蚂蚁、清漪等，哪个不强？

神光祭出，他们跟着一同祭炼铜殿。

“给我开啊！”仙殿的第二强者大吼道。可惜，他无力回天，铜殿被石昊生生镇压了。

“快请器灵复苏！”有人叫道。因为这是仙器，他们不相信青铜仙殿复苏后，荒还能拦得住。

石昊严阵以待，他手中持有大罗剑胎，倒也不担心，因为这件兵器遇强则强，不怕仙器。

预料之中的最后那惊天动地的一击并没有到来，仙殿的第二强者脸色铁青，道：“这是仿品，内部蕴含着仙道规则，可以使用两次，可它没有器灵，在这个地方不会复苏。”

其他人闻言，顿时一阵头大，心都凉了。

这是残仙制作的消耗性法器，它虽然内部有仙道纹路，但是使用过后，就会迅速废掉。

在别处还好说，它能发出仙威，但在这里根本不行。

“哈哈——”石昊大笑，全力催动道火。

第1515章 欺人太甚

WANMEI SHIJIE

“小辈，你欺人太甚！”一位教主喝道，怒发冲冠。

“我就是欺负你了，怎么啦？不服就过来！”石昊斜睨他一眼。

在石昊看来，跟仙殿走在一起的都不是好人，都是他的敌人，事实上，也的确如此。

那群人就没有一个善类，天国的副教主、魔葵园的生灵、冥土的骷髅，还有金家与王家的人，都曾视他为死敌。

“气杀人也！”那位教主恨不得一巴掌拍死石昊，可是不敢独自闯出去。

现在谁不知道，荒的强大之名传遍九天十地，他在边荒百战百胜，而今除了至尊外，无人可压制他。

而在这片区域，有等阶压制，同阶论战的话，估计至尊来了也得战败而死。

“孽障！”仙殿的第二强者眼神冷厉，他真的愤怒到了极点，这对他们来说是奇耻大辱。

而且，这一切居然是荒造成的，如果是下界的其他大凶，他也就自认倒霉了，可却是被他认为已经废掉的石族少年所压制。

在仙殿的第二强者看来，荒是他们的阶下囚，曾被真仙强势镇压，已经被他们这一脉给废掉了，而今居然敢反扑，这让他无法忍受。

“还敢嘴硬，加三把火！”曹雨生喊道。

“我来了，我来了，还有我啊！”远处，一个银发小姑娘蹦跳着，向这里跑来。她身段瘦长，银发发光，披散到腰际，大眼如红宝石一般，正是太阴玉兔。这么多年过去，她的容貌就没变过，始终如同瓷娃娃一般。

“烧火我最在行了，这样的活动怎么能没有我。”太阴玉兔嗷嗷直叫，在这里加了一把火。

“啊——”

铜殿中，有人受不了了，大叫起来。因为葛沽、石昊、小蚂蚁太卖力了，火光熊熊，涌进殿宇中。

“老夫与你拼了！”有人嘶吼着。

石昊一脸的郑重之色，当即回应道：“你尽管放马过来！”

那位教主顿时急了，破口大骂，不顾风范，跟平日的气质完全不同。

“荒，你这么做，就不怕报应吗?!”

“石族的浑蛋，老夫做鬼也饶不了你，跟你拼了！”

…………

这群人撸胳膊挽袖子，都恨透了石昊，诅咒个不停，全都愤怒到了极点，受不了这种刑罚。

第1516章 威势

WANMEI SHIJIE

“小辈，你敢！”当看到石昊逼来时，仙殿的第二强者眼神冷厉，通体散发出丝丝缕缕的神光，要与石昊决一死战。

“别说是你，就是你们仙殿的老至尊来了，我也照打不误，除非残仙亲至！”石昊冷冷地道。

“轰！”

仙殿的第二强者怎么可能束手就擒，他运转玄功，催出一张纸符，想让铜殿复苏，将进入殿宇的石昊禁锢并镇压。

“如果是真正的青铜仙殿，我还会忌惮，不敢入内，毕竟有器灵，但就凭这个破烂也想降伏我？”石昊并不在意，他手持大罗剑胎猛力一扫，“砰”的一声，那张纸符炸开，化成了一片火光。

“就这么点手段吗？”石昊收起大罗剑胎，拳头发光。在这个地方，他依旧有法力，威慑众人。

一群强者都在倒退，仙殿的第二强者目光冷厉，他很恼怒，但是没有任何办法。

“我后悔啊，当日就该让真仙大人将你彻底毁灭。我们太仁慈了，留下了你这个祸害！”仙殿的第二强者道。

石昊的胸腔中一直憋着一股气，仙殿当日镇压并废掉他，令他很是愤懑。

“那一日，残仙惧怕五行山的生灵跟他死战，所以才暗中出手，废了我一身苦修而来的道行。”石昊冷冷地道。

无须多说，他果断出手，“轰隆”一声，一拳砸得虚空崩裂。

哪怕这里限制了法与道，石昊也还有这般威势，令一群人震惊不已。

他们只能叹息，荒的崛起果然有其道理，这种潜力超出了很多人的想象。

“轰！”

一刹那，石昊就到了近前。这一拳砸下，仙殿的第二强者，号称接近至尊的强者，就这么横飞了出去。

“轰隆！”

仙殿的第二强者振作精神，飞扑了过来。他化成一只黄金鹤，气势凌厉无比，鹤嘴金光灿灿。

这是搏命之战，他激发出最强潜能，竟运转出了几道法力！可惜，他还是不敌石昊，被石昊一掌震碎了鸟喙。

此时，石昊的脸色要多阴沉就有多阴沉，看到仙殿的第二强者的本体，他想到了当年的旧事。

昔日，七神下界，来自仙殿的那个仆从就是一只黄金鹤。那只黄金鹤逼得石昊陷入绝境，身中铜锈诅咒，很是凄惨。

“难怪啊，那多半是你的族人吧，那就新账旧账一块算！”石昊厉声道。

哪怕是仙殿的第二强者，在这里也没有还手之力，被石昊一把抓住了。

“砰”的一声，石昊的手掌划过，亲自除掉了仙殿的第二强者。

这群强者的殒命肯定会惊动上界，他们都是各教的重要人物，结果让人给一窝端了。

“你们说，这消息如果传出去，上界各教会不会疯了啊？”曹雨生心虚地说道。

“做都做了，还怕什么啊。”小蚂蚁满不在乎。

“我估计消息一旦传回去，肯定是一场大风波，一些道统会被吓傻。”清漪很认真地说道。

这的确是大事件，到了最后，一群强者全部殒命在此。

这群强者包括仙殿的第二强者、天国副教主、真犼一脉的大修士以及金家和王家的高手等，都是重量级的存在，不仅有三千道州的生灵，还有九天上的强者。

“不对啊，仙域的那几个家伙呢，怎么没在这里？”

不得不说，小蚂蚁真是神经粗大，到最后才想起这件事情。

它目露寒光，因为仙域那几人对它很不友好，曾针对它，质疑天角蚁一脉的辉煌。这些它都还可以接受，让它无法忍受的是，那些人居然质疑它父亲的功绩以及昔年的战力。

“算了，得饶人处且饶人，冤冤相报何时了。”石昊笑道，大度地拍了拍小蚂蚁的肩膀，一副慈眉善目的样子。

“你这家伙，也太狠了！”这是邀月公主的评价。

“喂，公主，听说最近你被长生皇朝内的族人逼着选道侣，可有中意的郎君？”石昊回道。

“关你什么事！”邀月公主果然被刺激到了，不然温柔若仙的她绝对不会这么“狂野”。

“我不是好心指点你吗？这天大地大，怎么却无你的容身之地呢？”石昊笑道。

“你给我走开！”邀月公主的眼神中带着杀气。

葛沽都有些佩服自己的师父了，三两句而已，就招惹了那位白衣公主。

“这铜殿不错，我留下了。”石昊将铜殿收起。

这铜殿估计还能用上一两次，毕竟这次仙殿的第二强者没有真正激发出这件仿品的威势。可惜，这只是消耗品，并非真正的仙道瑰宝。

半日后，石昊准备送别这群故友，鸟爷和精璧大爷将他们放出了沼泽地。

“你的道行真的要保不住了吗？时间只剩下半个月了？”清漪问道。

一群人都望了过来，盯着石昊，想知道答案。

“是啊，道行只是能暂时保留着而已，仅多了半个月的时间。我也算逆天而行，走到了尽头，只能如此了。”石昊说道。

“走吧，我会很想念你们的。当我老去时，每当我怀念过往，定会忆起我石某人也曾无敌天下，无人敢与我争锋。想必数十年后，我在生命的最后时光，会展露笑颜的。”石昊说道。

听到这些话，一群人心中有些不好受。他们默默上路，离开了虚神界的界门。

看着那群人情绪低落，而自己的师父却在那里笑，葛沽内心暗暗鄙视，这便宜师父可真会演戏啊！

别人不知道，葛沽还不知道吗？没有谁的身躯比这家伙更健壮的了，半个月就废掉？那怎么可能！

当沿着天路走到铜雀坛时，一群人还在感慨，还在伤感。

“唉，可惜了，那可是荒啊！堂堂一代人雄，于边荒横扫了一代人，就这么落幕了？”

“石兄，我会来看你的。若是有一天我能去下界，我会为你带去延寿神药！”

忽然，他们一起止步，而后霍地回头。因为，所有人都听到了后面的响声，好像有人在奔跑。

他们回头眺望，而后大吃一惊，张大了嘴巴。

仙域的使者带着几个年轻人正在狼狈地奔逃，十分慌乱。后面，阔口獠牙的石昊，正在以一副大凶面孔追击。

同时，还有两个老人跟着石昊跑，一边一个，他们在那里嚷嚷着、劝阻着。

“祖宗啊，那是仙域的使者，你能消停会儿吗？要镇压那些年轻人也就罢了，别再打使者的主意了啊！”

“别的大祸都能惹，就是不能动仙域的使者啊！”

两个老人正是鸟爷与精壁大爷，他们牢牢地挂在石昊的身上，分别抱着他的手臂。

铜雀坛上，一群人都不知道说什么好，在临去前，他们竟见到了这样一幕！

第1517章 混世魔猿

WANMEI SHIJIE

石昊的速度飞快，“嗖嗖嗖”地向上跃，那些石阶路，那登天的阶梯，在他的脚下迅速地倒退着。

“他这是在追击仙域使者？真是疯了！”铜雀坛上，一群人都傻眼了。

“那两个老人就是虚神界的头子——掌控者？”有人心中震惊。

那两个老人正在好言相劝，想把石昊拉回去，可是却被石昊带着飞奔，一路沿着石阶路向上冲。

两个老人如同两头树袋熊般挂在石昊的双臂上，跟着他一路狂奔。两人都已经飘了起来，可见速度多么快。

“谁掐我一把，我不是身在幻境中吧？”邀月公主低语道。这太不可思议了，虚神界的掌控者居然都在拦阻石昊。

上方，仙域的使者很是狼狈，头上的紫金冠都被击烂了，披头散发，一路狂逃。

他可是来自仙域的使者啊，代表着那一界，居然被人追击到这一步。

石昊身形如电，带着狂风，马上就要追上仙域的使者了。

至于仙域使者身边的几名年轻人，一个个都是脸色煞白，显然受了不小的惊吓。

“这下界怎么会有如此凶狂的生灵?!”有人的嘴唇都在颤抖。

“轰！”

终于，仙域的使者冲上了铜雀坛，看到这里还有一群年轻人，当即一愣，接着他又再次逃亡。他身上的道袍破碎了，带着点点血迹。

要知道，这位仙域的使者平日间从容自若，气质出众，是个难得一见的中年美男子，可现在却被石昊追得什么风度都顾不上了。

石昊在后面追，仙域使者在前面跑。

曹雨生等人都觉得，这幅画面就如同秃尾巴狗撵兔子一般，秃尾巴狗疯狂追击，兔子吓得逃之夭夭，惶恐不安。

“噗！”小蚂蚁天不怕地不怕，当即就笑了出来。不久前它跟来自仙域的人有过冲突，现在自然觉得畅快。

“不愧是……下界大凶啊，使者大人都吓得逃走，几个后辈更是如同受惊的小耗子一般遁走。”

仙域的使者经过这里，听到这样的话，那叫一个气啊，可是没有办法，他现在不想停下，也不愿跟小蚂蚁一般见识。

“谁关的界门?!”

此地距离灵界之门不远了，已经可以望见。当仙域的使者抬头时，他的心都凉了，不知道是谁把界门给关上了。

一刹那，他身体摇晃，险些一头栽倒在地上，他恨极了三千道州的人，他们怎么把灵界之门给关上了？

“老家伙，别逃！”后面，石昊呼喝着。

“兄弟，别跑。没看我们在这里休息吗？界门闭着呢！”曹雨生好心地提醒后面跟上来的几名年轻人。

那几人气得咬牙，先是恨恨地瞪了曹雨生一眼，冲上去后，见到界门真的闭合时，他们脸上顿时失去血色，有两人更是直接一屁股坐在了地上。

一是因为吓的，二是因为累的！

其中两名女子顾及颜面，没有坐下，但是脸上已经没有血色。他们一起回头看，发现那大凶已经追上来了。

“道友，别追了，我想……我们之间有误会！”仙域的使者转过身，擦了擦汗，露出一个比哭还难看的笑容，面向追上来的石昊。

“误会什么，先吃我一记魔拳！”阔口獠牙的石昊一拳轰来，天地隆隆，拳风浩荡。

此时，他的臂膀上依旧挂着两个人，分别是鸟爷与精壁大爷，两个老头子还在劝阻他。

后方，清漪、曹雨生等人啼笑皆非，这两个老头子是在做什么？两人随着石昊挥拳而跟着动了起来，身躯都飘起来了。

“咚！”

仙域的使者倒飞了出去，被轰在灵界之门上，面色发白。

“将这东西给你的话，你还敢要吗？”石昊的掌中有一座铜殿，它有拳头高，散发着磅礴的威势，震慑着仙域的使者，让他吃了大亏。

“什么‘普天之下莫非王土，率土之滨莫非王臣’，说什么整片下界也都是仙域的，一切都在仙域的掌控下，就凭你……也敢夺我秘宝？现在，秘宝给你，你敢要吗?!”石昊冷冷地道。

人们终于明白了，石昊为何追击仙域的使者，显然是被那些话给刺激了，因为仙域的人说下界都在仙域的掌控中。估计，仙域的使者还有那些年轻人的做派让石昊很不顺眼。

“快住手吧。”两个老头子还在劝石昊。

仙域的使者连声道歉，称他不是有意轻视下界生灵，言语不当，还请石昊原谅。

“还有你们几个，趾高气扬，视我八域生灵为蛮人，将虚神界看作苦寒之地，对我等颐指气使，可你们又算什么？”石昊伸出手指，一个一个地指向那几名年轻人。

“还不向这位道友致歉！”仙域的使者呵斥道。

那几人低下头，全都以蚊虫般微弱的声音向石昊道歉。

“你们不是想要索取我的铜殿吗？现在就没有赔偿了？”石昊问道。

精壁大爷与鸟爷两个老头子现在安静了，竟没有表态。

仙域的使者疑惑地眨了眨眼，有点蒙，这两位仁慈的老爷子怎么不帮忙了？

“有啥好东西都给他吧，这是混世魔猿一脉的子嗣，一旦犯了暴脾气六亲不认，仙王来都敢动手。”鸟爷说道。

仙域的使者倒吸了一口凉气，道：“曾经在仙域搅起轩然大波的混世魔猿一族？不是只有一两人吗？下界也有？”

“嗯！”精壁大爷点头。

而后，仙域的使者非常老实，身上有什么掏什么，扔下了一大堆东西。

“一只猴的威力那么大？”铜雀坛上，曹雨生小声问道。

“听说好像有这么一族，它们神通广大，掀翻了很多古教，不过没在我界发过威。”小蚂蚁低语道。

最后，当灵界之门开启后，仙域的使者迅速远去，头也不回，再也不想回来了。

几个年轻人也是“嗖嗖”几声，彻底消失，什么伊海，什么伊洛与旭辉，根本就不管了。

“再见！”石昊背着一大堆东西，沿着石阶路离去。

曹雨生、邀月公主等人看着他的背影，好长时间后才回过神来，而后都是一叹。

“荒的时代就这么落幕了吗？”

“他倒是洒脱，自己毫不在乎。”

…………

一行人就此进入灵界。

下方，石阶路上，石昊询问两个老头子，道：“那片沼泽地真的能使我进入至尊境吗？”

“只要你能坚持住，绝对没问题，到时候必然可以睥睨天下！”

“好！”

“轰隆！”

这一日，如同灭世天雷在响，震耳欲聋，各教修士莫不震惊。

恶魔岛的上空，整座黄土大坟裂开了，宛若宇宙被人劈开，有一条通道浮现出来，向外喷发仙道精元。

与此同时，九天的某一处遗迹间，大裂缝交织，混沌翻涌，正在发生同样的事。“咔嚓”一声，电闪雷鸣，不朽精气喷薄。

一些修士路过这个地方，无比震惊，因为他们透过那些大裂缝隐约看到了一条通道。在那条通道内，有一些生灵，他们一个个漠然无比。

不止一地如此，有的在九天上，有的在十地间，透过裂开的缝隙窥视，在那古老的道路中，有大旗猎猎，扫荡乾坤。

通道内的生灵给人很古怪的感觉，他们所在之地与外界仿佛隔着无尽星空，又像是隔着漫长的岁月。

第1518章 天地惊变

WANMEI SHIJIE

不过，只有一两处的异象被人发觉，其他各地并不为人所知。因为，有的地方十分荒芜，远离生命地，比如阴阳十字地，那是一处被毁掉的禁区，平日间谁会前往？

然而，就在今日，这些地方发生了巨大的变化，如同宇宙星辰拍来，卷起仙道精元，震动乾坤。

“发生了什么？”九天上，有人路过一片荒凉的史前废墟时，震惊不已，他们见到了终生难忘的景象。

在史前废墟间，金属质地的断梁、玉质的残瓦都飘浮而起，黑色的大裂缝一直蔓延进宇宙中。

“天啊，那是怎样的一批魔军？”有人大叫道。

天宇是昏暗的，乌云遮蔽星空，偶尔有闪电交织而过，撕裂了漆黑的苍穹，显现出真实的景象。

那一支又一支大军一动不动，宛若来自史前。

他们岿然不动，无声无息，载着他们的战船巨大无比，在慢慢移动，通过那条古老的通道，要降落在这一界。

只是，那战船太慢了，仿佛在横渡无垠的宇宙海，从一片古界到另一片古界，需要一定的时间。

或许需要百年，或许需要数月，或许只在下一刻，他们就会到来。

这些生灵如同泥塑木雕一般，全都一动不动，身上披着冰冷的甲胄，宛若没有呼吸的死者，可是那冷漠的眼神，依旧有刺骨的寒光，表明他们还活着！

正是这样一批人在靠近，他们要抵达三千道州。

这是九天上的少部分人所看到的景象，这些人当即就慌了，从头凉到脚，而后赶忙向各大长生世家报信。

可惜，这里的裂缝不稳固，随时会消失，那些身影也会淹没在黑暗中。相对来说，另外几处古地中，有一处遗迹较为清晰，比这里更惊人。

这是十地中的某一地，与三千道州并列，名为斩仙地，相传在那遥远的古代，这里死了不少仙。

这片古地的最中央区域，无人愿意接近，因为那里的煞气太浓烈。虽然这不是人为开辟的禁区，但是已经成为名副其实的绝灭之地，生灵都不愿意过去。

无数年过去，这个地方发生了异动。整片古地都在发光，淡红色的光令这里越发妖异，如同一片祭祀之地，在召唤着什么。

这一日，不少人赶到外围，看到这里有一柄冰冷的矛锋，呈赤红色，矛锋从地下探出，要挑开这片古大陆。

最后，“砰”的一声，土石崩天，露出了地下的景象。

那景象其实不是在地下，而是来自一条空间通道，通道巨大、深邃，连接着永恒未知处。

那是一名战将，他独自一人在开辟前路，不动时，他如同盖世魔王俯瞰天下，冷硬得如同仙金雕像般。只有当他缓缓地抬起手臂时，才让人觉得他还活着。

此人站在一叶扁舟上，几乎不动，只有在那空间通道不稳固、要闭合时，他才会缓缓抬起长矛，刺在裂缝间，让此地呈现一扇门，欲从那里出来。

那空间通道实在太广阔了，里面有一条神秘的河流，它缓缓流淌，附近满是混沌和仙雾。

扁舟载着那个生灵，顺流而下。到了这里，他双手持矛，擎天而上，抵在斩仙地的中心。

斩仙地最中央的区域，就等于是一片祭祀地。

“他太恐怖了，来自哪里？为何我觉得他不像是异域的生灵？”有人颤抖着说道。他去过边荒，参加过守城之战。

大战结束后，许多人从边荒退走，回归故里，十地中的斩仙地也有人回归。他们见过异域生灵，可是此时看着那叶扁舟上的强者，总觉得他不像是来自异域，而是另有来头。

最为可怕的是，空间通道过大，那条河流缓缓流淌，就这么逼迫而来，不知道其起源在何地。

所有人都觉得这只是先遣之军，一人独自成军，开辟道路，后方应该还有强者。

这一事惊动了斩仙地的各族，许多强者都赶了过来。这个地方的景象太清晰了，居然有那么无法揣度的生灵，他持着战矛，如同开天辟地一般，要击穿大界壁，就这么突兀地出现。

当一些绝顶大教的老主人赶到后，他们睁开天目，运转最强法力，焚烧自己的道行，看到了一些真相。

巨大的空间通道内，那条河流的尽头，在其遥远的起源处，那里仿佛是一片海，要将人的心神吸进去。

这个生灵是从那里过来的吗？

斩仙地的各教都感到很惶恐，有生灵跨越大界而来？

一些修士聚集在一起，商量对策，并且向其他古地求救，释放出这里的危急信号。可是，还没等来各方人马，大陆的中央区域居然在塌陷，在龟裂，那空间通道不稳固了！

隐约间，众人仿佛听到了一声低沉的咆哮，那声音足以粉碎万物与星海，但是，它终究被界壁挡住了！

人们看到，那个生灵被混沌与仙道精元包裹着，朦胧而模糊，他在尽最后的努力，一矛刺出。

可惜，那空间通道开始瓦解，逐渐塌陷，那个生灵也跟着变得模糊，一叶扁舟在那条河流上剧烈地颠簸起来。

最后，那幅画面无法保持了，如同一面镜子被砸碎，所有的景物都裂开了。

这样的消息绝对瞒不住，传遍了十方。不久后，九天十地各大负有盛名的道统都得到了禀报。

九天上的那处古地中，成片的大军浮现得不明显，让人看不真切。可是斩仙地的那个强者太清晰了，许多人都看到了他，并用“记忆晶石”刻录下来，交给了那些大教去辨认。

最起码，所有长生世家都得到了记忆晶石。

“这个人的长矛，一击之下，就要刺透界壁吗？”各大家族都在研究，这是残酷大世到来的可怕征兆吗？

“有点古怪，这好像在某部古书中有一鳞半爪的记载，但是找不到真相。去查，一定要弄清楚！”

无论是长生世家还是长生皇朝，这些与世长存的道统都被惊动了，他们感觉到了阵阵刺骨的寒意。

仿佛秋风起，万叶枯黄，大世将凋零。

这不是错觉，但凡活得足够久的老家伙此刻都是心惊肉跳，哪怕修为达到了至尊境，也还是惶恐不安。

他们有种预感，真的会有一场秋风扬起，斩落下无尽黄叶，而那所谓枯败之叶，或许就是万教！

而在“秋风”过后，或许还有更为寒冷刺骨的“冬天”！

第1519章 不好的征兆

WANMEI SHIJIE

历史足够悠久的家族，自开辟时代就留下的传承，对这种征兆最为敏感，他们能活得如此久，自然有其道理。

这些家族都有一种天生的敏锐直觉，这是祖先传给他们的，有血液的传承与烙印，因为他们的祖先躲过了各种天灾人祸，经历过仙古的末日动乱。

他们预感到，大祸可能临近，不远矣！

各大道统都在想对策，若是有不可预测的大劫来临，他们该如何自保？

“进仙域，一定要想办法进仙域！这下界没有净土了，注定会被践踏，成为焦土！”一位长生皇朝的老皇主很迫切地说道。在家族内部会议上，他的情绪非常激动。

人到晚年，直觉通灵。

“怎么才能进仙域？”有人低语道，皱着眉头。那个地方不是谁想进就能进的，要求太严格了。

而这一次，仙域选拔无敌种子，是预感到了什么吗？这是有意识的，还是纯属巧合？

他们这些人多半都无法进入仙域，也许只有族中年富力强的个别精英才有机会前往仙域。

“仙域的使者，他如今在哪里？要尽快找到他，送他奇珍异宝，请他通融，一定要为我族多争取几个名额。”

“难，太难了。各族都在看着，而仙域肯定也会有人过问！”

想到仙域的使者，人们自然会想到他如今的态度，九天十地的一些古地发生异变，他也一定听闻了，他会持什么态度？

“快派人去拜见那位使者大人，看他现在究竟有什么打算，怎么看这次的惊变！”

一些长生世家派出族中的重要人物去见仙域的使者，想探个口风。

可是得到的消息却让他们心头发凉，那位使者大人正在收拾行囊，准备离开，不愿意耽搁哪怕片刻时间。

“为何如此？难道真的会有大祸来临？”一些人心中更加不能平静，越发焦躁。

仙域使者这是要逃离吗？他或许意识到有大灾要降临。

“据闻，仙域使者是在下界遭受了挫折，因此才匆匆地离开。”

“在下界受挫？怎么了，发生了什么？”

“下界出了一个大凶，那个大凶曾追击使者大人，让他狼狈逃亡，险些死在虚神界中！”

这是意外的消息，足以让人瞠目结舌，但是在天地异变发生后，其轰动性被削弱了部分，不然的话，足以在上界引起巨大的轰动。

哪怕如此，消息传来，各族依旧很长时间没有说出话来，心中狐疑不定，下界出了一个混世魔猿？

“仙域的使者被逼走了，这也太……”一群人心中波澜起伏。

“不对，那只是表象，真正的本质是，这一次的天地异变问题太严重，连仙域使者都无法镇定了，提前逃走了！”

“他是……因此而逃走的?!”

一些大修士很是惶恐，大劫真的要到了吗？

“盯着他，看个仔细！”有老族长吩咐道。

很快，消息便传来了。

仙域的使者听到各地汇报的消息后，转身就走，片刻都不停留。他离开九天十地，带着几名年轻人火速地冲向仙域。

仙域的使者竟然就这么走了，离开了这一界，这让一群人半晌无语，越发忧虑与恐惧。

“他说过什么话吗？”

“他说去禀报，请仙王决断。”

一时间，九天十地的各大古教都陷入不安之中。

仙殿，古老的铜殿巍峨不动，它不仅是仙器，更是一座神圣的议事大殿，坐落在那里，恢宏而古朴。

铜殿上有绿色的铜锈，轻轻一碰，铜锈就会成片成片地坠落，尽显沧桑古意。

今日，铜殿发光，仙殿的至尊在祭拜此殿，从而与地下的残仙沟通，向他禀明情况。

残仙活在地下的一口仙泉眼中，以此维持生命。

“真的发生了那样的事，我们必须离开了，不然的话，必然会死，要进仙域！”

残仙复苏，告诉仙殿的至尊，一定要静心等待，等着仙域的人再现，到时候无论如何也要驾驭铜殿进入那一界。

“轰隆隆！”

这一日，仙殿古地隆隆作响，龙气蒸腾，仙雾弥漫。残仙尝试将仙泉眼带出，准备提前离开！

“残仙要走了！”

消息传出后，各方大教一阵默然，现在不需要多做猜测了，这一界注定要有大乱。

几日后，仙殿所在的区域，仙泉眼浮出地面，并且伴着一座祭坛。残仙盘坐在祭坛上施法，整座祭坛璀璨无比。

残仙想以秘法沟通另一界，要贯通那扇门。

可惜，最后他失败了！

“仙域拒绝了残仙，连他都进不去！”

这一日，各教哗然。

仙域，无论是谁都不能进去，但从那里出来的生灵有手段，可以跟那边联系。只是，残仙被拒绝了，出乎了所有人的意料。

不久后，仙域传下法旨，唯有无敌种子可以进入仙域，并能携带部分族人。

这则消息一出，四方震动，能携带部分族人，这岂不是说明，只要重要成员能够跨界，就可以再造一个大族？

一时间，谪仙、小蚂蚁、重瞳者石毅都成为各族争相拉拢的对象，各族给予他们最优厚的条件，希望将他们拉入自己的道统内。

无敌种子越强，所能携带的族人越多。

直到这一刻，一些人才后悔不迭，若是荒在，他多半可以带着大量的人进入仙域中！

“荒到底废掉了没有？”

“追击使者大人的，是混世魔猿还是荒？”

一些人在怀疑。

此刻，就是仙殿的人都无能为力，连他们都没有资格进入那一界。

现在，若是荒还活着，没有被废掉的话，跟他交好，便可以一同进入仙域。许多人彻底愣住了。

“不行，我们得去虚神界走上一趟。如果荒还活着，还无恙的话，一定要将他请回来，无论花费多么大的代价都值得！”

有些人很急迫，想将石昊从下界带上来。

可是，谈何容易？那个地方很不一般，两界无法贯通，一般的人没有办法往来。

与此同时，关于虚神界的一些可怕的消息在最近几日也传遍了上界。

天国的副教主、仙殿的第二强者、犼族的大修士等一群强者以及九天上的王家与金家的高手，全部在虚神界丢了性命。

人们又惊又叹，心有惧意。

“太可怕了，那些强者居然都没了！”

“是荒，还是混世魔猿？应该是后者吧。”

一些人在猜测。

在上界议论之际，石昊正在修行。

鸟爷与精璧大爷让这片古地露出真实的地貌。

在沼泽的深处，有昔日强者的精神残骸，他们有些曾为人道至尊，生前无比强悍。现在，这里依旧残留着他们的大道痕迹。

如今，他们复苏了，石昊正在跟他们大战。

“等有一天，你能打败他们时，自然就成至尊了！”鸟爷说道。

石昊心中暗自吐槽，这还用你们说吗？我要是真可以除掉这些生前为至尊的强者，自然也就进入那个等级了。

在这里，他唯有战斗，没有选择，因此遭了大罪。他被至尊的精神残骸追击，战况惨烈。

所幸，在沼泽地深处，哪怕被击碎成光雨，也可以复活。

这里有一座巨大的阵台，以确保决斗者无恙。这是一片大战之地，是为了磨砺强者而准备的。

石昊知道，这的确可以刺激他快速成长，他不断跟至尊交手，想不变强都不行。

这下界中的确有他需要的东西，他在禁区之主那里能磨砺真身，在虚神界也能锤炼真我。

等到有一天，他一定要一飞冲天！

第1520章 得仙宝

WANMEI SHIJIE

剑气在激荡，这里的一切跟在真实世界中没有什么区别。

赤龙葛沽看得目瞪口呆，他这位便宜师父太拼了，一直在与至尊对战，就没有停过。

即便那些至尊是残缺的，不完整的，但依旧很恐怖，将石昊打倒在泥地上很多次。

石昊并不屈服，在这里激战不辍。

这是一片特殊之地，在沼泽的特殊地域，竟不再压制等阶，原本是什么境界就是什么境界。可以想象，石昊在经历着什么，想要在这里撑下来很不容易。

还好，正是因为极度危险，所以这里有阵台，有法阵，这些都能够保护挑战者的生命。

如果这里跟外面的沼泽地一样，哪怕石昊再强也不行，他必然会步那些上界生灵的后尘。

这一日，上界有了动静，仙域再次来人了。

来的除了使者外，还有几位骑士。他们都披着重甲，周身缭绕着仙气，是真正的超级高手，带着重要的使命而来。

“轰隆！”

就在这一日，几名骑士冲上九天，下到十地，祭出一面又一面大旗。

总共是十九面大旗。大旗猎猎作响，被插在九天十地间，让各处古地剧烈地震动。

人们大吃一惊，这是在做什么？

“仙域诸王忧虑此界安危，特意派遣战将，以十九面大旗镇压各地！”

这是使者传出的消息，这几名骑士是为了镇压各处古地而来，让那些不稳固的区域变得稳固。可是，人们依旧很忧虑，十九面大旗而已，就能封住一切吗？

不可能！

许多人都知道，该来的还是会来，只不过是时间问题而已，真不知道日后会出现怎样的可怕场面。

“还不够，需要你界围绕这十九面旗筑造祭坛，并以各族生灵之血浸染之！”

这是仙域的使者传下的法旨。法旨代表了某位仙王的意志，是仙王要求他们这样做的。

无人敢抗旨，各地都开始动工，分别围着大旗筑造祭坛。

无论是残仙想要回归仙域时，还是现在这些人布下阵旗的期间，都在祭祀，这是为谁而祭？难道冥冥中有一个无上强大的存在吗？

随后，跟随使者而来的几位骑士中的一人，只身进入灵界，最后悄无声息地前往虚神界，抱着目的而去！

下界，石昊走出沼泽地，这些天的生死磨砺暂时结束了，他的修为有所增长，道行也精进了。

他准备离开，过段时间再来。

因为，他无时无刻不在大战，容易堕入狂乱中。修炼要有张有弛才行，他不可能在数日内就成为至尊。

回到石村后，毛球正在抓耳挠腮，急不可耐。现在，它已经大体查清了鸿鹄圣者在哪里，各种迹象都指向洪域的某一地。

湖泊成片，碧波万顷。

这是一片湖泊群，各种水禽在湖中展翅。其中一个大湖，灵气缭绕，四周石山矗立。

一个老道人白发苍苍，枯瘦如柴，盘坐在一个蒲团上，正在诵经。他已经是风烛残年，血气不是很旺盛，不过，他的眸子开合间有符文闪耀，那是强者的特征。

谁都想不到，这是一位触摸到真神领域的强者，若非寿元无多，他早已冲进真神境。

他就是鸿鹄圣者，一个活了漫长岁月的禽族高手，是吞天雀之师。

外界都在传，他早已死了，而且是死在自己徒儿手中。谁也没有想到他还活着，而且他在参悟某种无上真经，只可惜进展缓慢，没有获得应有的成就。

“时不待我，生命无多，就这样随风而去吧。”鸿鹄圣者一叹。

“有意思，一个死去了很多年的禽族高手，还在人间。你虽然很低调，但还是泄露了这个消息。”石昊出现了。

他站在石山上，看着前方那个古洞，目光灿灿，洞悉了鸿鹄圣者的身体奥秘。

鸿鹄圣者在神火巅峰境界，一只脚迈入了真神领域，可惜血气不足，没办法更进一步地突破。

在这下界中，这种生灵现在也算少见了，毕竟当年八域经历过大劫，没剩下几个强者。

“小石？”鸿鹄圣者并不是很吃惊，并且第一时间认出了石昊。

“你认识我？你怎么知道我会过来？”石昊问道。

毛球已经跳到石崖上，盯着那古洞中的老者，龇牙咧嘴。当年它可是得到了山宝，结果又丢失了。

现在，它看得真切，就在那古洞中，一张石桌上有一个正方体的骨块，骨块雪白如玉，泛着晶莹的光泽。

正是当年的山宝！

“老家伙，你可真滑溜，都说你被你那徒弟吃掉了，结果你徒儿都死透了，你却还活蹦乱跳呢，而且得到了它那山宝。”毛球叫道。

鸿鹄圣者苦笑，这朱厌还真是不客气，什么叫他还活蹦乱跳，他明明血脉干枯，如同夕阳残照一般了。

“朱厌，你说笑了。我已垂垂老矣，朽迈不堪，随时都会死掉，哪里还有什么活力可言。”

毛球顿时不说话了，只盯着石桌上的山宝，眼神火辣辣的。

鸿鹄圣者叹息，道：“当年，我的确险些殒命。油尽灯枯时，我用一道灵身打坐，结果我那徒儿误以为那灵身是我，一口就吞下去了。”

当年，鸿鹄圣者甚是心寒，那可是他的徒儿，居然趁他晚年时这样谋害他。幸亏他早有警觉，以灵身代死。

提到这些旧事，他不禁叹息一声。

“也正是因为如此，刺激到了我。原本我早该死透了，结果由于心中有执念，憋着一口气，硬是熬了下来。”

他不仅熬了下来，修为还在随后的岁月中有所突破，摆脱了油尽灯枯的局面。

“其实，在八域大劫时，我的徒儿并未死在动乱中，最后是我结果了它的性命。”鸿鹄圣者坦然地说道。

他得悉，吞天雀在那些年中吞食无数生灵，造下了很多杀劫，穷凶极恶。

早先，鸿鹄圣者的生命之火将熄，无力清理门户，随着他调养过来，以他神火巅峰的境界的修为，击灭吞天雀自然很容易。

“我那徒儿很狡诈，在八域大乱时躲过了各种凶险，是我突然出现，结果了它的性命。”

“你知道我所为何来吧？”石昊问道。

“知道。我早已察觉，最近几日，湖泊群附近有一些人不断地出没、探察，我就知道你要来了。”鸿鹄圣者说道。

而后，他指向石桌，道：“这就是那山宝，它本就属于朱厌，现在完璧归赵。”

毛球忍不住了，直接冲了过去，跳上石桌，将山宝一把抄在手中，翻过来转过去地看。

“我生命无多，这东西博大精深，我只参悟了一点皮毛，惭愧啊，却险些将自己活活炼死。”鸿鹄圣者叹了口气。

他有不甘，有落寞，还有许多的无奈与遗憾。

石昊没想到会这么顺利，山宝直接就到手了，这令他颇为感慨。

想当年，他还年幼时，山宝就出世了。转眼间二十几年过去了，他一直闻其名，直到今日才真正见到。

“有古怪啊有古怪！”毛球掂量着山宝，仔细地感应，激动又忌惮。

石昊将山宝接到手中，摩挲着洁白的骨块。他还没有真正参悟，就已经知道，这是一件了不得的至宝！

第1521章 众里寻他千百度

WANMEI SHIJIE

其间，有大荒各村落覆灭的惨剧，也有下界天翻地覆、王朝更迭的大波澜。

石昊前往上界，还去过边荒，大战异域。到头来，他又回来了，看到了幼年时代被强者争夺的山宝。

这山宝有玉石的温润感，坚固不坏，他尝试用力去捏，结果山宝纹丝不动，没有出现一点裂纹。

石昊早就怀疑这山宝骨质很特殊，现在确认它有极大的问题。

刹那间，他的手中多了一块骨，正是万灵图。它同样洁白如玉，没有瑕疵，两者的骨质太相近了。

“当！”

两骨碰撞，其音如金石轻鸣，清脆悦耳。

石昊仔细看了又看，觉得两者的骨质真的太像了。他收起万灵图，深吸一口气后，用尽全力去捏这个骨块。

果然，山宝依旧坚固不灭，以他而今的强大实力，居然不能将它破坏。

“很像！”石昊怀疑这正方体的骨块跟万灵图的是同一种材质。若是猜想成真，单是此骨就价值无量，可以祭炼成至宝。

若非这块骨略微暗淡一些，与万灵图有些许差别，石昊就完全可以肯定，两者是同源的。

“差了一点！”石昊摩挲着这块骨。

他翻过来转过去地看，而后施展六种宝术，全都作用在这块骨上。这块骨顿时光芒大放，十分耀眼。

“咦？”毛球惊讶极了。它是个急性子，刚才经过一番折腾也没有发现山宝的异常，结果到了石昊手里，却有了这种变化。

“只是顺手而为。我见它共有六面，便以宝术催之。”石昊说道。事实上，他恰是福至心灵，神思有感，可谓莫名的感应自然而生。

六面体的洁白骨块，发出“咔嚓”一声脆响。它开启了，其中一面是一个盖子，自动脱离骨块，露出内部的景象。

鸿鹄圣者一叹，道：“此宝果然与你们有缘。老朽当年钻研了很久才开启它，你们得到它，瞬间就洞悉了宝盒的秘密。”

内部霞光点点，这宝盒是一个巨大的空间法器吗？虽看着并不大，可是内部却给人很空旷的感觉，如同有繁星点缀的夜空。

当中有几张陈旧的兽皮，不知道存在多少年了。

这一刻，石昊体内某种法的感应更为剧烈了，他心中有些激动，快速将几张兽皮取出。

“果然是它！”

石昊拿着兽皮，一张又一张地观看。最后，他叹了口气，十分感慨。

“众里寻他千百度，蓦然回首……”

当初，他不断寻觅，苦苦搜索，却一无所得，而今它却在这里出现了。

这是至尊殿堂的传承！其中清晰而明确地记载着一门无上之古天功——六道轮回！

这是一部古经，除了六道轮回功法外，还有其他一些法，比如犼族的、鸾鸟族的、毕方族的……

当中，自然以六道轮回书最为珍贵！

“终于看到了全本的天功！”

石昊曾得到过这种经文，它源自太初古矿，但是石昊昔日所见只有起手的六个姿势，并非真正完整的功法，今日他才得见后续。

不过，那起手的六个姿势，就已经阐释出诸多奥义，代表了六道轮回小半的传承。所以，石昊用它对敌的时候才展现出无穷的战力。但不完满终究是不完满，现在终于补全了。

当年，石昊就可凭残缺的六道轮回法硬拼其他古天功，现在威力已经猛增。如果再遇到当年那些对手，再施展这门功法，他肯定可以一路横扫。

石昊站在古洞中，不断结印，六种起手式变了。他整个人如同大道的化身，六个黑洞浮现，吞噬一切。随后，时间光雨飞洒，扭转乾坤。

接着，生老病死、人间百态等也在更迭，这是大世轮回。

宇宙星河溃灭，混沌浮现，太初之光照耀，万物复苏，重塑乾坤，再次进入开天辟地的时代。

到了最后，各种画面浮现出来，大到一方宇宙，小到一只蚁虫都在轮回。有精神的万古漂流以等待新生，也有物质的转化，从龙变成尘土，又被植物吸收，成为一株神树等。

各种画面不断变化，这就是六道轮回，万物之更迭，尽在其中。

到了最后，所有法印尽归一处，“轰”的一声，向前拍击，石昊所展现的意境完全不同了。

这是驾驭宝术之法，将多种宝术融合、叠加，形成更恐怖的战力。

接下来的几日，石昊都在参悟此法，尝试将六道轮回书理解透彻。

古往今来，经书、法术等传承不灭，但是能冠以盖世法的篇章太少见了，而今石昊有了一种无敌的底蕴!

不说其他，单是持有此法，他就可以横扫诸多对手。哪怕仙域的道统传承久远，一个个来头甚大，石昊如今也有底气了。

鸿鹄圣者过去虽然听过石昊的名号，知道他相当厉害，可是而今真正面对他时，才明白什么是专为修炼而生的人。

这么繁复的功法很难悟透，可是石昊数日间就悟透了。

“我的生命犹若夕阳残照，能在这最后的生命岁月中见证一代天骄的崛起，也算是三生有幸了。”鸿鹄圣者说道。

“我之所以能悟法，是因为目前在遁一境，积累得足够多了，而今参悟经书，自然水到渠成。”石昊谦虚地道。

石昊放下了六道轮回书。他已经将这门法术牢记在心中，并且领悟到了极深的地步，接下来便需要实战的检验以及岁月的磨砺了。

任何神通、秘术被研究到尽头，都要经过血与火的洗礼。真金需火炼，无惧大劫难。

石昊看向其他兽皮，这些都是至尊殿堂收集的宝术，有犼族的、鸾鸟族的，都极其了不得。

不过，在得到雷帝、鲲鹏、柳神、真凰的宝术后，石昊不会激动了，他连最强秘术都见识过，还会对这些感到兴奋吗?

当翻到最后一张兽皮时，石头心中一动，这一张兽皮记载的是狻猊法，符文模糊，都快看不清了。

他觉得有些不对劲，狻猊法虽不弱，但也不应留在最后一页。跟其他几种神通比较起来，它算不上压箱底的宝术。

石昊散开神识，仔细探究，认真感应。

刹那间，他神色骤变，神识快速倒退，整个人都倒飞了出去。同时，他将毛球还有鸿鹄圣者也带走，为了庇护他们。

“哧哧哧！”

银色剑气纵横，将古洞斩成齑粉，将山体削平，将虚空洞穿，将域外的星辰斩落下来。

不要说鸿鹄圣者与毛球惊骇不已，就是石昊也无比吃惊。这剑气太猛烈，能够斩灭有形之体，无坚不摧。

而那记载狻猊法的兽皮已化作灰烬，留下一张银色的金属书页，书页上面有纹路，还有神秘的符号。

它在散发剑气，绝世无双。

一页金属纸居然能发出这种剑气，实在惊人，只因为它记载了一种剑诀，才有了如此景象。

“盖世剑诀！”毛球兴奋地道，跳了起来。

石昊自语道：“我就知道，至尊殿堂怎么可能没有一种压箱底的秘术呢！”

第1522章 三大剑诀

WANMEI SHIJIE

简单的一页纸张呈银白色，铮铮剑鸣惊人心魄，迫人灵魂。它并非剑体，而只是记载剑诀的载体。

很长时间后，这页纸才安静下来，一动不动，唯有银光流淌，像是银河汇聚而成，纷繁复杂的骨文在上面点缀着。

这页纸没有坠地，而是悬在半空，寂静无声。石昊来到近前，将它抓到手中，丝丝缕缕的剑气顿时再次斩出，不过并不狂暴。

“是它！”

石昊大吃一惊，认出了这是何种剑诀。他曾经接触过这种剑诀，也曾修炼过残篇，没想到在这里见到了完本。

草字剑诀!

当年，他在虚神界大战各路生灵，曾得到一张兽皮古卷，那上面记载有部分的草字剑诀。

那时，他年少懵懂，只听闻那是一位绝代剑圣所留的剑意。

后来，他到了上界，逐渐了解到，十凶中有一位便是一株草，其叶如剑，共生九片，九叶翻动时，天翻地覆，剑气斩开大宇宙，天下无敌。

“所谓剑圣，应该是那株草的后裔！”石昊顿时醒悟。

那株草在十凶中最为神秘，便是当年也没人知道它究竟有多强，不知它是否为仙王，还没等发光发热，它便过早地殒命了。

仙古大战时，那株草很不幸，恰巧遇上四位不朽之王跨界，而它正好扎根在那里，根本无法避免，唯有放手一战。

四位不朽之王，谁人可敌?

哪怕那株草再强，也不可能是不朽之王的对手。没有人亲眼见证那一战，但他们曾感受到无尽剑气撕开星海，切开大宇宙。

最后，那株草再也没有出现。

它究竟有多强，无从判断。在那个年代，早先它从未跟最强者交锋，一直很低调，而临终前，却遇到了四大不朽之王。

之所以把那株草排进十凶内，是因为它敢跟四大不朽之王对战。此外，相传，从古至今共有三大剑诀，它们代表攻伐的极致，号称无敌术，其中一门便是平乱诀。举世皆知，它曾经生生阻挡过仙古中期的一次异域侵袭，平天下乱！

据闻，草字剑诀亦为三大剑诀之一，真要能将之修炼到绝巅，可以斩破古今，得见永恒。

它的辉煌在更为古老的时期，可惜后世无人能了解详情。仙古年间，人们还是知道草字剑诀的一些辉煌成就的，故此将它和平乱诀并论，号称最强三大攻击术法之一。

所以，虽然那株草没有举世皆知的战绩，但它是那一脉的传承者，便很轻易地被列为十凶之一。

可惜这一脉虽为植物，是一种草，但从来都是“人丁稀薄”，很多年才会有一粒草籽从劫土中生根发芽，出现在世间。

所谓“很多年”，也许是大半个纪元那么久远。

草字剑诀无物不破，斩物质如同神兵削烂泥，非常轻松。它的修炼法门与平乱诀大不相同，后者锻造元神并使其化成剑胎，而草字剑诀则是将物质锤炼为剑胎，甚至以手臂、指骨等为剑胎，无坚不摧。

“难怪啊！”石昊点头。

“当年，我从虚神界得到的兽皮卷内也藏着六道轮回中的几个字，看来这不是没有道理的，草字剑诀与六道轮回原本就属于一家啊！”

毫无疑问，那是至尊殿堂流落在外的残缺传承。

仔细回想后，石昊进一步醒悟，当初有一只巨龟驮着一座古殿在石村附近的大荒中出没，那就是至尊殿堂。

而山宝在那片区域浮现，也就显得理所当然了。

“传说，那只龟驮着的殿堂虽然不一定为真，但肯定与那一脉有关，情况复杂，的确如此！”

石昊不知道，所谓山宝是巨龟故意留下的，还是那只巨龟在驮着殿堂寻找那失落的传承。

接下来的日子里，石昊盘坐在湖泊上，静静地体悟这门剑诀。

他对平乱诀太眼热了，一直想得到而不能。那是锻造元神之法，而眼前的剑诀虽非炼神之术，但毕竟跟平乱诀齐名，自然值得他倾尽心力参悟。

数日后，剑气冲霄，在石昊的体外，诞生出九片叶子。那是银色的草叶，也是剑叶，叶子轻轻翻动间，斩破苍穹，气势惊人！

毫无疑问，石昊意外得到了一种绝世神通，战力有所提升。他露出欣喜之色，这真是一番大收获，十凶宝术之一，他又得到了一种！

“如果以六道轮回驾驭六种宝术，展开绝世一击，会有怎样的效果？”石昊自语道。因为现在跟以前不同了，如今他所掌握的宝术最起码有六种号称绝世神通，和十凶秘术同级。

下一刻，石昊动了，以六道轮回驾驭六大神通。他盘坐在那里，宝相庄严，神圣无比，让众生战栗，忍不住对他膜拜。

可以看到，在石昊的体外，鲲鹏法、雷帝神通、柳神法、真凰秘术、九叶剑草一起浮现，此外还有他自己的轮回宝术。

六种秘术，任何一种都足以傲世，现在汇聚在一起，将会有何等的威势？石昊不知道，他没敢轻易发动。

以前他所施展的六道轮回是残缺的，而且，那时驾驭的宝术没有这么强，现在，他想找人试法。他有两个选择，一是去禁区之主那里，接受地狱式的磨砺，二是进入虚神界，与残缺的至尊神魂大战。

石昊准备选择后者，因为前者太危险了，上一次禁区之主引得他的折仙咒发作，险些将他折磨死。

他觉得，既然是试法，还是找一个正常的途径比较好。

临去前，石昊看了一眼鸿鹄圣者，直接将一颗金丹送给了他，这金丹可以延续他的寿元。

“多谢！”鸿鹄圣者一闻药香便知道这颗金丹了不得，能让他多活上一段岁月。若是他能突破到真神领域，那么就可以解决生命无多的问题了。

最后，鸿鹄圣者真心投靠石昊，被毛球带回了石村。

“师父，你来了。有一头大凶堵在界门外，天天轰击，鸟爷与精壁大爷都快烦死了，那大凶口口声声说要见混世魔猿。”赤龙葛沽前来，告知石昊这个消息。

“怎么回事？”石昊问道。

鸟爷告诉石昊，上一次他惹了大麻烦，以混世魔猿之身出现，追击仙域的使者，引起了不小的轰动。

现在，仙域的强者特意赶来，要求见他。

“那个人很强，可以横扫下界！”精璧大爷道。

“嗯？”石昊吃了一惊，“不会是一位真仙亲自下界吧？”

“你想多了，哪怕是在仙域，真仙的数量也不多。”

鸟爷告知石昊，那是一位至尊，一个十分强大的生灵，现在他带着一张法旨而来，欲召见混世魔猿。

“很好，我想拿他试剑！”石昊说道。

第1523章 颐指气使

WANMEI SHIJIE

试剑？两个老人白了他一眼，试剑？添什么乱啊！

“你们什么意思，干吗拿死鱼眼看我？”石昊不干了，瞪向两个老人。

“小子，你怎么说话呢？”鸟爷的胡子都翘了起来。

“别翘尾巴。”石昊满不在乎地说道。

“嘿，你个小兔崽子，真不会说话。信不信我将你丢进仙道炼魔地，镇压你个七七四十九万年！”鸟爷瞪眼道。

“别说没用的，赶紧把那个冒犯我的家伙揍一顿。他既然敢叫板，就得有挨揍的觉悟。”石昊大咧咧地说道。

两个老头子都干瞪眼：你一个遁一境的修士也敢跟人道巅峰的仙域来客比胳膊粗？干吗自找不痛快吗？

“快点，我时间很紧！”

“行，你自找不舒服，那就去吧！”精璧大爷说道。

界门附近的响声很大，这几日不时有巨响爆发，有人在轰击那对门。门隆隆而动，不时出现电闪雷鸣。

“开门！”石昊一挥手，让鸟爷去开门。

“龙儿，过来。”石昊招了招手，让赤龙葛沽过来，很淡定地说道，“替为师拟法旨。”

葛沽心想，什么龙儿，这两个字让他起鸡皮疙瘩，这是哪个浑蛋先叫的，好像是那个叫曹雨生的胖子，还是那只金色的蚂蚁？

“怎么，没听到为师的话吗？”石昊斜睨他一眼。

葛沽不情不愿，在那里腹诽：还拟法旨，什么人啊，名堂也太多了，你又不是什么仙君！

就是鸟爷与精璧大爷都看不下去了，他们都斜着眼看着石昊，就差指着他的鼻子鄙视了，小小年纪摆什么架子。

“年纪不大，毛病真多！”这是精璧大爷的话。

葛沽用力地点头，表示太有认同感了。

“你点什么头，忤逆为师吗？磨墨，写法旨！”石昊敲了一下葛沽的头，而后对那两个老人开口，“那个人从仙域来，不是带来了法旨吗？凭什么自认为高人一等？我也对他下张法旨。”

两个老头子算是明白了，这家伙记仇，对仙域生灵咄咄逼人、高高在上的态度十分反感，耿耿于怀。

葛沽也无语了，这便宜师父还真不能招惹啊！

“咚”的一声，界门打开了一道缝隙。

石昊道：“两位前辈，你们看着点，情况不对劲的话，就赶紧将我们弄到一座可以同境界对战的擂台上去！”

“你不是想教训别人吗？”鸟爷翻了个白眼。

“万一被他教训了呢？”石昊说道。

“那你还说什么试剑，跟人叫板？”鸟爷道。

石昊道：“我只是提前有个防备而已。”

“当！”

界门的缝隙变大，外面的那个生灵等不及了，一拳轰出。响声震耳，一对大门直接被撞开了。

一刹那，混沌翻涌，扑面而来，将葛沽给掀翻了。

“尔等敢如此怠慢我，这么久不开启此门，是轻视仙域吗？”这是一位战将，他的修炼层次很高。

不过，他是这次从仙域走出的几位战将中等级最低的一个，还没有踏足仙道领域。

“你去叫混世魔猿过来，让他恭迎法旨！”战将看到了最前面的葛沽，让他去叫人。

葛沽气得牙根直痒痒，他被混沌撞飞也就罢了，这个生灵一登场，就这么趾高气扬，颐指气使，令他恼恨。

“听到没有？还不快去，让混世魔猿前来跪接法旨！”这位战将喝道。

事实上，他已经看到了不远处的石昊、鸟爷以及精壁大爷，但依旧这么说，这其中既有试探，也有几分自负的意思。

葛沽气得很想一爪子按在他的脸上，给他来个满脸开花，验证一下真凰爪的威力。

远处，鸟爷与精璧大爷的脸色不是很好看，至于石昊那就更不用说了。

“你该不会就是那混世魔猿吧，还不过来！”这位战将终于将目光投向了石昊，他昂着头，眼神犀利，俯视石昊。

“师父，你要先念法旨吗？”葛沽憋了一口气，郁闷坏了。

“不要。”石昊拒绝了这个提议。

“我在和你说话，你听到了吗？你可就是那混世魔猿？还不过来跪接法旨！”那位战将喝道。他身上的甲胄闪烁着冰冷的金属光泽，整个人高大威猛。

石昊的脸更黑了，他对鸟爷和精璧大爷道：“弄个擂台，让我先教训他一顿！”

“你在说什么？”那位战将问道。

“揍你！”石昊只有两个字。

而后，石昊看向两个老人，道：“送他进角斗场！”

“你不是要拿他试剑吗？”鸟爷问。

“先揍一顿再说！”石昊答道。

两个老人原本还有点忌惮仙域之威名，可是战将刚才的姿态实在有点张狂，让他们都很不舒服，故此他们相当配合。

霞光点点，烟雨迷蒙。场景大变样，他们出现在一片角斗场中。

葛沽还有两个老人在场外观战，石昊和战将出现在角斗场中央，彼此对峙。

“你想做什么？”战将的神色变了，他自然觉察出了对方的敌意，看向场外的两个老人，“这就是你们的待客之道吗？”

“来，小爷我来招待你，保你满意！”石昊说道。

“放肆！我代表仙域而来，有法旨对你宣读。混世魔猿，还不快恭迎法旨！”战将大喝道，声音如同炸雷般。若是一般的人肯定被吓住了，可是，石昊是谁？他心中根本就没有怕这个概念。

“兔崽子，过来！”石昊叫道。

这么个叫法让战将有点受不了，兔崽子？他比石昊的玄祖的玄祖都要大，居然被这么称呼。

“轰！”

战将身上的甲胄铿锵作响，他扑了过来，剑气纵横，神光迸发，将这片角斗场都笼罩了。

“孽畜，过来领法旨！”战将喝道，脸色阴沉。

石昊最看不顺眼的就是仙域生灵这种高高在上的姿态，他的脸色越发黑了，再加上此时一副阔口獠牙的容貌，跟黑煞鬼似的。

剑气激荡，草字剑诀斩破云霄，而后横扫了过去。

同境界一战，十分激烈。

只是，所谓激烈的大战没有持续多久，石昊就一剑劈开了战将的护体光幕，将他整个人都劈飞了。

“哧”的一声，石昊冲了过去，一剑就将战将击中了。

在落地的刹那，石昊拎起这位战将的甲胄，将他给提了起来，一巴掌抽在了他的后脑勺上。

战将有些蒙，他可是战将，结果被人这么拍后脑勺，感觉像是大人在教训不听话的小孩子。

第1524章 憋屈的战将

WANMEI SHIJIE

战将快疯了，平白无故挨了一巴掌，这是他有生以来最大的不幸与耻辱，他压根儿就没想过会有这种经历。

他就没见到过这么可恨的对手，一点也不讲究。这样的经历，他这辈子都不想再回忆了。

“你给我滚开！”战将大吼道。他竭尽所能，拼尽力气，浑身散发出光芒，施展一种古老的天功。一时间，一道又一道宝术冲起，向着石昊攻去。

战将动了真怒，施展一种强大的古天功与石昊拼命。

然而，让战将吃惊而又有些慌乱的是，对方根本就不怕，而且身体也在发光，一下子飞出六道光束，将古天功击散了。

很显然，那也是一种古天功，而且比他施展的还要厉害，后发先至，刚猛无比。

“兔崽子，你还不服气是吧？”那个青年再次说道。

这位战将真的快疯了，没办法沟通也就罢了，说话还这么气人，他都多大年纪了，还被人称呼兔崽子。

而且，他能看出，那个青年说这些话时没有调侃的意思，非常自然。

正是这种自然与这种正常，让战将更加不忿。对这个有些愣的青年，他彻底没脾气了。

这时，石昊冲着葛沽吩咐道：“龙儿，念法旨，将为师的意思讲给这凡人听。”

葛沽一百二十个不乐意，这便宜师父太能摆谱了，还真要这么大模大样地传下所谓法旨？

至于战将，则顿时愣住了，他觉得对方搞错了，应该是听他念法旨才对。

“你弄错了，法旨在我的怀中。让我起来，你再接法旨。”战将好心提醒石昊，法旨在他身上呢。

“没有错。那是我的法旨，还不快接旨？”石昊扫了战将一眼，漫不经心地道。

“什么?!”战将闻言，先是发呆，而后羞恼，彻底怒了。

这是什么事？他来传法旨，结果对方根本就不接，还将他暴打了一顿，随后又反过来下法旨，让他来接。

这些事都反过来了，完全调换了主次，分明应该是他读法旨，对方接法旨才对。

“气死我了！”战将怒吼道。

“快点，接旨吧。龙儿，念！”石昊催促道。

战将的脸彻底绿了，没有比今日更糟糕的一天了，他觉得人生的天空都灰暗了！

“奉天承运，魔猿诏曰……”葛沽开始念法旨。

从来没有这么一刻，战将有一种信念大崩溃的感觉，他居然被逼着接法旨。

“你记住了吗？回头告诉仙域那家伙，没事别来烦我。”石昊说道。

“你知道是谁给你下的法旨？”战将一惊。

“不就是那个所谓年轻大人假托他人之名下的法旨吗？那家伙的手下都被我灭了三个，他也就这点能耐，有本事让他亲自来一趟。”石昊说道。

战将顿时傻眼了。

葛沽念完法旨，将法旨硬塞到战将的手中，让他叩谢。

石昊则亲自从战将怀里掏出一张法旨，一看就知道是那位年轻大人的口吻，对方让他放了伊海、旭辉、伊洛，否则就会大祸临头。

“还敢威胁我？”石昊看完后，直接将法旨揉成一团，扔在地上，踩了一脚。

“还敢让我跪接法旨？”石昊冷笑起来，那年轻大人的口气未免太张狂了。

早先，石昊只是猜测到了是谁在惹他，现在证实了，惹他的就是那个年轻大人，他自然没有什么好脸色。

“就你这么一丁点本领，也敢跟我来叫板，回去告诉你那主子，让他亲自来！”石昊说道。

“轰！”

突然，战将爆发了。他一跃而起，施展一身的神通。

这一次战将再次动用了古天功，直接将之提升到了极高的境地，全力镇压石昊。他很不服，他的道行何其高，实力何其强，居然被欺凌到这一步！

石昊跟战将交手，动用了一系列强大的手段，并且尝试施展了六道轮回天功。

不过，在用天功驾驭宝术时，石昊并未选取最强的六种秘术，而是用了狻猊宝术、鸾鸟族的秘术等代替。

经过一番交手，这位战将再次被石昊打翻，飞了出去。他心中发凉，明白自己根本就不是其对手。

远处，鸟爷和精璧大爷自始至终都将一切看在眼里，他们面面相觑，相当无语。

“你不是要试剑吗？”鸟爷问。

“我这不是正在试吗？”石昊说道。

现在是同境界战斗，战将不在自己原有的境界，这也算是决斗，也算是试剑吗？两个老头子不知道说什么好了。

“来，接着试剑！”石昊脸不红心不跳，再次出手。

战将的甲胄被震碎，身子伏在地上，一动不能动了。

“不行啊，难道我真的要天下无敌了？”石昊自语道。

不远处，葛沽翻了个白眼，有本事去跟至尊巅峰的人一战啊！

“你怎么……”战将被气得够呛。

他感觉自己太憋屈了，明明高高在上，带着仙域法旨而来，应被人恭迎才对。可结果，他却被人打了一顿，还接下了法旨，怎么想怎么怄火，太憋屈了！

第1525章 藏法地

WANMEI SHIJIE

到了最后，石昊低头看着战将，指端剑光闪烁，就要直接给他来一击，顿时让他毛骨悚然。

“别，我告诉你一个秘密，你不能除掉我。”战将说道。他没有浪费时间，很明确地告诉石昊，他是抱着某种目的而来的，传旨只是做掩护而已。

“我为虚神界最深处的牢笼而来！”他很直接，道出了关键。

“他还真是不死心！”石昊冷笑道。

战将的背后依旧是那位年轻大人，他们那一族的族长，号称仙域最强的几个生灵之一，所向无敌。

这个所谓年轻大人，从家族中洞悉了很多秘密，知晓虚神界有了不得的东西，于是执意要来这里寻宝。

“他都知道什么？”石昊的脸色很不好看。

“牢笼、大凶！”战将回应道。

“他究竟想要什么？”石昊问道。

“各种法，以完善他的无敌路。”这位战将果然比旭辉、伊洛等人了解得多一些，但是也仅限于此。

这个消息很惊人，按照战将所说，虚神界关押着一些不可想象的大凶，很难说清他们属于什么岁月，而且他们掌握着各种失传的古法。

那位年轻大人而今不说横扫同代，但也差不多了，他追求的是超越之路，要强过父辈、祖辈。他将族中的传承融会贯通之后，糅合其他各族的法，这么多年来一直在努力修炼，修为强大到了不可思议的程度。

当听闻虚神界中有不少失传的古法后，年轻大人自然心动，要是这些古法完全跟他自身的路融合，他日后注定要超越族中之主。

他不是冲着未来最强的几人之一而去的，而是冲着仙域第一人而努力。

石昊闻言，眉头微皱，这个素未谋面的对手很强，比他原本预料的还要厉害，两人真要遇上，多半会有恶战！

鸟爷开口道："向超越同辈人的目标努力，这个我赞同，或许可以做到。但是，未来想超越最强的几个生灵，成为仙域第一，那我只能笑笑。岁月更迭，纪元沉浮，最强的生灵几乎始终不变，一直是那几个。"

"我也想起了一些旧事。漫长的岁月流转，一个又一个大世寂灭、新生，纪元更迭了很多次，那几个生灵始终屹立不倒，占据统治地位，他们不是那么好撼动的。"精璧大爷也说道。

战将点了点头，他虽然是"阶下囚"，但是不得不承认两人说得有道理。在仙域的已知范围内，那几个最古老的道统最强，可是，还有广袤的疆域没被探索呢。

"那个小子的长辈知道他始终惦记这里吗？"石昊问道。

"不知道！"战将很肯定地回应道。

因为，那个家族的继承人自始至终都在嘱咐他不可走漏风声，也不能告知家族中的前几代人。

"他总来惹事也不是办法。这样，你带回去一封信给他长辈，他们看后自然会明白，也会阻止那小子再探察这里。如果你继续隐瞒下去，日后他的族人知道此事，你肯定会死无葬身之地！"石昊说道。

他所言非虚，只有仙域最古老的生灵知道这里是禁忌之地，无论是谁在此地探索都会被镇压。

战将脸色发白，他自然也知道自身犯了忌讳。

最后，鸟爷亲自动笔，修书一封，让战将将之带回去给那个道统的长辈。

"那小子再犯浑的话，就让他自己来。本座亲自镇压他，让他永世待在牢笼里。"石昊说道。

战将走了，带着伤心离去，他自出生以来就没有遇到过这种挫折。这一回他觉得人生的天空都布满了阴霾，灰暗无比。

"师父，你不是要试剑吗？"葛沽提醒道。

"你先回去。"石昊打发了葛沽，而后转身对鸟爷与精璧大爷说，他要去牢笼真正地放手一搏。

两个老头子起初不同意，那地方是禁忌之地，不可触及。可是，石昊说的也有道理，仙域的后辈中有一些人不安分，早晚会寻过来，还不如让他先行探索一番。

只有真正了解那里，日后才有应对的方法。

几个小时后，石昊出现在这片区域。黑色的殿堂很寂静，几尊石像被铁链缠绕着。

更远处，是一个又一个祭坛，祭坛上面各自摆放着一个古朴的瓦罐，瓦罐都被施加了封印，不知始于哪个年代。

这一次，石昊和一尊石像对上了，不断出手。就这么一瞬间而已，石像倏地睁开眼睛，一只石手伸出，向石昊抓来。

石昊大喝一声，草字剑诀出击，全力以赴，毫不留情。

一刹那间而已，天地倾覆，到处都是剑气，将这里淹没，让鸟爷与精璧大爷都变了脸色。

他们心想，石昊果然没说谎，这种剑诀的确需要来这种地方磨砺，需要最强大的对手才能检验。

这一战，惊天动地。

“呼！”

狂风大作，另外几尊石像都复苏了。它们一起出手，攻向石昊，招式看着简单，但是掌指间千变万化。

这个景象十分恐怖，如同几个盖世强者复苏，从最古老的天地中跨越岁月，一路走来，出现在这一世中。

这是惊天一战！

“痛快！”石昊大吼道。

若是同境界激战的话，他跟其他人会放不开手脚，在这里则不用顾忌，因为那几尊石像都太强了。

“能否解开一尊石像身上的铁链，让我跟它大战一场？”石昊问道。

“不要玩火！”精璧大爷警告道。

石昊闻言，不再多说，他知道自己劝服不了两个老头子。

到了最后，他直接动用了六道轮回天功，驾驭鲲鹏、雷帝、真凰、柳神等最强的六大宝术，进行了巅峰一战。

这一次，就是几尊石像也仿佛有了火气，它们想要挣脱规则神链，镇压石昊。

几尊石像睁开眼睛，眼里是纪元覆灭的景象，抬手间，仿佛看到在亿万岁月前，石质大手毁掉整片大界，无人可挡。

几尊石像一起动手，同时镇压石昊，压力倍增。他忍不住长啸一声，越发觉得酣畅。

尽管石昊受伤了，但是这一战让他很尽兴，哪怕几次险些伤到他的性命，他也还是畅快地笑着。

在这一战中，石昊看到了那个级别的强者所运转的部分大道轨迹，这为他日后的一些修炼方向提供了指引。

在一些规则面前，在至高的秩序面前，大方向是可以借鉴的，虽不见得会完全复制，但洞悉与了解是非常有意义的。

接连数日，石昊沉浸在当中，他觉得这个地方是一处宝藏地，收录着各种失传的法，给予了他无限启发。

这里称得上是藏法地！

这里藏着秘术和各种失传的古法，石昊触类旁通，汲取其中的精华。

而在石昊修行之际，外界正发生着一些惊人的变化。

第1526章 异变

WANMEI SHIJIE

许多人看着这一幕，很是惊讶，这是什么变化?

无根之虹，它们是飞来的，并不曾看到它们的来处。它们似涟漪荡漾，微风扬起，起初并没有什么变化。

“坏了！”

就在这一日，某一处古地中，一位老者颤颤巍巍地站起来，遥望某一个方向。

这位老者是曹雨生的师父，大多数时间他都在沉睡，不理世事。然而，就在今天，他被惊醒了。

“师父，你怎么了？”

曹雨生恰好在，难得回来见到了他的师父。

“天地有变，要出大问题了！”老者叹气道。他的身体很虚弱，一阵风吹来就会倒下。

原本曹雨生觉得他师父强大无比，可后来才知道，他师父的战力远不如从前了。

如今，老者唯一的长处就是通灵，可以推演一些天机。

只是，他虽能看到一角未来，却说不得，做不得，于事无补。没等他真正道出究竟，他就会化成劫灰。

而他落到今天这个地步，跟他不断泄露天机有关。当然，这也跟当年的那一战有关，他的身体在大战中被废掉了。

“你那个朋友石昊的事，我算不出来。关于他，你就不要问了，如果你还想让你师父再活两年，就不要再提了。”

说了这么一番话之后，老者开始登山，很吃力，很缓慢，他向着某一个方向眺望，脸上写满忧色。

“小子，等我死了以后，将我焚成灰烬，撒在江海中，千万不要给我立什么坟！”老者叮嘱道。

“师父，你什么意思？你……别吓我。”曹雨生面色发白，觉得自己的师父在交代后事，难道师父真的命不久矣了？

“按照我说的去做就行了。真有那么一天，就用我留给你的那炉丹火来火化我，不然可能烧不透。”老人说道。

曹雨生越发不安，道：“师父，即便真的有不测，为什么非要焚尽你的躯体呢？”

“因为，我怕自己死后尸体通灵，变成你我都不认识的东西！”老者补充道，“我真的活够了，不想再莫名其妙地化作其他什么东西了。”

“到时候，若留下尸身，躯体还是你的，但识海不是你的了吗？”曹雨生问道。

“或许吧。”老者回道。

“师父，你到底是什么身份？为何这样忧虑？”这是曹雨生一直想问却不敢问的问题。

“当年，我也是一代强者，来自玄武族。我经历了太多，错得太多，有很多遗憾。”老者说道。

曹雨生吃惊地张大了嘴巴，他想到了一件事，当初在大赤天边疆对决时，曾以龟甲选对手，据闻那龟甲本是九天这边的占卜法器。

并且，在仙古末年时，仙王与不朽之王对决，也曾依据此龟甲选对手，那是一桩记载于史册中的大事。

“那龟甲是我脱落的。”老者说道。

曹雨生震惊不已，他这位师父来头太大了，龟甲在仙古年间就很有名，而到现在师父还活着呢。

“师父，你不要自责。当年用仙龟甲为仙王选对手，不是你的错，实在是九天十地的生灵真的打不过异域的生灵。”

老者叹息一声，没有说什么。

“师父，你在担心什么？有什么麻烦了吗？”曹雨生问道。今天他的师父太奇怪了，说了这么多，还将真实身份都透露了出来。

“我肉身已废，缠绕着诸多敌人的规则，没有什么战力了，只有神念还足够强。我一直在看守着一条通道，如今那条通道有了异动，黑暗将因此而开启一角，我要去一个地方。”说到这里，老者看向曹雨生，道，“三年内我还没回来的话，你就将我的肉身火化，注意用我留下的那炉丹火，其他火焰毁不了我的肉身。”

“哧”的一声，一道光从老者的天灵盖中冲出。仔细观看的话，会发现那是一只玄龟，它灿灿生辉，冲向远方。

“黑暗纪元若是因此开启，那么这一世便要结束了。”这是曹雨生的师父最后的话，随后，其元神没入了天际尽头。

同一时间，三千道州的某一地，九条龙骨拉着某口古棺浮现，带着混沌和仙火，很是显眼。

古棺已经消失得足够久了，石昊一直在找它，可一直没有线索，今日，它又出现了。

“哧哧哧！”

棺椁中浮现出一个又一个光团，其中有人形的，也有走兽，更有仙禽。它们一起震动，而后朝着某一个方向飞去，离开了铜棺。

“诸位道友，等一等我。”曹雨生的师父来了，在后方喊道。

“你们如今只剩下残魂，没有了自主意识，在法则的驱动下去堵那条路，今日我陪你们！”

若是石昊在这里，可能会认出一些身影，最起码会觉得熟悉。因为，当年他曾见过十几道身影从九条龙骨拉着的铜棺中飞出，冲向边荒。

而今，那些身影再现，还是那些人。其中有大赤天主、清禹天主等人，他们的来头很大，是上一纪元赫赫有名的一派宗主。

他们当年都成仙了，其中的佼佼者甚至成为仙王。

显然，多年前，他们离开铜棺，前往边荒后，又回来了。而这一次再次异动，很是决绝，极有可能一去不复返。

“道友，我们同葬在一地吧。”曹雨生的师父说道。

虚神界，石昊并不知道这些事，他一直在磨砺自身，与石像激战，顿悟各种法。

在这里的好处是巨大的，他的道基变得更加坚实了，他希望有朝一日能够一飞冲天。

最后，他又去牢笼中，与从瓦罐中探出的那些生灵的手掌、爪子等对抗。

数日后，石昊重伤而归。虽然这里很危险，但是相对于他感悟的道果来说，受伤是值得的。

不经历这种生死磨难，怎能成功突破遁一境，天下独尊？

要知道，任何一位至尊的崛起，都是需要进行很多次生死大战的，直到最后可以横扫天下，所向披靡。

至尊的道基，就是要这么慢慢地筑出来。

石昊离开虚神界，养伤多日，元神才复原，他能感觉到他的神识等更加坚韧，强健了不少。

“果然，至尊道基正是如此，越挫越勇，越战越强！”石昊自语道。他有志走那条路，现在他才起步而已，就实际体会到了传闻中的种种。

石昊没有立刻去虚神界，而是前往八域中的天域，准备去见禁区之主。

遗迹依旧在，还是那么荒凉。远远地，石昊看到了那块雪白而残缺的头骨，它属于禁区之主。

很快，场景变了，宇宙湖出现，晶莹点点，若蓝宝石般澄净，还有茅屋也出现在湖岸边。

“你来了。”一个白衣男子丰神如玉，含笑坐在那里。

“前辈，我想学一些可以比肩鲲鹏宝术等的神通。”石昊请求道。尽管禁区之主说过不会教他曾经的法，而是要求他走自己的路，但他还是忍不住想学。

“理由！”白衣男子道。

“我并非想倚仗那些宝术，而是想以它们替代我暂时不能施展的一些神通。”石昊说道。他很直接，讲出了目前的一些困难与需求。

“我觉得不太对劲，仙域都在派出战将，要封印九天十地一些特殊的地方。我觉得黑暗纪元要开始了，想去一些地方看一看。”

可是，谁都知道，石昊被废掉了，他如果上去还用之前那些宝术的话，会被一眼认出。

“说说外面都发生了什么。”禁区之主道。

“我也只是从一名来自仙域的战将那里了解到的……”石昊如实说了一遍。

“看来真的要有大乱了，黑暗要来临了吗？”禁区之主皱眉道，最后点了点头，同意了石昊的请求。

不过，在此之前，石昊又被扔进了一座古殿中。在古殿中，他身上的折仙咒发作，让他痛不欲生。

“前提是你能挡住折仙咒的侵蚀，创造奇迹，不然的话，一切都是空谈！”禁区之主冷冷地说道。

三日后，石昊虚脱了，险些废掉，但终究还是坚持了下来。

“你想学什么？”禁区之主询问道。

石昊在思索，他在下界得到了草字剑诀，还有真凰秘术，这足以让他横行天下了。不过，上界的人都认为他是混世魔猿，他觉得，如果不想泄露身份的话，最好是学会混世魔猿族的神通。

“你倒是会挑，我恰好掌握混世魔猿一脉的传承！”禁区之主说道。按照他所说，混世魔猿族绝世强大，在仙域都赫赫有名，没有人愿意招惹他们。

石昊听闻一头混世魔猿曾险些将仙域掀翻，自然有其可怕之处。

“混世魔猿族最出名的绝学，首推八九天功。”禁区之主介绍道。

他进一步说道：“事实上，朱厌、混世魔猿等有共同的祖先，族中的传承除了七十二变等，还有八九天功。”

“我要学！”石昊眼睛发亮。

第1527章 黑暗之初

WANMEI SHIJIE

石昊觉得回到下界真的不是一个错误，而是一件幸事。

如今，他先后掌握了真凰秘术、草字剑诀，哪一种不惊天动地，不是盖代大神通？只要拥有其中一种，就可以傲视天下。

现在，他又要学习混世魔猿的传承——又一种闻名古今的绝学。混世魔猿毕竟是能将仙域闹得大乱的强者，其秘法定然无与伦比。

过去，石昊经历各种生死磨难，也不过学到了雷帝、鲲鹏、柳神几种法，如今回到下界才一个多月而已，他就得到了威力等同的数种法。

如果他现在重回上界，都不用动用以前的秘术，而今所新学到的东西就足够他使用了，他完全可以换个身份出现。

宇宙湖内，星光点点，有时澄净，有时深邃。

茅屋前很宁静，禁区之主在品茶。微风拂来，神药与长生药的香味弥漫，十分和谐与安宁。

“其实朱厌、混世魔猿的共同的祖先跟人族是近亲，如果你学它的宝术，相对来说不算非常难。”禁区之主说道。

“人族跟它们是近亲？”石昊愣住了。很快，他就又回过神来，没什么可多想的。

“你想先学什么，七十二变，还是八九天功，抑或是其他？”禁区之主问道。

“七十二变我学过一些，八九天功学过另一种，不知道是否跟混世魔猿一脉的传承有关。”石昊说道。

关于三头六臂、七十二变等，他曾经跟毛球学过；至于八九天功，他曾跟齐道临学过。

“你施展出来给我看。”禁区之主说道。

石昊当即一一演示。三头六臂与七十二变等还好，大体路线没错，只不过不够精准，缺少一些关键点。

而八九天功，按照禁区之主的说法，实在太粗浅了。开创这门功法的人肯定得到过残篇，而后融合了很多其他法门，弄成了一个“四不像”，跟真正的天功比起来还差得太远。

石昊了然，齐道临当年创造这门功法是为了代替六道轮回，因为至尊殿堂的传承都丢失了。

石昊开始认真学法，听禁区之主讲经。他领悟颇深，很快就明白了混世魔猿一脉的传承何以如此强。

“严格来说，无论是三头六臂还是七十二变等，都包含在八九天功内。”禁区之主讲解道。

所谓八九天功，包含驾驭宝术的经文，更侧重于魔猿族特有的战斗法门，这是一部为人形生灵准备的战斗古经。

石昊越发觉得，八九天功非常适合自己。

他投入当中，如痴如醉，遗忘了其他。演练到最后，他身后出现了一个人形生灵，那个人形生灵披头散发，咆哮着，似乎要撕裂苍天。

石昊如同魔猿，又像是发狂的人族，睥睨大世。修行这门功法后，整个人都会斗志昂扬。

石昊有所明悟，难怪混世魔猿一脉特别能惹祸，修炼了这门功法想平静地度日都不可能，唯有在战斗中才能变强。

这门功法适合乱世，越是在动乱中，越能磨砺自身，可以不断蜕变，越战越强。

他询问禁区之主，得到的答案果然跟猜想的差不多，混世魔猿一脉的崛起都在乱世。

所谓一法通，万法通。他学过鲲鹏法、雷帝术等，各种绝世神通都参悟研究过，再修炼一种顶级传承不会很难。

当然，主要是因为他仿佛就是为修行而生的，具有无与伦比的天赋，不然的话，换作其他修士，掌握一门传承就需要很长时间。

在此过程中，石昊曾尝试将各种宝术归一。

可是，他发现这太难了！

因为，这是绝世功法，很难寻到破绽。各种宝术想要融会贯通，比登天还难。

禁区之主看到了石昊的窘态，道：“真想取长补短，也不是没有可能。那个时候，我估计你最起码也站在仙道领域的巅峰了。”

石昊点头，并非所有东西都能融为一体，他还没有达到那个层次。

真凰、鲲鹏、雷帝、魔猿、柳神等，哪个是弱者？想改变它们的宝术，那就跟现在让他去打败一位不朽者一般。

而现在若是让他重组狻猊宝术、貔貅宝术等，他自然可以做到，因为层次不同。

“顶级宝术无法取长补短，但融合在一起施展倒是可行的。”

就好比现在，石昊背后浮现出了三对翅膀——一对雷翅、一对鲲鹏翅、一对真凰翅。

雷翅轻轻挥动间，电光如海，雷霆狂暴；鲲鹏翅一展，扶摇直上九万里，虚空崩塌；而真凰翅一出，粉碎真空，无物不破，且浴火而起，带着勃勃生机，身体消耗的法力，会在瞬间回归全盛状态。

若是加上草字剑诀，那就更加不凡了。在石昊的周围，一株又一株草扎根在虚空中，这些草都生有九片剑叶，叶片翻动间剑气纵横。

当石昊融合混世魔猿一脉的传承时，三头六臂浮现，所有攻击的威力都激增，不仅手臂的力量增加了，就是翅膀的力量亦有相应的变化。

石昊在变强，在提升自己！

数十日过去，他已经掌握了混世魔猿一族的传承。再次前往上界，他等于有了新的身份与手段。

草字剑诀、真凰秘术、混世魔猿一族的传承，足以让他纵横天地之间！

这数十日来，上界发生了巨变。

起初，一些神虹不时飞出，在九天上浮现，在十地贯冲。后来，那些神虹全部融入了三千道州，最终进入灵界，让那片精神国度一阵翻腾，发生了巨变！

“啊——”

当第一声惨叫传出后，上界震动。

灵界的某一片区域中，由圣洁变得黑暗，由祥和变得阴冷，有人直接倒了下去，神魂破散，就此消失不见。

在许多人都没有反应过来之际，黑雾汹涌，将那片区域笼罩了，惨叫声此起彼伏。

很快，灵界的这片区域一片死寂，什么声音都没有了，唯有黑雾弥漫。

“黑暗之初啊，终究没有挡住！”

隐约间，那片区域传来了曹雨生的师父的声音，那声音带着遗憾，还有痛苦与不甘。

这件事自然掀起了巨大的波澜。三千道州不能平静了，九天上的各大家族如临大敌，预感到大事不妙。

灵界的那片区域成为死地，没有人可以靠近，阴森与漆黑的雾霭扩散着，如同地狱之门被打开了。

随后，更可怕的事情发生了——这片区域的灵界崩塌，黑暗物质外泄，扩散到了真实世界。

众人震惊不已，惶恐不安，瑟瑟发抖。

“这是什么？”

“黑暗物质侵袭，触之必死啊！”

一些人惊叫着。

这片区域就在三千道州的边缘，在无人区中。还好这里的生灵不多，不然的话，损失会更惨重。

可黑暗物质侵蚀的速度非常快，如同黑色的骇浪拍岸，向三千道州席卷，一日就吞没了边缘附近的区域。

只要被黑暗物质笼罩，所有生灵便会变得寂静无声。

“死了，全都死了，那些人都没有逃出来！”一个生灵大叫着。他是幸存者，可他虽然逃出来了，但是很快也额头发青，嘴唇发白，迅速从半空坠落在地，就这么殒命了。

有人上前去检查，发现这个生灵元神溃散，消失不见，而肉身却完好无恙，没有一点伤口。

更可怕的还在后面，一缕黑气从这个殒命的生灵身上腾起，瞬间让附近的气氛变得极其诡异，接着黑暗物质扩散开来。

“啊——”

惨叫声此起彼伏，附近的生灵相继殒命。

这种变故太过恐怖，如同瘟疫一般，成为一场前所未有的大灾难！

“黑暗之初啊，新的纪元到来了！”有人叹息道，声音苍老，带着无力感，非常痛苦，满腔的不甘与遗憾。

仅一日而已，两州之地便沦陷了！

三千道州彻底大乱，这是一场灭世般的灾难！所有道统都在逃，这种灾难根本没有办法抵抗。

九天上，各族也都慌乱了，弄不明白那是什么，为何会如此。

虽然灾难还没有波及他们，但是九天上的各族提前做好了准备，无不想躲进仙域中。

“仙域的使者还有战将离开了吗？快去请他们，一定要带我族进仙域啊！”

“恐怕不能，只有被选出无敌种子的家族才有进入仙域的资格。”

九天上乱了，就是补天道、徐家、王家等长生世家或者长生皇朝都不能平静了，他们都在想办法进入仙域，离开此界。

“我们的祖上来自仙域，我王家或许在仙域有不小的根基。上一次我已经通过使者尝试联系那边的主家了，等消息吧！”

“据闻，我族在仙域中有偌大的根基，我们是留在此界的支脉。不用怕，我们可能会整体进仙域！”另一个长生世家内，族中最古老的生灵透露了这样一个秘密。

所有的族群都在想办法避开这场大祸。

至于月婵、金展、邀月公主、重瞳、谪仙等人都成了各族渴望得到的天才，因为，若有无敌种子在手，就可以额外带一部分族人进入仙域。

第1528章 再临上界

WANMEI SHIJIE

虽然不是第一次经历，但石昊还是觉得很怪异。

片刻前，这里还春风柔和，荡漾着长生药香，各座神山上坐落着巍峨、恢宏的金属殿宇。可转眼间，一切成空，只剩下废墟，在灰烬中隐约可见残瓦、断椽。这些都是金属质地的，不然也留不到现在。

曾经灿烂，照耀人间，若煌煌天日，到头来却尽归黄土间。

石昊轻叹，没有永恒的强者，也没有不朽的传承，到头来都有走向没落的一天。尘归尘、土归土。

盛极而衰！

月有阴晴圆缺，往复而更迭。

仙古辉煌，却走向终点。

帝落时代耀眼无比，不可比拟，但最终也归于传说。

“我希望永不坠落。”石昊自语道。他不想如同仙王一般，像那禁区之主一样，光彩大半世，到头来却如烟花般凄冷。

只是，世上谁人可以做到与古今同存，同天地共岁月？

或许，安澜、俞陀、赤王算是胜出者？这是一时的，还是恒久的？

仙域历来神秘，不可探测，据闻当中有几个古老的道统，可追溯到很多个纪元以前。那几个鼻祖级的生灵，是否算永恒不灭呢？

仙域是否有帝落时期的生灵活到现在？

石昊又一次经历了折仙咒的痛苦，成功熬了过来，还学到了混世魔猿一脉的传承，他的战力在增长！

回到石村后，石昊看到毛球正在抓耳挠腮，苦思六道轮回天功。

“想不想学一门至高传承？没有什么比它更适合你的了。”石昊微笑着道。他觉得，毛球最适合八九天功了。

这门传承本就是朱厌与混世魔猿共同的祖先所开创的，号称盖世法。

“想学！什么法最适合我？”毛球叫道。

“有没有至神至圣的大玄武王八拳啊？我也想学！”不远处，大黑龟三黑伸着脖子凑了过来。

“去，一边待着去！”毛球将三黑的头扒拉到一边。

不得不说，这种法就是为朱厌一脉准备的，毛球学得极快。

在一般情况下，毛球的身躯不高，可现在，它还没有施展法相天地呢，就已经顶立天地了。

八九天功一出，毛球战意高昂，金色毛发披散，眼中射出的光芒如同天剑般锋利，撕裂高天，气冲斗牛。

接下来的几日，石昊都在传授毛球法术，毫无保留地将全部细节教给了它。

在此期间，石昊也在演绎真凰秘术，督促葛沽学到通透为止，还期盼他日后施展出龙凤合击之无敌大术呢！

葛沽很卖力，如同天凤般浴火重生。

龙吟阵阵，凤影重重，焚烧得域外都一片通亮，火光冲天，景象惊人。

石昊驻足数日，悉心指点孩子们修行。看着他们一个个身形矫健如龙虎，远胜父辈，他很高兴。

从边荒带回来的那群“苗子”就更不用说了，他们比长生世家用心培养的精英都要强。

生死的磨难，让那群孩子过早地懂得了唯有变强才能改变命运的道理，再者他们是七王后代，体内蕴含着绝顶强大的血脉。

石昊相信，有朝一日，这将成为一批追随在他左右的强大的子弟军！

“你要小心。”云曦前来送别石昊，她美丽的大眼中满是担忧，怕他在上界发生意外。

“你也保重！”石昊说道，一脸的真挚之色。

最后，石昊上路了，他要去上界看一看。这么多天以来，种种迹象表明，上界很不安宁。

他还不知道黑暗已经降临，只知道一些神秘的古路要浮现出来，一些不知道属于何年月的古代强者要回归。

石昊有些担忧，毕竟，他的祖父还有阿蛮在仙坟，而那里便有一条路。不知道那条路连接着什么时空，有什么存在要从那里回归。

大世沉浮，那条路存在不止一个纪元了！

石昊来到天域，跨过那片荒凉的禁区，从那里前往上界。阶梯路很荒凉，一块又一块鹅卵石浮在上面。

石昊踏着这条神秘的古路，走向云深未知处。两个月前，他就是从这里下来的，从十字阴阳地回到下界。

这条路很危险，在这里行走需要顶着巨大的压力，一般的人根本没办法行走，一不注意就会粉身碎骨。哪怕是石昊，此时浑身的骨头也在咔嚓作响。

这是一条超越极限的路，任何生灵只要来到这里，都会承受比自身境界还要高的恐怖压力。

无形的场域如海一般，要将行走于其中的生灵碾碎。

“轰！”

终于，石昊成功了，他走了很久，再次来到了十字阴阳地。

那是一扇门，在猛力推开那扇门的刹那，异象浮现，两条河流交叉着，混沌之气弥漫，时光仿佛陷入永恒。

太阴与太阳同时出现，两者交汇地便藏着那扇门！

“哧！”

石昊冲了出来，身上竟带着血，他负伤了。能够行走在这条路上的生灵，屈指可数！

他相信，这条路足够安全，能挡住千军万马。

“我又回来了。”石昊叹道。

虽然他离开没多久，但是这段时间发生了很多事，他是在被仙殿的残仙废掉后退回下界的，上界很多人都认为他泯然众人矣。

“早晚要打进仙殿去！我现在是混世魔猿！”石昊自语道。他这次上来不打算暴露真身，毕竟残仙还在，而他还没有晋升到那个层次。

石昊觉得，退守下界也不错，省得总被人惦记。

这时，如同炒豆子一般的声音响起，石昊的身形变了，他化成一个彪形大汉，魁梧无比。

他掌握八九天功后，对七十二变的运用已经炉火纯青。

石昊快速离开这里。这是废墟，是人迹罕至的荒芜之地，极少被人注意。

一对凤凰羽翼在他身后扇动，他的速度快得超出了常理，径直向一个方向而去，目的地——五行州。

他登上恶魔岛，沿着那条横在虚空中的河流一路向前。在路上，他的眉头不禁皱起，因为诅咒之力比以前更猛烈了。

终于，他到了路的尽头，一座大坟屹立在那里。

“怎么会这样？”石昊吃了一惊。因为这座坟比以前更高大了，耸入云层中，超越太古时期的魔山。

在这里，诅咒化成有形的涟漪，如同天剑一般劈来。

在锵锵声中，石昊的肌体火星四射，神魂亦在动荡。这诅咒之力侵蚀入骨，透进魂魄中，杀伤力是过去的数倍。

他看到了祖父，也看到了坟头上的阿蛮，他们依旧在那里，没有太大的变化。

两人都闭着眸子，一动不动，陷入最深层次的悟道境中。

石昊没有打扰两人，而是尝试进入大坟内并呼唤那个诡异的老家伙，那是一个诞生于诅咒之地的强者。

“你……又来了。”老者瘦得皮包骨头，缺少生机，见到石昊后吃了一惊。

石昊跟老者进入坟中，亲眼注视那条路，深感担忧，诅咒之力就是从那条路蔓延过来的。

“快了，那一边的生灵就要君临大地了。”老者说道。

石昊看了老者一眼，问他这里的具体情况。

“请放心，你的祖父还有那位少女都无恙，而且越发强健了，尤其是后者。我想那个叫阿蛮的姑娘真的成了那条路上的无上强者选中的人。”老者一脸的复杂之色。

虽然那条路被门挡着，但是可以感应到部分可怕的气息，像是随时会冲出史前的洪荒猛兽。

究竟是谁？石昊在心里琢磨着。很久以前，有无上强者被封印在长生药中，与大世共沉浮，那个人会出现吗？还是说，将真凰当成鸡养的生灵要出现了？

…………

石昊离开了恶魔岛。很快，他就震惊了！

因为，他听到了黑暗降临的消息，整个世界仿佛都蒙上了一层阴影。

灵界被侵蚀，化成黑暗之地，并且直接击破精神界，渗透到现实世界中来。短短数日内，十五州化为死地！

这个消息太惊人了，石昊听闻后都瞠目结舌，这是何其可怕的事！有多少生灵会因此而殒命？

这是自古以来从未有过的惨祸，最起码这个纪元并没有见到过，更没有听说过。

石昊动身赶往那里，可是随着靠近黑暗之地，人烟逐渐变得稀少，能跑的生灵都跑光了，不离开就会殒命！

赤地亿万里，皆被黑暗笼罩。石昊震惊万分，这是怎样的一桩惨剧！

“嗯？”

突然，他大吃一惊，那是什么？他看到了熟悉的东西！

九条龙骨拉着一口青铜棺椁，石昊心中一震，没想到居然在这里见到了它们！

第1529章 无解

WANMEI SHIJIE

石昊睁大眸子，又一次见到了那九条龙骨，它们正拉着一口青铜棺椁，在黑暗区域附近沉浮，而后远去。

“追！”

他快速跟了过去，心有疑惑：它们怎么来到了这里？这是在做什么？

可是，那九条龙骨速度太快了，拉着铜棺直接没入黑暗中。隐约间，他听到了阵阵龙吟声。

石昊一叹，在黑暗区域的外围止步，静静地看着。他没有追进去，因为他早已听闻里面是绝地。

到目前为止，任何生灵一旦进去，就没有能活着出来的！

铜棺与龙骨为何在这里显现？它们就这么深入了，会有什么作为？

“这是什么物质？”石昊蹙眉，盯着前方。

那里漆黑一片，伸手不见五指，太阳当空，却照不进去光亮。如同地狱深渊，最边缘的区域黑雾翻腾，滚滚而涌。

“不祥的气息！”

石昊在这里感受到了熟悉的气息，有些像大长老孟天正消失前天空中所降下的黑雾，但是更为浓郁。

“侵蚀灵界，而后又殃及了现实世界，这么霸道……”石昊一阵迟疑，想亲身感受那黑雾。

但他不能贸然行事，哪怕再自信，面对这种黑暗物质也得谨慎。三千道州被黑雾侵蚀的区域还没有一个人活下来，这当中包括年纪极大的老教主等。

十五州之地，那是多么广阔的疆土，自然有一些大教，他们都没有来得及撤出，就这么被吞没了！

石昊将从别处带来的一条毒蟒扔进了黑暗区域，仔细观察。几乎是一刹那，那水桶粗的毒蟒便不动了，浑身僵硬，无损伤之处，不像是宝术绞杀所致。

石昊眉头深锁，毒蟒死得太蹊跷了。他向后退去，而后一招手，动用秘术，将毒蟒带了出来，想近距离检查一番。

黑雾翻腾，一股恐怖的气息向他扑来，他果断倒退。

这一刻，他竟感受到了死亡的威胁！

“这么难缠！”

当黑雾后退时，石昊再次动手，认真检查毒蟒的躯体，却越发迷惑。这毒蟒不像是遭到了突然的攻击，结果元神就散掉了。

“哧！”

石昊抬手间，草字剑诀发动，一道剑气飞出，将毒蟒斩中，他发现蟒蛇体内的血液颜色变了。

黑色！

毒蟒的血液由猩红化为黑色，死气沉沉，没有了以前的灵性。除此之外，没有发现其他不同之处。

当一道黑雾从蟒蛇体内飘出，向着石昊涌过来时，他一掌将黑雾震开，让它化成了丝丝缕缕的。

然而，那分散的黑雾却再次向着石昊扑来，要将他的躯体缠绕。

石昊发动雷帝宝术，以最阳刚霸道的法诀对付这种黑暗物质。一时间，电闪雷鸣，倾泻而下。

那黑雾被震散，再也没有出现，如同被净化了一般。

可是，石昊却没有丝毫的喜色，这才是一道黑雾散出的黑暗物质，就已经如此，而前方还有一望无垠的黑色汪洋，他要如何与之对抗？

要知道，这黑雾现在可是蔓延十五州之地了，那么多的黑暗物质，谁能与之抗衡？

不久后，石昊又抓来一头凶兽，它残忍而好战，算是一方祸患。如果按照实力来划分的话，它身在真神境。

“放开我！”它咆哮着，虽然是凶兽，但早已开了灵智。

石昊将凶兽扔进了黑雾中，结果让人吃惊，它依旧没有一点反抗的力量，才落入其中就毙命了。

石昊以秘术将凶兽从黑暗中拉出，发现它的死因和毒蟒一样，元神溃散，肉身内的血液也有变化，变成了银灰色。

“没有办法对抗，长此以往，三千道州都要被黑暗吞噬。”石昊自语道。

他想到了各种可能，但根本都没有用，这么多的黑暗物质，足以侵蚀三千道州与九天。

“无解啊！”石昊重重一叹。

“当！”

清脆的金属颤音在黑暗区域的最深处响起。石昊十分惊讶，而后看到九条龙骨拉着青铜古棺飞了出来。

随后，不少带着斑驳锈迹的铁箭跟着飞出，有些击在铜棺上，发出清脆之音。

石昊很是吃惊，这死气沉沉的黑色汪洋中竟有生灵？

他凝神戒备，可是没有见到有人追出来。至于那口青铜棺椁，则被九条龙骨带着，飞向远方。

石昊略作犹豫，快速跟了下去。

那龙骨的速度太快了，撕开虚空，风驰电掣，眨眼就不见了踪影。

“在哪里?!”

前方赤地万里，所有生灵都逃走了，只有一个方向虚空不稳，应该是那龙骨与铜棺留下的痕迹。

不久后，石昊发现了端倪，九条龙骨和那口铜棺坠落在一处大峡谷中，横陈在那里一动不动。

“它居然可以闯进黑暗中，毫发无损。”石昊围绕着它们转了一圈。

“轰隆！”

石昊出手，将九条龙骨和铜棺扛了起来。在过去，他觉得这口铜棺太沉重，扛起来很吃力，但现在毫无问题。

他觉得，这口铜棺当中有大秘密。

他想将铜棺收进空间法器中，结果发现根本做不到。

“我要将它们带到下界去慢慢研究。”石昊自语道，眼神火热。

不过，他现在还不想离开此地。他放下铜棺，在这里布下法阵，遮掩了一切，消除了铜棺与龙骨的气息，避免被人发现并带走。

石昊再次去往黑暗区域的边缘，仔细探索，希望能有新的发现。

石昊略微思忖了一下，弹出三滴血，使之落入黑暗中，结果他发现血的颜色刹那间就变黑了。

“可怕！”石昊神色严肃。

随后，他抬手间从远处摄来一缕黑雾，要以身试法，看一看这黑暗物质究竟有多强。

结果，他冒汗了，哪怕只是一缕黑雾，也相当恐怖。在石昊侵入黑雾之中的刹那，后方的黑色物质席卷而来，如同惊涛骇浪一般。

“锵！”

到了最后关头，石昊发动草字剑诀，一剑斩下，隔断黑暗物质，疾速而去，这才避过一劫，没有被黑色汪洋淹没。

那东西不可沾惹，哪怕他的修为在遁一境，都觉得头疼而麻烦，更不要说其他生灵了。

“真的成了灭世之祸啊！”石昊叹道。他一阵头大，没有办法了。

还好，这两日，黑暗物质没有再席卷天下，而只是在十五州之地肆虐。

突然，石昊一闪而没，从这里消失了，因为他感觉到了异常，有生灵在接近。

果然，没过多久，几道神虹从空中出现，化成黑影降落在地。这几道黑影都被宽大的战袍包裹着，不露真身。

“是否看错了？”

“没有错，我刚才在高空用神镜探察时，隐约看到了这片区域有一口青铜棺椁被龙骨拉着。”

那几人在对话，声音很小。

远处，石昊瞪大眼睛，其中一人的手中居然持着秘宝，隐约看到了九条龙骨拉着铜棺。

几人在附近搜索了一番，结果一无所获。

“先不管这些了，和黑暗中的生灵约定的时间要到了。”一个人说道。

而后，他们腾空而起，向远方而去。

石昊心中一惊，黑雾中真的有生灵和九天十地这边有联系？他们相见会谈什么？

他神色严肃，紧跟在那几人后面。事关重大，他要探个究竟。

第1530章 世家投敌

WANMEI SHIJIE

这几个人修为不弱，速度非常快，转瞬间就飞出去了数千里，而后降落在一座石山上，静静地等待。

日头偏西时，黑暗区域中传来马嘶声。

石昊很是惊讶，那恐怖的黑暗之地还真有活着的生灵？

一匹黑色的怪马，浑身都是鳞片，张着血盆大口，口鼻都在喷吐黑雾，样子有些吓人。

怪马上面端坐着一个骑士，他穿着黑色甲胄，连面部都被遮住了。这是一个高手，浑身寒气袭人。

“东西带来了吗？”他的声音令人听着很不舒服，像是两块金属板摩擦发出的声音。

“还没有，不过快了。”一个人谨慎地回应道，带着惧意，唯恐引得对方不快。

“太慢了，我们的耐心有限。”黑色怪马上的骑士冷冷地说道。

石昊没有想到自己会撞见一宗交易，黑暗物质中居然有生灵存活，而且那个生灵正在跟这一界的人谈交易。

“那件东西事关重大，尽管无人能动用，但毕竟一直被至尊所重视，想要盗取出来有些难度。”

听到这话，石昊心中一震，这笔交易了不得。

“我不管那些，再见不到东西的话，别怪我无情。”骑士的声音越发冷了。

“我们尽快。”一人硬着头皮说道。

“你们族中不是也有一位至尊吗？他应该可以接触到那件东西。”身穿黑色甲胄的骑士冷冷地说道。

“那毕竟是荒当初得到的东西，无论哪一族也都只是临时保管与拥有，并没有直接交易的权利。”

“是啊，我族至尊也要避嫌。”

这种回答让石昊心头一沉，要交易的东西事关重大，这些人投敌了！

“你要知道，想跟我交易的绝不止你们一族，或许马上就会有别家联系我。”身穿黑色甲胄的骑士说道。

“我等明白！”

…………

石昊没有出头，仔细聆听，暗中琢磨。

最后，他知道了那件交易物是什么，居然是烂木箱！

当初，他舍生忘死，从边荒外带回来的烂木箱，居然被人用来暗中交易，送给黑暗迷雾中的生灵。

这绝对是有人在出卖九天十地的利益。

虽然不知道那烂木箱有什么用，但是冲着当日俞陀、安澜都曾出手抢夺它这一点就知道，它并不简单。

石昊得到烂木箱后，将它交给了帝城中的几位至尊。结果大长老孟天正、青木老人先后战死，最终那烂木箱就被其他活下来的至尊带上了九天。

无须多想，如今跟这名骑士做交易的几人肯定来自长生世家，而且是有活着的至尊的长生世家，只有他们才有机会接触烂木箱。

石昊当即就怒了，那是他得到的东西，是送给至尊们研究的，结果有人为了一己之私，居然将它拱手送给敌人。

不管这黑暗迷雾有什么来历，但是可以确定它对九天十地是巨大的危害，就冲着它侵蚀十五州，就可知它不是善类。

“三日后，还是这里，我会等你们送来烂木箱。交易成功的话，保证你们的家族与世同在，长存不朽。”那名骑士说道。

“我们尽力！”那几人很恭谨地朝着骑士施了一礼，而后全部冲向高天，就此离去。

那名骑士驾驭战马，闯进迷雾中。马蹄声震耳，逐渐远去。

石昊阴沉着脸，走了出来，遥望黑暗之地，又看向天空。

“昔日，我等在边荒大战，所为什么？而今长生世家都靠不住了，居然与黑暗生灵做交易！”

石昊脸色难看，握紧了拳头。他为大长老孟天正等人感到惋惜，觉得他们牺牲自己并不值得。

“我要拿回属于我的东西。这上界哪怕是天塌地陷，也与我无关了，我就此回到下界去。”石昊自语道。

他有些心灰意冷，这九天上不止一个长生世家要投敌，根本防备不过来。

当然，在离去前，石昊想弄清楚黑暗生灵的来历，它是因何而出现的，怎么诞生的，这些都要一一查明。只有知己知彼，日后才能大获全胜。

九天上，王家。

王长生面庞清秀，外表看起来非常年轻，如同一个少年一般，此刻他皱着眉头，神色很严肃。

“我王家在仙域的祖庭竟早已被放弃了。据闻王家主族曾跟一个非常强大的古老道统起过纠纷，战败了，最终迁徙而去，进入仙域人迹罕至处，至今没有音信。”王长生说道。这些都是他从仙域使者那里得悉的，消息惊人。

“什么？我王家在仙域的祖庭都被放弃了？”

“那可怎么办？我们没有倚仗了，肯定无法躲进仙域去，弄不好就会被人算计。”

另一个家族金家，同样也在开家族内部会议。

“金家的祖先在仙域出了问题，短时间内我们也没什么指望了，要另想他法！”金太君开口道。

一时间，长生世家内部都在商讨。

这一次，黑暗降临，他们都预感到大事不妙，都在想方设法远离危险。

一些大族决定，拼尽一切，也要进仙域。

有的长生世家通过使者之口已经了解到，他们的家族在仙域没落了，甚至有的家族直接消失了。

也有的家族，在仙域很辉煌，发展得越发顺利。

所以，情况不同，他们面临的选择也不同。

“真的要将烂木箱送给那个黑暗生灵吗？老祖，你知道他们是什么来历吗？”

某一族的密室中，有人低语道。这里只有四五人，他们是长生世家某一族最重要的几名成员。

“我知道黑暗生灵的来历，早已猜测到了。唯有送上烂木箱，才能保全我族，至于其他族群，那就顾不上了！”那位老祖开口道。

“活着最重要，哪怕背叛这一界又如何？”有人附和道。

“烂木箱是荒的，虽然被他交上来了，各族轮流守着，但是，我们直接去交易的话，一旦消息泄露，注定会非常危险。”

“管不了那么多了，不止我族有这个念头，我担心会被人捷足先登。只有交易完成后，才能确保我族成员的安全。”

三日后，依旧是在三千道州黑暗区域的边缘。

石昊如一头蛰伏的猛虎，随时准备发动雷霆一击。他在这里藏身，要展开虎口夺食的行动。

烂木箱是他的，他绝不能容忍别人将烂木箱送给敌人。

“来了，我倒要看一看你们是哪一族！”石昊声音冰冷，随时准备一跃而出。

他感应到了波动，天空中有几道神虹飞来，速度很快，接近了这里。

离约定的时间还早，只是这些长生世家的人很谨慎，怕黑暗生灵先来，故此他们早早地就来了。

“轰！”

石昊冲霄而上，迎向几人，直接出拳，毫不客气。他要速战速决，先将烂木箱夺回手中。

在石昊的背后，有一头魔猿在嘶吼，身形庞大，战气沸腾，这是专为战斗而创的法。

混世魔猿第一脉的传承在此显化，释放神威！

“噗！”

随着石昊挥拳，光芒照亮天宇，比闪电还刺目，力量绝世。

其中一个人被击中了，当场殒命。

主要是因为石昊实力惊人，来人毫无防备，毕竟不是至尊，怎么能挡得住这种攻击？

“你是谁?!”另外几人惊呆了。

“烂木箱不在他的身上，还有你们！”石昊说道。他没有逼问什么，直接就动手了，他要用实际行动震慑、瓦解他们的心志。

“哧！”

这一次，石昊双臂齐振，如同浴火的凤凰一般，带着圣洁的气息，背后浮现出一对真凰翅。

石昊俯冲而过，依旧只认准了一个人，那个人看起来像是几人中的为首者。

“呼”的一声，火光冲天，那个人只发出一声惨叫，就当场化成了灰烬。而也正是在此时，石昊看到一口烂木箱坠落，竟藏在此人身上。

“砰”的一声，石昊一把将烂木箱抓在了手中。

“就等黑暗生灵出来了，会他一会。”石昊说道，丝毫没有将剩下的几人看在眼中。

第1531章 对决黑暗

WANMEI SHIJIE

那几人脸色难看，非常不安，觉得这个青年也太彪悍了，全都是一招破敌，都不用第二次出手。

最主要的是，烂木箱子易主了。这是今天要交易的神圣之物，现在丢失了，他们怎么向黑暗生灵交代?

“说吧，你们来自哪一族？为何与黑暗生灵交易？这种生灵到底什么来历？”石昊问道。

将烂木箱子夺回后，他不着急了，一切都可以慢慢探个究竟，弄个清楚。

那几人闭着嘴巴，一言不发。有人目光闪烁，想要逃走，还有人则如泥塑木雕一般发愣。

他们的反应各不相同，因为所怀的心思不一样。

有人想保守秘密，不敢泄露；有人想逃走，离开这个祸害；还有人犹豫不决，想逃又难以取舍，因为无法完成交易的话，问题就大了！

“砰！”

看起来意志最坚定的那个人被石昊以一道剑气击中了。

这让眼神飘忽的那些人越发惧怕了。

“朋友，你是谁？暂且收手吧。你要知道这烂木箱是被黑暗生灵惦记的东西，你若带走它会有大祸。”一人开口道。

“你们要知道，我的耐心有限。是我在问你们话，知道就回答，不知道就闭嘴！”石昊说道。

这里一下子安静了。

“还是不说是吧？那我自己来搜魂。”石昊冷笑道。

“我说！”其中一人绷不住了，声音颤抖着道出了他们的来历。

他们是风族人马，来自长生世家。

“风族的那位老祖还真是胆大包天啊，居然敢做出这种事，背叛九天十地！”石昊冷冷地道。

上一次，元青曾带着风族的人截击石昊，什么都泄露了。

风族的一位老祖当年仇视石族，对罪血一脉抱有极大的敌意。石昊初登无量天时，就遭到元青的刁难，险些被灭，后来又被放逐到太初古矿。

边荒大战时，曾有长生世家投敌，事后石昊猜测投敌的就是风族。

现在，黑暗突然降临大地，风族又这么“激进”，这是打定主意要反叛了。

“当年，风族古祖铁骨铮铮，位列真仙，后来更是在上一纪元末的大战中战死沙场，而今后人却这般了。”石昊轻叹一声。

烂木箱连安澜与俞陀都想夺走，可见它何其珍贵，现在它居然被风族拿出来做交易，要献给黑暗生灵。

人世沧桑，很多事都变了。

接下来的逼问没有意义了，因为他们根本不知道黑暗生灵的来历，风族那位老祖没有细说。

“对不住，诸位，送你们上路！”石昊说道。

他抬手间，一根又一根凤凰翎羽浮现，鲜红而透亮，带着火光，要焚烧天地，将这里笼罩。

“你究竟是谁？”有人不甘，看着石昊，想知道他究竟是谁。

“混世魔猿！”石昊开口道。而后他的样貌发生变化，成为阔口獠牙的魔猿面孔。

石昊很谨慎，他怕会走漏风声，因此没有展示真身。

而今，他八九天功有成，将七十二变修炼到了出神入化之境，可以随意变换形体，旁人哪怕有天眼通都难以看透他。

“下界大凶，你居然上来了！”对面的人很是震惊，倒吸了一口凉气。

可是，为时已晚，石昊已经出手了。那些翎羽带着火光，将他们吞没了。

石昊站在这里，一动不动，如同化石一般，等着黑暗生灵出现。

日头偏西，残阳如血，马蹄声响起。

那片区域黑雾翻腾，漆黑如墨，洒落的夕阳余晖也被尽数吞没，看不到一点光亮。

终于，一匹怪马出现了，它体形庞大，身上满是鳞片，嘴巴张开时，腥风扑鼻，散发着一股腐烂的味道。

在马背上端坐着一名骑士，他一身黑色的甲胄散发出幽幽的冷光，有一股肃杀之气。这是一个非常强大的修者，不过，他没有达到至尊境，故此石昊无惧，安静地在这里等待。

还没有真正地交手，石昊就已经意识到这是一个难缠的人物。

带着黑雾，带着攻伐之气，这个坐在黑色战马上的骑士到了，他十分冷漠，目光如同两把刀子一般锋利迫人。

“东西带来了吗？”黑暗骑士问道。

石昊一叹，这一人一骑都裹着黑雾，真要打起来会很麻烦，不知道能否顺利活捉对方，逼问其底细。

“带来了，不过，我想知道你们的来历。”石昊说道，将烂木箱托在手中，展示给他看。

“没规矩，这是你能问的吗？”黑暗骑士呵斥道。

“送你东西，你却这么狂妄，这交易不好做啊！”石昊叹道。

“这九天十地随时都将被黑暗笼罩，就凭你，也敢对我放肆？”黑暗骑士的声音越发冷了。

“放肆？斩你！”

石昊说出手就出手，手指间，一道又一道剑气飞出。他施展草字剑诀，向前突然发动攻击。

一株又一株草在虚空中浮现，这些草都生有九片叶子，九片叶子一起转动。每株草上的九片剑叶都在发光，剑气千万道！

黑暗骑士咆哮起来，举拳轰击，一下子让这里沸腾了，黑暗之气汹涌而来。

“咚”的一声，两者间发生剧烈的大碰撞，天摇地动，天地仿佛都变得黑暗了。

石昊叹息一声，向后退出去一部分距离，他无惧对方的战力，而是忌惮那些黑暗之气，那东西会腐蚀人的元神。

不远处，一人一骑一起咆哮，向前冲击而来。

那匹战马浑身密布着黑色鳞片，血盆大口张开，向着石昊吞噬而来。

铁蹄声震耳，整片大地都在战栗。这匹战马太强大了，只是这么奔跑而已，就让附近的山都倒塌了。

黑暗骑士大吼一声，再次轰来一拳。

可以看到，他的拳头上有淡淡的黑血，在第一次跟石昊的碰撞中，他负伤了。

黑暗骑士怒火中烧，觉得自己大意了，故此第二拳格外刚猛，如同一片苍穹砸落下来，要毁灭大地上的万物。

“轰！”

石昊身上烈焰熊熊，他沐浴神火，浮现出真凰虚影，整个人变得圣洁无比。同时，他手中剑气吞吐，依旧在动用草字剑诀。

前者属于凤凰一脉的绝世传承，浴火重生，守护自身长存不灭，后者的攻击力强大无比，剑气通天，斩灭世间诸敌。

“咦，有效！”

石昊露出诧异之色，当他全力催动真凰秘术后，居然挡住了黑暗物质。

“难怪称凤凰为不死鸟，果然有其道理！”石昊惊喜地道。哪怕黑暗之气汹涌而来，他也没有被侵蚀。

在此过程中，凰鸣不绝于耳，他以这种火光，抵御住了黑暗之气。而他的草字剑诀，则发挥出强大的攻击力，斩出绝世剑芒。

在猛烈的碰撞中，“噗”的一声，石昊击中了黑色大马。

“我讨厌不死鸟！”黑暗骑士低吼道。

他连面目都被铁甲覆盖着，只露出眼睛，目光越发冷厉。他大喝一声，手中出现一柄黑色的战矛，向石昊疾速而来。

“砰”的一声，虚空炸开了。这一矛威力无穷！

尽管黑暗骑士很强，至尊以下罕有敌手，但还是被石昊挡住了。“锵”的一声，那柄黑色的战矛被斩断，半截坠落在了地上。

草字剑诀不愧为古来最强大的三大剑诀之一，这也就意味着它是最强攻击神通之一！

接着，黑暗骑士挥动拳头，带动着漫天的风云流转。

石昊很果断，也很冷静，周围顿时浮现出诸多凤凰翎羽，它们化成火光，焚烧黑暗，将黑暗骑士困在当中。

“说吧，你们到底什么来头?!”石昊喝问道，他算是将这个生灵活捉了。

第1532章 黑暗永恒

WANMEI SHIJIE

一根又一根真凰翎羽，如同赤红色的链条交织在一起，构建出一个牢笼，将黑暗骑士困在当中。

任何一根翎羽飞出，都足以灭掉成片的山脉，让大山化成岩浆，让大河成为水雾，威力巨大。而这么多根翎羽合在一起，则足以炼化一颗又一颗星星！

现在，石昊以真凰秘术构建赤红色的牢笼，锁住了此人。

黑暗骑士并不回答，瞳孔收缩，盯着石昊，暗自吃惊，九天十地还有这么强大的年轻人？

要知道，他可是修炼了漫长的岁月，才有如此成就。

“说还是不说？！”石昊继续逼问。

“我等终将君临大地，黑暗永恒，那是万灵的归宿，诸天的宿命。”黑暗骑士冷冷地说道，没有情绪波动，无惧生死。

他说得很平淡，石昊却听得心神剧震。

黑暗骑士越是平静，越是说明事态严重，那仿佛源自他的骨子里，成为他的信仰！

那是怎样的一群生灵？

“你不说，我自己来索取！”石昊冷冷地道。

石昊低吼一声，浑身铮铮作响，一根又一根更加鲜艳的翎羽飞出，化成神虹。他如同真凰展翅一般，周围缭绕着艳丽的羽毛，那是凰羽。

所有神羽都在颤动，令石昊的气息变得强大无比，他开始以真凰秘术压制黑暗骑士。

随后，所有神羽开始发光，烈焰熊熊，加持在那个牢笼上，将一缕又一缕黑气炼化。

“啊——”黑暗骑士低吼出声。可惜没有用，他不是石昊的对手，反抗不了。

不能说黑暗骑士弱，相反，他十分强大，最起码在九天十地间，遁一境内没有几人可以压制他。

只能说石昊太强了，尤其是近来，他在下界得到了草字剑诀以及混世魔猿、真凰的传承，实力明显增强了。相对来说，他比在边荒时还要强大！

一缕又一缕黑雾被炼化，被焚烧，地上多了一些诡异的灰烬。

“终有一天，你会永堕黑暗中！”黑暗骑士嘶吼着，感觉到了危机。

黑雾是他们的力量之源，可以侵蚀一切，化整片大界为黑暗之地，成为他们的圣土，可是现在，石昊却在炼化、瓦解那种力量。

“永堕黑暗？我等着。”石昊并不在意，根本没有将那句话当回事。

“你会后悔的，黑暗终将彻底埋葬你！”黑暗骑士的声音低沉，如同在吟唱某种咒言。

石昊没有理会，但是眉头紧皱，因为这样炼化一个黑暗骑士着实费力，若是一般的生灵早就拿下了。而现在，他需要一丝丝、一缕缕地将黑雾炼化掉。

“轰！”

随后，石昊动用雷霆，以闪电劈击。这是至阳的力量，不比真凰烈焰的效果弱。

这是对付邪祟的最强手段，是极其有效的力量。

可是，黑暗物质似乎不算邪祟，石昊此时虽然能压制它，但是不能迅速摧毁，令它消失。

很长时间后，黑暗骑士精神萎靡，体内已经没有什么黑雾腾起了，仿佛大病了一场。

“你给我过来！”石昊断喝一声，将黑暗物质都炼化干净后，探出一只大手，抓向黑暗骑士的天灵盖，要直接探取神魂印记。

黑暗骑士大吼出声，黑色甲胄铿锵作响，发出乌光，激烈抵抗。但是，他现在元气大伤，身上竟有股腐烂的味道，没有那么强劲的战力了。

“砰”的一声，黑暗骑士被石昊一把就抓住了。石昊掌心发光，以规则禁锢他，要索取他的元神印记，看个究竟。

“啊——”

这个时候，黑暗骑士突然发狂，居然挣脱了禁锢，浑身迸发乌光。

石昊动用妙术，斩出草字剑诀，要击穿其护体乌光，瓦解其战斗力。

“当！”

那乌光很恐怖，不像是黑暗骑士自己发出的，而像是周围的黑暗物质加持在他的身上，形成了防御场域。

石昊心中一惊，这黑暗物质真是灭之不绝。他很头疼，感受到了它的诡异、可怕以及难缠。

但是，不得不说，与平乱诀并列的盖世剑诀真的是强大无比，第一次斩出就让乌光暗淡了。

“三大古剑诀之一！”黑暗骑士瞳孔收缩，意识到自己很危险。

“轰！”

在黑暗骑士身体外，符号密布，那是黑暗圣经。黑色的纹路将他守护在当中，有些是他释放出来的，还有些是黑暗物质显化所致。在他的背后，是一望无际的黑色汪洋，云雾翻腾，可以提供黑暗之力。

“哧！”

草字剑诀真的很厉害，超出了石昊的想象。第二道剑气斩出，无坚不摧，将乌光破开了。

“噗”的一声，黑暗骑士被斩中，一身战力被当场废掉。石昊将他提了起来，瞬间闻到一股腐臭味，令人作呕。

“我不会屈服，你什么也得不到！”黑暗骑士说道。

刹那间，石昊看到他的元神自行焚烧起来，成为黑色火焰。

石昊没有想到黑暗骑士这么强硬，无惧生死。

地上，腐烂的味道更浓了，黑暗骑士的尸体横陈在那里，一动不动了。

石昊诧异不已，黑色甲胄之下，居然是一具腐尸。要知道，他才毙命而已，躯体为何就烂掉了呢？

甲胄轻轻一碰，竟也碎掉了，像是历经漫长的岁月，被时光磨灭了，坚固的铠甲如同纸糊的一般，化成一地尘埃。

“黑暗永恒，诸界的宿命。”魔性的话语在这里回荡着。

黑暗骑士的元神之光溃散，就此消失。

石昊曾尝试去抓，可是落入手中的光雨最后都化成了灰烬，还带着一股妖异的力量，他急忙将之震散。

“这是什么东西，生灵吗？”石昊很吃惊。

到了后来，那些灰烬化成一道龙卷风，没入前方汪洋般的黑暗中。

正如黑暗骑士所预示的那般，黑暗永恒，那是万灵的归宿，他死后又融入了进去。

石昊心中沉重，这到底是怎么回事？这是哪里的生灵？他们源自何地？

他在原地站立良久，黑雾中并无第二个生灵走出，这里很安静。

石昊躲了起来，想要观察这片漆黑的区域。

说也奇怪，最近几天黑雾并未扩散，依旧占据着十五州之地，像是暂时稳定了下来。

“嗯？”

石昊一惊，仅过去两日而已，九天上强大的家族又有人来此，这不是风族的人，而是另一族的。

他们布下一座奇异的祭坛，在这里祭祀，最后竟从黑暗中召唤出一个生灵，要跟他做交易。

石昊心想，又一个家族背弃了这一界吗？

让他愤怒的是，数日后，另一个家族出现在其他区域，召唤黑色汪洋中的生灵并与之进行交易。

最后，石昊一叹，不想停留了。

“连长生世家都如此了，我一个遁一境的修士何必去螳臂当车？任他洪水滔天吧！”石昊走了。

他心灰意冷，连长生世家都要背弃这一界，跟黑暗生灵做交易，他凭什么去战？

“咚”的一声，石昊扛起九条龙骨和那口铜棺，避开所有人，悄无声息地沿着原路进入十字阴阳地。

最后，他回到了下界！

“你竟将这东西带回来了！”那半块雪白的头骨发光，化作白衣人，看向石昊与铜棺。

第1533章 三世铜棺

WANMEI SHIJIE

这一次，宇宙湖没有出现，茅屋等也没有显化，至于药田等依旧干枯，没有散发出长生药香。

但是，中年人在禁区环境未变的情况下，就这么“显灵”了，跟以往出现时不一样。

他白衣胜雪，丰神如玉，是一个绝世美男子。此时他脸上带着惊讶之色，看着那九条龙骨和那口青铜古棺。

“前辈，你有何指点？”石昊问道，放下了铜棺。

无论是龙骨还是铜棺，都很沉重，若是一般的人根本搬不动。

“这口铜棺中曾经葬着怎样的一具尸骨？”石昊问道。

“尸骨？你为什么觉得一定葬着死者呢？”禁区之主一愣。

“棺椁中放的难道不是尸骸吗？”石昊微微发愣。

“时代不同了，原本的器物所具有的意义也不一样了。”禁区之主摇头，轻轻一叹，颇为感慨。

“棺椁还有其他讲究？”石昊惊异地道。

“这是三世铜棺，来历极大，很神秘，异常古老。”禁区之主直接说出铜棺的一些情况。

石昊听闻过，此棺名为三世，他一直对它很好奇，但是无人能道出它的来历。此时他心头一热，看来禁区之主应该知道这铜棺的来历。

“棺椁是沉眠之地，是休息之所，是强者的战争堡垒！”

这番话一出，石昊顿时目瞪口呆，这颠覆了他的认知，棺椁不是藏尸之地吗？

“尤其是这一口棺，最负盛名，它代表了前世、今生、未来，是强者的蛰伏地，不是葬地，而是修养之所，以期将来更强大！”

禁区之主的话让石昊震惊不已。

所谓三世铜棺，并非葬下三世人，而是代表永恒。过去、现在、未来，有人在沉眠，它不是埋尸地，而是战争堡垒。

“它的主人呢，难道而今还在里面沉眠？”石昊问道。若这个答案是肯定的，那就太惊人了。

禁区之主摇头，道：“棺椁太古老，不可摧毁，不过，它里面已经没有沉睡的生灵了，其主人离开了。”

按照禁区之主所说，在一两个纪元以前，这口棺椁就空了，其主人消失不见。

当然，这个时间甚至可能更早！

没有人能道出这口棺椁的来历，不知道它起始于哪个年代。在仙古年间，它也只是被那群真仙利用了，曾用来逃生，因仙古破灭，曾被比喻葬下了一个纪元。

“或许，它是帝落时代的那口棺椁吧。”禁区之主轻叹道。

石昊心中一动，想到了大罗剑胎，这柄剑很特别，在极端的情况下，它不仅有飞仙光雨，还会浮现出大地上矗立着一座又一座古坟的恐怖画面。而其中最惊人的一幕是，有一个生灵抱着双膝，坐在一口铜棺上。

“是那口铜棺！”

石昊心中无法平静了。

接下来，他请教了很多问题，几乎都是关于这口铜棺的，可惜，禁区之主也说不出它的来历。

不久后，石昊很大胆，主动尝试进入棺椁中。

“一口小棺！”

在数十米长的铜棺内，还有一口小棺。

有禁区之主在，石昊倒也不担心，大胆地探索。

哪怕石昊天生神力，也费了很大的力气才将那口小棺开启，顿时烟霞喷薄，精气扩散而出。

成片的彩光照耀，孕育着浓浓的生机，小棺里面氤氲蒸腾，十分朦胧，一眼望不穿，仿佛一扇界门。

石昊震惊不已，果然跟禁区之主所说的那样，这不是葬死者的地方，而是战争堡垒，里面的生机太浓郁了。

“它经过漫长的岁月的洗礼，渐渐恢复，又有了生机。”禁区之主诧异地道。显然，他当年也遇到过这口棺，对其进行过探索。

石昊一咬牙，纵身跳了进去。这是一片小天地，草木丰盛，灵药密集，很不一般。

“这就是世外桃源啊，将石村迁移进来都没问题！”石昊惊喜地道。

“以前住在当中的英灵都离去了，这算是无主之物了。”禁区之主点了点头，而后若有所思，“外界是否天翻地覆，发生了大变故？”

得知棺椁一空，禁区之主就知道是上界出了大事。

石昊点头，将黑暗笼罩十五州之事说了出来。

“果然！”禁区之主大惊，而后一叹，“栖居在铜棺中的仙古战魂多半都寂灭了！”

“啊？”石昊感到难以置信。

“黑暗又出现了，真仙所留的残魂怎么挡得住！”禁区之主说道，并且很肯定，若是仙域不出手，九天十地很快就会覆灭。

“黑暗生灵是什么？他们有什么来历？”石昊询问道，他真的很想知道。

“自己去看，去观察，去理解吧。”禁区之主没有回答。

“为什么？”石昊不解。

“我怕会打击到你，那很残酷，你会发现那些人太强了！况且，他们真正的来历我也不清楚。”禁区之主的话令石昊愕然。

这其中肯定有隐情，虽然禁区之主知道不少，但有些事他也不知道。

最后，石昊将九条龙骨和铜棺扛回了石村，让一群人都惊呆了。

“你去了上界，竟能将它带回来……”云曦傻眼了。她曾听闻过这口棺，为石昊的壮举深感震惊。

“这么多龙骨，能熬汤吗？”大黑龟三黑跑来，探出脖子，“哗哗”地流口水。

“真是龙骨啊！”一群人都震惊不已，冲上去抚摸。

“白虎骨酒就是稀世药酒了，要是用这真龙骨泡酒，一定会更惊人！”毛球擦了一下口水。

“你们这群吃货，都不得亵渎我的祖先！”葛沽红着眼睛说道。他扑了上来，用手摩挲龙骨。

石昊见状，心中一动，道：“给你一个任务，仔细感应，看一看能否从它们身上拓印下真龙符文，掌握传承！”

葛沽轻轻摇头，道：“早就磨灭了。”

石昊又走了，依旧通过那条天路前往上界。他要去看个究竟，黑暗降临，究竟会给上界带来什么？

他很不放心，因为他的一些故人、朋友都在上界。若是天地有变，他希望将那些人救走，带到下界来。

“仙域出兵了！”

石昊重回上界时，得到了一则惊人的消息——仙域有大兵开拔，要赶到这一界。

他们终究是坐不住了！

“何时到？”

“马上就要出现了！”

…………

听着人们的议论，石昊心中不能平静。

近日，仙域使者传下法旨，告知这一界，仙域不会坐视不管，马上就要有大军到来，会守住此界。

石昊撇嘴，仙域这是为了自保，怕黑暗物质太浓郁，早晚有一天会殃及仙域。

要知道，他当日同两位葬士进仙域时，曾被仙域的生灵一路歧视，称他们三人带着不祥的气息。现在，黑暗生灵出现，仙域肯定更加受不了。

当了解到离开后这些日子的变化后，石昊更为吃惊，大受震动。

难怪仙域坐不住了，因为那黑暗之地再起变化，短短数日间，由十五州之地扩大到了百州之地！

三千道州一下子被吞没了这么多，共失去了百州之地，这个速度太惊人了！

而且，如今的黑暗区域不再宁静了，可以看到，在黑暗深处，到处都是魅影，到处是生灵。

在那黑雾中，有无穷无尽的大军在动！

石昊得知这些情况之后，不禁倒吸一口凉气，事态严重到了极点。

第1534章 最可怕的事

WANMEI SHIJIE

百州之地，那得有多广阔？这才多少天，偌大的疆土就被黑暗笼罩了？这意味着数不清的生灵毙命，绝对是一场大灾难。

最可怕的是，到现在为止，他们还不知道敌人的身份以及敌人来自哪里。

石昊站在远处，眉头深锁。他睁开天目，观察了很久，一股寒意从脊背上升起，头皮有些发麻。

此时所见到的情景，超出了他的预料！

黑暗中，影影绰绰，生灵众多，那是海量的大军，都是黑暗生灵。可是，在仔细观看之后，他觉得那些生灵很眼熟，似曾相识。

“难道说，他们……”石昊的声音很不自然，心中有了一种极为可怕的猜想。

石昊进一步凝视，他在求证！

几个生灵脱离了黑暗区域，可以看得很清楚，他们披头散发，眼神空洞。

后方，一头黑蛟如同巨蛇一般，在山地中游动，粗如水缸，一口吞掉了那几个生灵。

空中，一群火鸦拍打翅膀，密密麻麻，漆黑一片，俯冲而来，转眼间将蛟龙淹没。

一时间，那里混乱不堪。

过了不久，黑蛟不敌火鸦，只留下一具庞大的骨架。

在这片区域，黑暗生灵的行动很杂乱，彼此间会发生争斗。

石昊身上的寒意在增加，因为这些族群同九天十地的非常像，甚至可以说是同类。

他一言不发，继续死死地盯着。

大批的人形生灵在靠近黑暗区域的边缘，越发活跃。那里黑雾稀薄，看得更为清晰。

他们的穿着、打扮和九天十地这边的人太相近了，风格等一脉相承。

一大批人走出黑暗区域，荡起阵阵黑雾，还有一股又一股腥风，如同凶恶的古兽出行。那种凶煞的气息令人肌肤绷紧，是大凶之兆。

他们是人形的，跟人族没有什么区别。

“咚！”

有人持着铁棍，一击之下，将一座高达万丈的大山化为齑粉。

不得不说，这些黑暗生灵很强。

“与三千道州的生灵的服饰等不是像，而是一模一样！”石昊心头直跳，越发不安了。他觉得自己的那种猜测成真，最可怕的事情发生了。

“是那些尸体，他们又活了！”石昊尽管不愿相信，却不得不信，距离太近了，看得真切。他们的服饰，他们的样子，与三千道州的各族没有区别，根本就是同类。

残缺的战衣，带着斑斑黑血，那是战斗的结果。

这些黑暗生灵眼神空洞，躯体如同尸骸，但不是死气沉沉的，而是有生命的体征，心脏恢复了跳动。不过，他们的精神很不好，仿佛还没有形成完整的意识。

“死去的生灵复活了，只不过黑暗化了！”石昊一阵头大，没有比这更糟糕的事情了。百州之地，有无数生灵，若是他们都复活的话，将是一批不可想象的大军！

同时，石昊注意到，这些眼神空洞的生灵的战力并不弱，甚至可以说很强。

那个人形生灵随意一铁棍子就砸碎了巨山。还有那头赤红的老牛，烈焰熊熊，熔化了成片的山地，使之成为岩浆海。

化三千道州的生灵为己用，这是何等可怕的手段！

黑雾弥漫，那一望无际的疆土内，也不知道有多少生灵走出，黑压压的，显得分外恐怖。

百州之地，所有生灵都黑暗化了！这是怎样通天的手段?!

早先，他们的元神被灭，只留下躯体，看来是有原因的。他们的肉身还能活过来，成为奴兵，反过来征伐三千道州。

“他们的身体强化了，比以前更坚韧！”

石昊有一种预感，这些黑暗化的生灵比正常活着的时候更难对付。

他看到了几个族群，比如铺天盖地的火鸦，还有成群的鳄龙，那都是大族群，整体比之前要强大不少。

一头还是幼崽的恶魔猿，便可以从一座山峰跳到另一座山峰，身体素质十分强悍，甚至可以轻易踏平一座山。

沉闷的低吼声响起，一头赤红的老牛四处冲撞，瞬间山崩地裂，火光冲天！

这一日，黑暗区域中的各种生灵集体躁动，走向迷雾区，出现在三千道州的修士眼前。

“不好了，那些魔鬼要来了！”

“天啊！大事不妙，他们是……我们的同类，只是好像失去了心智，沦为仆兵！”

…………

这是变天之日，许多人都醒悟了，看出了究竟，走出的居然是沦陷区的生灵，他们成了黑暗生灵。

毫无疑问，自相残杀的惨剧随时会发生。要跟他们开战的生灵原本都属于这一界，与他们同源，而今却要调过头来对付他们。

“仙域的援兵呢，怎么还不来，不是说要降下天兵天将吗？”有人急了。

尤其是靠近黑暗疆土的各教根基都在附近，若是再没有强大的援兵到来，他们的山门都要被黑暗笼罩了。

尽管各教都在向后撤，但是道统根基等许多东西是带不走的。同时，大量的凡人也无法跟着全部撤退，地域广袤，人口太多了！

石昊密切关注着这一切。让他感觉不安的是，在成群结队的黑暗生灵中有许多凡人，他们彼此争斗，如果活下来，体魄就会变得格外强大。

普通的凡人都可以变强？这不是什么好消息。在那片黑暗疆土中，究竟有多少生灵在以这样的方式进化？

石昊明白了，他早先看到的火鸦、黑蛟、恶魔猿等成百上千的族群之所以彼此对抗，也是为了进化，变得更强。

“嗷——”

有一头形似豺狼的凶兽睁开眸子，眸光冷厉如同闪电，不再空洞，它有了完整的意志，成为一片区域的王。

它更强了！

一些王发出恐怖的吼声，震碎成片的山岭，更是将不少生灵压制得瘫倒在地上，瑟瑟发抖。

不同区域的王大吼着，相互接近，它们之间又将发生激战。

“不好！”石昊越发觉得可怕。这真的是一场黑暗进化，恐怕将诞生出非常强大且不可预测的强者。

外界，陷入了恐慌之中。

三千道州的修士一直在监视黑暗区域，看到这里发生了这等大事件，都不寒而栗。

所有人都明白，这将有多么可怕！

“轰隆！”

这一日，黑暗区域的争斗不再是内部的了，开始向外扩散、冲击。

“冲出来了！”

“那些可怕的生灵如同潮水一般涌来了！”

…………

百州之地发生了大暴动，如同天塌地陷一般。

随着这些生灵的冲击，黑雾如同瘟疫一般扩散，令十方动荡。

许多生灵驾驭黑雾，撕开长空。一只战败的黑暗鸾鸟王长鸣一声，闯入其他州，不断发起攻击。

灾难在扩大！后方，还有更恐怖的王在追击！而这还只是冰山一角！

这是人间惨剧，三千道州的局面在发生剧变！

就在这一日，百州之地疾速扩张，黑暗生灵冲击，黑色物质翻腾，席卷而来。

一夜过后，兽吼连连，禽嘶阵阵，黑雾腾腾。黑暗之地直接多了一倍的疆土，成为两百州之地。

“天啊，九天十地完了！”

“仙域怎么还不出兵？再这样下去，用不了多久，整片大界都将成为黑暗之地！”

第1535章 仙域出兵

WANMEI SHIJIE

沿途，各州的修士都绝望了！

一日间，黑暗再次吞噬百州之地，即便三千道州疆域再广阔，也挡不住这种吞噬速度。

最为可怕的是，不光是黑暗物质汹涌，还有真正的生灵肆虐，他们一个个都十分强大，由那些进化出来的王领军。

“完了，真的是要灭绝我界啊！我看到了一个熟人，金刚门老教主他复活了，比以前更强大了。”有人哀叹道，神色惊恐。

这个人见到了一个熟人，那个熟人之前没能从黑暗区域撤出来，元神被斩了个干净，空留躯壳。可是现在，他居然出现了，显然他经历过黑暗蜕变，比以前强了一大截。

他的眼神冷得如同电光一般，肌肤迸发乌光，如同剑气在轻鸣，一身精血流淌时，发出雷鸣声。

“踏着尸山前进，不断融合黑暗精血，这种蜕变太恐怖了！”有人声音都发颤了。

这的确是一条可怕的路，天知道为何会如此！

他们原本都殒命了，现在却生龙活虎的，再次出现在人间，变得更为强大。只是，他们的意识不同了，冷漠而无情，不再认识曾经的故人，见到后直接就攻击。

在此过程中，石昊出手了。他曾击灭过一些所谓进化为王的生灵，因此能做到除掉他们，但是面对黑雾时倍感吃力。

一个不慎，他就会被黑暗物质淹没，然后元神被侵蚀。

那如同汪洋般漆黑的物质，是导致大灾难爆发的原因，它可以保护那些复活的生灵，还能让他们进化。

这仅是开始，不是结束！

如果这片天地被侵蚀大半，这其中的强者会变得更多，强者们彼此厮杀之后，将会诞生出越发可怕的生灵。

“咚！”

天地间，一道鼓声响起，非常沉闷，震慑人心。

“咚咚咚咚——”

接着，鼓声连在一起，如同海啸，又如同祖龙咆哮，无论在哪里，这片大界的修士都能听到。

“仙域出兵了！”有人大叫道，激动而喜悦。

各教修士原本都已经绝望了，听到鼓声后，瞬间露出惊喜之色。

虽然只晚了一天，却让人觉得度日如年，各个大教都在退避。连九天上的长生世家都在做撤退的打算，一般的道统怎能不惶恐？

一队人马踏着天穹而来，出现在黑暗区域外围的上空。

这队人马的人数不是很多，他们都被仙光笼罩着，大旗猎猎，释放混沌之气，遮掩住了他们的法力波动，同时震慑黑暗生灵。

“只有这么一队人马吗？不过数十人，太少了，能镇压黑暗生灵吗？”有人怀疑地道。

若是仙王也就罢了，可看他们的甲胄等，应该都是战将，其中最高层次的修士也不可能是仙域的绝世高手。

“情况恶化严重，非常糟糕，所有人都撤退，再放弃百州之地！”空中，有人命令道。

而后，他们骑着瑞兽，速度极快，在黑暗区域外围丈量，沿着各州的边缘之地观察。

“退吧！”

他们后退了，最终竟放弃了数百州之地。

“这是一条龙脉，以此为分界线，属于那一端的不要了，退守到这一边！”仙域的强者开口道。

三千道州的许多修士面色发白，舍弃的疆土也太多了，他们绝对没有办法再返回山门了。

“呜——”

海螺号角吹响，远方出现一条通道，真正的仙域大军出现了。他们一队又一队地走出，成群结队，都被仙雾笼罩着。

“布阵，按照原计划行事！”有人吩咐道。

“轰隆隆！”

一座又一座阵台飞起，由手指肚大化成了巨山那么大，降落在大地的龙脉上，镇压这条分割线。

随后，法旗成片，密密麻麻，如同雨点一般飞去，插在那条龙脉上，真正开始封锁黑暗区域。

龙脉变了，它在拔高，如同一道城墙，恢宏而慑人。

足足有七百州之地属于黑暗区域了，被隔在了那一边！

三千道州一下子失去了近四分之一的土地！

仙域出兵，不是去对战，而是这样封锁，铸成一道坚固的“城墙”，如临大敌！

此界，所有修士心中都是一沉，这场灾难比他们预料的还要可怕。

起初，许多人认为，只要仙域出兵，就将横扫黑暗疆土，铲除祸患。可是，现在他们发现，仙域居然只是在防守，没有直接攻过去，这是一个糟糕的信号，让人不安。

“为什么会这样？”有人小声讨论。

“现在他们还没有成气候，可以除掉，为什么不趁早出手？”连三千道州的一些教主都很不解。

趁着黑暗生灵还未进化完全，不正是出手的好时机吗？

“你们懂什么？可怕的是那黑暗物质，便是仙域的战者陷入当中，都可能会殒命！”有人斥道。

这样的话，让人心都凉了，黑暗物质有那么可怕？

“那是不祥，远比你们想象的恐怖！”

“要知道，如今的黑暗生灵都是此界被侵蚀之人，真正的黑暗强者还没有出现呢。若是贸然闯入，被躲在后方的黑暗强者袭击，后果将不堪设想。”

仙域修士的话让人们心中大震。

真正的黑暗灾难才开始爆发，还没有见到幕后的真正凶手呢。

这的确很可怕，万一仙域成群的强者殒命在黑暗区域，再复活的话，将产生怎样的高手？

想到这些，许多人都通体冰凉，这种黑暗物质简直没有办法抗衡，越是激战，对方获得的仆兵越多，且愈发强大！

“这是如何做到的？不符合常理！”就是长生世家的人都头大，哀叹道。

黑暗物质到底是什么？

那些死去的生灵为什么会复活，而且变得更强了？

“这涉及了最古老的争斗，伴着生命的起源，你们不懂！”仙域的一位战将说道。

在这条龙脉上，驻扎了仙域的大批人马，他们全都严肃无比，盯着另一边的情况。

事实上，即便是仙域的人，对黑暗物质也不是很了解，唯有真正的大人物才了解，因为他们曾经参与过大对决。

“原本被黑暗物质笼罩的大地，即便出现生灵的进化，也是在很多万年以后。而今这种情况跟曾经的一段古史有些类似，他们一定是动用了某件无上祖器，催化了这一进程。”

“这是黑暗灾难的开始！”

“究竟是什么至宝，能导致如此可怕的剧变？”仙院与圣院的两位至尊都来了，认真向仙域的人请教，这件事影响太大了。

“在那里！”仙域的一位统领态度还算平和，认真地回应了他们。他取出一面宝镜，照向黑暗深处。

“那是……”

被宝镜一照，黑暗区域中不再漆黑，可以见到部分景物了。

那里有一件古器，它散发着九色光芒，迷蒙而神秘。古器看着像是一个箱子，没有被打开，在一座祭坛上沉浮。

箱子导致黑暗物质沸腾，向着四野席卷而去，并拥有了某种可怕的活性。

石昊就在不远处，他也退了回来，亲眼见到了这一幕，心中震撼不已。

别人不认识那个箱子，他却看着很眼熟，似曾相识。

“是那件东西?!”他内心震惊，但是很快他又摇头。这不是那件器物，只是很像，不过两者应该有极大的关联。

他曾在边荒外的葬地支脉中见过一个深渊，还跟神冥、三藏进入深渊探索，到达最下方古洞的殿宇中。

在那里，有一个似金非金、似石非石的箱子，那是一件强大而神秘的古器。

据三藏讲，那是起源古器，没有比它更珍贵与强大的器物！

石昊没有料到在黑暗区域中也有一件古器，而且这件古器与起源古器类似，但绝对不是那个箱子。

这个箱子还没有打开，居然就已经造成了如此景象！

第1536章 起源之秘

WANMEI SHIJIE

起源古器拥有极其可怕的能力，曾造就了葬王！

那是不是葬士的东西？石昊绝不会忘记，他当日险些死在那座殿宇中。

现在，一件类似的器物绽放九色光芒，流动着蒙蒙不灭之光，缭绕着混沌之气。

黑暗物质沸腾，拥有惊人的活性，导致所有尸体都有了生机，让他们站了起来，并逐渐变得强大！

“那是什么，无上至宝吗？”

所有人都震惊不已，那是一件至高的法器吗？居然能造成这等景象。

仙域出兵，自然不乏高手，可现在这些人也都愣住了。他们虽然想到了有什么古怪，可是没想到是这样一件神秘的古器。

“那是什么，统领可否知道？”有人小声问道。

“不太确定，太妖邪了！这件法器让所有躯壳都复活了，比仙王法器还要神秘，它的强大无法想象！”

仙域这边的人如临大敌，在那条龙脉上筑起了更长的防御线，大旗招展，阵台成群成片，黑压压的。

“黑暗生灵到底是什么？有何来历？”有人在猜测。

这个时候，一位仙域老者走了过来，他年纪极大，即便整日被仙气滋养，服食各种神丹妙药，依旧可以看出他血气不足。

“黑祸曾经发生过一次，最终被平息了，那是我的玄祖经历过的战斗。至于更久远以前是否还有黑祸，我就不得而知了，那是高层的秘密。”仙域老者说道。

所有人都一愣，这种残酷的灾难应该告诉后人，让后人小心防范才对，怎么会被列为禁忌般的秘密呢？

“我曾听闻，这涉及了起源的问题，比如异域等是如何出现的。”一个统领开口道。

“闭嘴！”很明显，仙域老者的身份不一般。他呵斥统领，让统领不要乱说，有些事被列为秘密，不得流传，自然有高层的考虑。

宝镜被收起后，黑暗中的古器不见了，什么也看不到了，只能看到黑色汪洋外围边缘，有成群结队的生灵走来。

这是一种极速的扩张，仙域预留出来的地域，没过多长时间就被侵蚀了，全部化成了黑暗区域。

黑暗区域中，一个又一个新进化而成的头领、王等咆哮不断，对防御线虎视眈眈。

“轰！”

一个生灵出手了，那是一条九头蛇，它的每一个头都在喷吐黑色光焰。它体形庞大，如同大岳一般，攻击力惊人。

“居然快到了遁一境。这才多少日啊，进化出来的黑暗兽王中便有这种强者了！”

龙脉这一边，人们很是吃惊。

要除掉这条九头蛇并不难，可是，对面这种兽王数不胜数，每一片区域都有，七百个黑暗之州会有多少？

最可怕的是这种进化速度！

许多人都觉得很荒谬，修士凭什么得到修为？那是逆天而行，经历各种艰难困苦才强大起来的。这些黑暗生灵凭什么？这么短的时间，就比得上正常修士一辈子的累积！

许多人都不甘心，有些挫败，更有些气馁。

“不用沮丧，这种生灵如此强大，是因为不断地吞噬，看着是一个生灵，其实是大量生灵的集合体。”仙域的统领说道。

按照他所说，一州之地的生灵最后可能会被一个生灵吞食，所有精气神融为一体，成为至强者。

“一旦它们出现真正的意识，那种吞噬变强的能力就会消退，而它们也就会成为正常的生灵。”仙域的老者叹道。

“只能造就低端的仆兵，真正的高手不可能这样造就出来，除非个别特殊的血脉侥幸进化。”仙域老者补充道。

石昊并没有接近这里，而是在另一州，他远离了仙域的那批强者，因为他知道那些人感应敏锐。无须细想，那当中肯定有真仙！

不过，他也能从那里传出的消息中了解到自己想知道的情况。

一声惊天动地的大吼响起，黑暗区域中，有一个生灵晋阶了。那是一个老者，他披头散发，通体散发着金光。

“金刚门老教主连续吞噬兽王等，现在成了遁一境巅峰的修士，这是要逆天吗？”

许多人都愣住了。

金刚门老教主的瞳孔如同两盏银色的灯火，发出幽幽的光芒，他的意识越发完整了。

“不对啊，你们看，那个神秘的箱子飞了过去，在他的头顶略微停顿，这是给予他好处吗？”有人惊叫道。

黑暗区域中，雾霭都被震散了，散发着九色光芒的神秘箱子飞到了这边，让金刚门老教主身体一震。

“这是想造就出一个领军人，让他尽快成为至尊级仆兵吗？”有人蹙眉道。

仙域老者也露出凝重之色，这种被选中的生灵，可能会诞生出特别的血脉，一路进化，成为威胁。

“是幕后的黑暗强者在操控吗？还是说，是那个箱子自己选中的？”仙域老者低语道。

而后，他看了一眼金刚门老教主，小声吩咐近前的仙域修士，道：“将他击灭！”

“传说，不知在哪个年代，俞陀就是这么意外出现并成长起来的吗？”一位大统领在仙域老者近前低声问道。

附近还有一些人，他们模糊地听到了这些话，顿时吃惊地睁大了眼睛，确定自己没有听错。

“什么，这是？”

“竟有这种事情?!”

“天啊！异域的起源，居然跟这些有关联？”

那几个人不禁感觉头皮都有些发麻。

“这种事情岂能乱说！”仙域老者轻叱道。他看了附近一眼，还好都是仙域的生灵，倒也还算安心。

“前辈，我们都知道，这黑暗风暴只是动乱的一角，未来有多么惨烈，很多年前就被大师推算到了。如今，有些事一味隐瞒下去，对我们不公平。我们不想做糊涂鬼，哪怕死，也要死得明明白白。”那位统领说道。

附近，几人寒毛竖立，一个个都惊得颤抖，这是何意？统领大人居然这么悲观，大事不妙啊！

“因为怕引起恐慌，所以有些事必须隐瞒！”仙域老者冷冷地说道。

“可是，我们多半再也回不到仙域了，都到了这等时刻，还对我们瞒着，我不甘！”大统领说道。

“回不去了？”

“为什么？难道我们都要死在这里？”

其他人都愣住了。

他们身上都起了一层鸡皮疙瘩，感觉陷入了巨大的危机中。不是说这一战不会很艰难吗？在离开仙域时，很多人为他们送行，笑着说等他们回归。

“你们或许不知道，曾经有高高在上的大人物与黑暗生灵大战，到头来却没能回到仙域。”大统领说道，目光烁烁。

“都……战死了？”

“不，有些人活着，甚至都还健在，但他们没有资格回仙域了，只能留在这一界。”大统领的声音都在颤抖。

“为何？”其中一人艰难地问道，咽了一口口水。

“他们都在生命禁区中！”大统领回应道。

第1537章 被遗弃

WANMEI SHIJIE

这一界的高手深知生命禁区有多么可怕，强如他们，比如圣院与仙院的两个老头子，哪怕到了至尊境，都不敢踏入九天上的生命禁区。

“禁区中的生灵竟有这等来历？”三千道州一位辈分极高的教主长叹道。

在这个世间，只有极少的一部分人知道生命禁区中究竟住着什么人，比如长生世家，与世同存的不灭皇朝。

“既然活着，为何不回仙域？”仙域的一位头领问道。

他们才来而已，就已经不愿意待下去了。这个世界大道规则不全，不适合修行，远不能同仙域相比。

“因为，仙域的门对他们关闭了。”大统领握紧拳头，日后他们肯定也没办法回去了。

“什么，对自己人关闭?!”其他人不信这个说法。

“常年跟黑暗生灵激战，到头来，我们也会染上不祥的气息，而且难以根除，仙域不允许任何修士带着那种物质进去！”

大统领的这番话，让其他人都如同坠入冰窖中，一个个都愣住了，一句话也说不出来。

这则消息太糟糕了，有家不能归，他们等于被遗弃了。

而现在，他们还要去拼命。可到头来这般付出，他们能得到什么？

哪怕没有战死，活下来也没用，只会被仙域嫌弃，永远地留在这一界！

“那些前辈得多心寒啊！”有人握紧拳头。他们也终究要踏上这条路，埋骨他乡。

“我们也只能开辟出禁区，留守在这一界？”有人不甘心地道，眼神吓人。

“呵呵，你想多了，凭你我能开辟禁区吗？”大统领笑了笑，有些落寞，也有些苦涩，“能开辟禁区的，都是法力绝世的大能，他们曾跟黑暗中的绝顶强者对决，你我可以吗？”

“啊——”其他人都惊呼出声，一个个面色如土，连开辟出一个禁区都不行吗？

很快，他们知道了，历代以来，仙域殒命的大人物中，有些人不见得真正死去了，而是身在禁区中！

那等身份，那种实力，的确不是他们可以相比的。

“放心吧，我界肯定还要派出绝世高手，到时候我们若能侥幸未死，追随他进禁区就可以了。”大统领说道，只是话语中多少透露着些苦涩。

“你的话太多了。”仙域老者开口道，看向大统领，目光幽幽。

“我们凭什么去拼命？这样付出值得吗？”有人不服。他们从仙域出来，最终就得到这么一个结果？

仙域老者体外仿佛只有一层皮，他冷漠地看向几人，道：“你们的子嗣，你们的亲人，在你们离开前都得到了最好的照拂，会拜入一些十分强大的道统中，你们的付出是值得的。”

他只说了这么一段话，就让那几名头领都安静了下来，他们张了张嘴，却说不出话了。

这是所谓回报，也是威胁！

如今，他们的子嗣、亲人都在仙域，很有可能会得到顶级的传承资源，日后自然会有不小的成就。他们若是违抗仙域的意志，那么就会被看作是背叛者，到时候他们的后代会得到什么样的惩罚？

圣院与仙院的两个老头子也在此。作为九天十地这边的头领，个别至尊与长生世家的老族长有资格待在这里。

这个时候，他们都眉头深锁，却不敢发表什么看法。

“这里的事情，有些可以讨论，但有些不要乱说。”那个通体被一层金皮包裹的老者幽幽地说道。

人们都感受到了一股寒意，默默地点头。

这个老者极有可能是真仙，而且实力强大，让大统领都得低头，可见他地位有多高。

“还没有将那个可能会成为首领的黑暗生灵击灭吗？”老者问道。他浑身金光闪耀，一跃而起，踩着仙雾，出现在半空，俯视着前方的黑暗之地。

金刚门老教主披头散发，在那里咆哮着，又吞噬了几位兽王的黑暗之血。

“他不出黑暗区域，我们难道要闯进去吗？”一位头领问道。

“想办法将他击灭！”老者吩咐道。

石昊也在观察，金刚门老教主的活动范围在扩大，向他们这边移来。

“再这么下去的话，他会成为至尊吗？”石昊蹙眉道。

石昊深知，金刚门老教主与众不同，曾经被那个闪动九色光芒、形似起源法器的箱子选中。

果然，金刚门老教主朝着这一州而来，所过之处黑暗物质沸腾，各种生灵惶恐地奔逃。

“马上就达到至尊境了？”

石昊倒吸一口凉气，深感震惊，他的修炼速度何其快，但是跟金刚门老教主比起来，那真是慢到不行。

这根本不正常，就是石昊也嫉妒了，这天地未免太不公了，这样也能登临修士的高峰?

不过，他很快就又冷静了下来，内心渐渐平和。他相信，这世间的一切都是平衡的，有得才有失，有失才有得。

这种不正常的修行速度多半有某种隐患，甚至到头来说不定会一切成空。

“灭了他，这个生灵不一般，可能会走出另类的进化路，不受黑暗法旨的禁锢，到头来会成为第二个俞陀！”

仙域老者已经坐不住了，严厉地吩咐大统领。

“真的要以身犯险，进入黑暗中吗？”有人小心地问道。

“早晚要跟黑暗生灵作战，避免不了！”仙域老者说道。

“哧！”

一道神光撕裂长空，仙域的一位强者出动了。他修道多年，修为深厚，闯入了黑暗区域。

仙域虽然来了很多人马，但真正成仙的数得过来，不可能全部人马都达到了那个等级。

即便是仙域，真正成仙的人也很少。

金刚门老教主大吼一声，瞳孔如同银灯在燃烧，他没有避退，而是俯冲过去，迎击强敌。

黑暗物质剧烈地波动，仙域强者的身体顿时摇动起来，虽然他实力很强，但是面对黑暗物质时极为被动。

在那黑色汪洋中，法力等都被瓦解了，情况很危急，他需要速战速决。

“噗！”

最终的结果超出了所有人的预料。两大强者碰撞在一起，金刚门老教主的身体发出璀璨的金光，刀枪不入，金刚不坏。

而仙域的强者则一下子殒命了。

“金刚不坏，其躯体坚硬到了不可思议的程度，一般人对付不了！”大统领蹙眉道。

这才开始啊，那个披头散发的老者就进化到这一步了，若是放任他成长，日后必然会是大患。

“我去！”

就在此时，一位强者从远处走来，通体缭绕着仙气。他还未成仙，但已经是至尊境的高手了。

“轰隆”一声，仙气护体，居然挡住了黑暗物质的侵蚀。

“唯有仙气很浓郁的修士才能对抗黑暗物质的侵蚀！”仙域老者说道。

金刚门老教主虽强，但现在还不是至尊境的修士的对手，刚一接触，他就受了伤，身体倒飞了出去。

就在这一刻，黑暗深处突然探出一只大爪子，遮天蔽日，一下子就到了近前，“噗”的一声，将仙域的这位强者抓住了！

现场鸦雀无声，所有人都被镇住了。

“幕后的黑暗强者出现了，这么快！”大统领变了脸色，难道一开始就要大决战了？

“麻烦大了。我敢肯定，那个金刚门的家伙真的被选为黑暗种子了，必须将他击灭，我可不想他成为第二个俞陀。”此时，仙域老者竟然亲自动了，向着黑暗区域走去。

他盯着那只还没有退走的大爪子，又看向金刚门老教主，一步一步地接近。

众人都愣住了，这才多少天，就要真正地摊牌了，是要进行大决战吗？

第1538章 黑暗之血

WANMEI SHIJIE

仙域老者向前走去，跃过龙脉，径直步入黑暗之地。他的体外仙气蒸腾，带着霞光，闪烁着蒙蒙光芒。

只是，他有些怪异，分明是神圣的仙气在他周身环绕，可他看起来却像个金色骷髅。

“黑祸又起，老夫降妖除魔，特来斩你！”仙域老者说道。

“哧！”

仙域老者的速度太快了，闯入黑暗中，浑身爆发光芒，居然驱散了黑雾，让那片不祥之地灿灿发光。

他伸出一只干枯的大手，发出金光，压得虚空爆鸣，嗡嗡作响，径直抓向金刚门老教主。

金刚门老教主披头散发，嘴角带着黑色血液，眼睛如同两轮银色的小太阳，十分璀璨。

他敏锐地感觉到了危险，没有迎击，转身就走。但是最后的刹那，他露出的笑容让人心悸。

金刚门老教主的目光很毒辣，似乎是要记住仙域的老者，随后他竟转身遁向黑暗深处。

“哪里走！”修为强到了仙域老者的境地，抬手捉日月、拿星辰都很容易，要战胜对手的话自然不是太难。

此时，黑暗中，一只巨大的兽爪探来了，遮天蔽日，恐怖无边。

在它探来的过程中，大地崩开，虚空寸寸断裂，黑洞都浮现了出来，景象惊人。

这是黑暗风暴幕后的生灵，这才是真正的灾难源头，现在有一个强者亲自动手了！

“砰！”

两者交手，虚空炸响，黑暗物质汹涌，同时仙气也疯狂地散开，在这里交织着、冲击着，形成大道涟漪。

这是规则的碰撞，秩序的对决，声音、画面等仿佛都来自亿万年前，隐约带着岁月之力。

这个层次的激战，不可想象。谁都没想到，黑暗灾难才出现这么几天，高层就动手了，发生了大对抗。

“呼！”

罡风吹动，割裂长空。大地上许多大山如纸糊的一般脆弱，瞬间化作飞灰，纷纷扬扬，直接消散。

这是两者对抗时的规则之力溢出的少许波动，便造成了如此恐怖的景象。

他们掌握的力度非常好，几乎没有溢出狂暴之力，力量都在战场中心的场域内，被收敛在两只大手之间。

那幅画面很惊人，巨大的兽爪黑乎乎的，像是蜥蜴的，又像是魔禽的，古怪而狰狞，带着乌光闪闪的鳞片。

众人根本不知道那属于何等生灵，此时兽爪变大，挤满了天地，比星星都要大！

而仙域老者的手掌散发金光，也早已变大，覆盖苍宇。

这是仙域强者与黑暗生灵的第一场大对决！

“仙域真没有长进，还是这么中规中矩，落败是早晚的事。”

就在这时，沙哑的声音传来，如同万年老鬼在哭嚎，刺耳而难听。那是黑暗生灵发出的，它的大爪子迸发出恐怖的螺旋形乌光，向着仙域老者的手臂袭去。

“噗！”

仙域老者的手臂受伤了，被一股莫名的规则侵蚀，黑暗之光汹涌，要挤进他的体内。

“赢得太容易了。”黑暗中，一个声音传来，冷酷而无情。

龙脉这一边，所有人心中都是一沉，震撼无比。这个仙域老者辈分极高，修的是金皮银骨大垩法，肉身强韧，居然上来就被人废掉一条手臂。

九天十地，来自各大长生世家的人马都沉默了，连仙域的高手都挡不住黑暗生灵吗？他们将何去何从？

如今，他们已经没有退路了，除非能进入仙域，不然的话，留下来的都得殒命。

“人老了，精力不济，疏忽大意了。”仙域老者咳嗽着，嘴角淌血。他在倒退，身体踉跄，不过那条受伤的手臂在恢复，再次焕发出强大的生机。

天空中，几颗星星迅速变得明亮起来，一些人很是吃惊，因为睁开天眼时看到它们在焚烧，精气喷薄。

下一刻，那些星星暗淡了，随后，几股强大的星辰精华从域外涌来，化成光束，没入仙域老者的体内。

仙域老者直接焚烧大星，汲取精气，这种手段有些惊人。

在此过程中，战斗并未停止。仙域老者身上在绽放金光，层层涟漪扩散，如同浪涛，在阻挡那只兽爪。

事实上，兽爪挥动间，力量不断压落，想趁势将仙域老者击灭。

突然，远方发出一声大吼。金刚门老教主身子一顿，低下头，银色眼睛睁得很大，看着胸口，那里有一道仙光刺出。

“噗！”

就这样，他被击中了。

“黑暗种子败了！”

龙脉这边，许多人先是吃惊，而后欢呼起来。这是仙域老者的胜利，他出去就是要斩灭金刚门老教主，避免其成为第二个俞陀。

因为，金刚门老教主的进化速度太恐怖了，像是没有上限。没想到一切进展得这么顺利，黑暗种子已经被打败了！

金皮发光，银骨璀璨，仙域老者冷笑一声，战力大增，跟那黑色兽爪对击。

“嗯？”忽然，人们一惊，因为那金刚门老教主并未殒命。

“什么？”许多人都觉得难以置信。

要知道，金刚门老教主可是被一缕仙血击中的，怎么可能还会复苏？

金刚门老教主没有达到仙道领域，还是凡体，那一滴仙血足以斩落日月星辰，磨灭一切，他居然还能活下来？

这不符合常理！

“让你失望了，黑暗种子是不灭的，他注定要成长起来。”黑暗深处传来低沉的声音，那兽爪发出的攻击更猛烈了。

与此同时，金刚门老教主全面复苏，一股庞大的波动扩散开来。

他在嘶吼，在发狂，身形疾速变大，成了一个巨人。

“天啊！至尊化，法体蜕变，他要晋阶了？”人们都愣住了，这个进化速度让人难以接受。

“有点快了，退回去！”黑暗中，有生灵开口道，并且探出一只大爪子向金刚门老教主压去，让他缩小。

可以看到，金刚门老教主那化成正常高矮的躯体内，黑色血液愈发旺盛，在积淀，在累积，日后突破后恐怕会更强。

黑暗中，一道细微的流光疾速远遁，那是一缕仙血，裹带着少许黑暗之血。

“想带走被选中的黑暗之血？”黑暗中传来冷笑声。

跟仙域老者对决的兽爪瞬间缩小，随后其本体出现了，这是一个类人生灵，最起码躯体相似。

它应该是故意化成人形的，就连兽爪都变成了拳头。黑暗之光沸腾，它向仙域的老者轰击，并且冲击那抹流光。

仙域老者轻叱一声，体魄晶莹，爆发无量仙力，跟它激烈地对决。

“砰”的一声，那抹逃遁的流光还是炸开了，被轰散在空中。

“收！”

就在此时，龙脉这边又出现了一个老者，他白须白发，仙风道骨，像是一个老神仙，手中持着一个玉鼎，截取空中炸开的黑暗之血。

其中，有几滴黑暗之血落入玉鼎内，他先是将之封印，而后转身就走。

事已至此，那个金皮包着骨头的仙域老者也不对决了，向后退去，他想要的黑暗种子血到手了。

“那是……老仙医前辈！”龙脉上方，有人惊呼，认出了那个手持玉鼎的老者的身份。

此时，远处出现一扇光门，老仙医径直进去，快速离开了。

他要返回仙域，被接引走了。

“呵呵，费了这么大的力气，就是要带走一滴黑暗之血吗？给你又如何，反正你们也研究不出什么。”黑暗中，有生灵冷笑道。

大战结束了，黑暗种子身上的血液居然值得仙域这么大动干戈，如此夺取。

战场上，黑暗生灵并没有追击，看到老仙医没入那扇光门后，他就放弃了，径自消失在黑暗中。

“前辈，这血很有用吗？”大统领上前，问道。

“有大用。这是黑暗本源之血，被选中的黑暗种子体内的血很特殊，若是能将它研究透彻，说不定可以扭转战局！”仙域老者说道。

远处，石昊蹙眉，因为那炸开的黑血有一滴落在了他的衣襟上。

事实上，最后那缕血炸开后，飞向了各州。许多黑暗生灵争抢它，造成了大暴动。

而黑暗中，那强大的存在并未出手，没有理会，他所在乎的只是仙域的高手，不愿被仙域带走黑暗之血而已。

“这一滴血量虽然很少，可为何给我这么不好的感觉？”石昊眉头深锁。

他斩落那片衣襟，将之收进空间法器中，向后退走。

“不好，难道我要黑暗化了？”石昊吃了一惊，虽然没有沾上那滴血，但是他依旧觉得不妙，他的躯体正在发出淡淡的乌光。

第1539章 激进的禁区之主

WANMEI SHIJIE

石昊的身体有些异常，略微沉重，乌光点点，这是黑暗化的迹象吗？

他心中一惊，他并没有接触黑血，就这么无声无息地中招了？

“那滴血?!”石昊疾速远遁，离开了那片区域，心中猜测他的身体发生变化是否跟黑暗种子的血有关。

或许，那是唯一能影响他的不祥物质吧。

石昊离开战场，迅速横跨虚空，就此不见踪影。

两日后，一座山谷中，乌光点点，阵阵低吼声响起。石昊在闭关，他运转玄功，尝试磨灭黑暗物质。

“应该是那滴血的原因。”

不久后，石昊出关了，身体恢复了正常。

这很玄妙，也很危险，只差一点而已，他就被黑暗物质侵蚀了。

石昊一阵犹豫，最终将山谷下的空间法器挖了出来，空间法器里装着那滴血。再次将那滴血带在身上，他有点怀疑，隔着空间法器，自身也可能会被侵蚀。

但是，他不得不带走这滴血，这东西很诡异，也很珍稀，他想带回去给禁区之主看一看。

路上，他很小心，也很谨慎，时刻关注着自身的变化，怕再次被侵蚀。

还好，没有什么变故发生。石昊猜测自己之所以险些黑暗化，应该是那滴血飞溅到衣襟上影响了自己。

十字阴阳地，这里的虚空裂开了，先后出现两条河流，太阴与太阳之力运转……

石昊依旧走的是这条路，别人承受不住那扇门背后的场域压力，但是他能坚持住，对他来说这是一条安全的路。

最终，他走到下界，进入那片曾经的生命禁区。

“你竟能带回来这种东西，这不是一般的黑暗之血，是种子级的生灵孕育而出的，这是黑暗真血！”

禁区之主很惊讶，对于黑暗生灵来说，这是神圣之血！

它意义非凡，拥有这种血脉，意味着可以无限进化，最终成长为黑暗生灵中的巨头。

这是黑暗生灵经过繁复的祭祀后，艰难诞生的黑暗种子所孕育出的稀世真血，最是珍贵，可遇不可求。

“不是因为祭祀而诞生的黑暗种子，而是一个箱子造就的。”石昊道。

禁区之主听闻，心中一震，道：“那就更不简单了，这是天选之种，真血无价！”

石昊就知道这血不一般，他请教禁区之主这血有何用处，需要如何处理。

“你得离它远点，不然的话，长期带在身上，它会腐蚀你，让你走向黑暗。”禁区之主告诫道。

“没有用处？那我直接毁掉算了。”石昊说道。

“它生生不息，很难毁掉，除非你到了仙道层次，不断以仙血与仙气洗礼它。”禁区之主说道。

石昊摇头，道：“原本还想着利用它呢，看是否有什么价值，现在看来，这东西真不该带回来。”

石昊有些后悔，万一这黑暗物质污染了下界怎么办？一旦黑暗物质扩散，他就成了八域的罪人。

“有我在，你倒也不必担心真血扩散出去。我在想，它或许真有大用处。”禁区之主说道。

“它能有什么用处？”石昊忍不住问道。

“你可以沐浴黑暗之血，彻底被它侵蚀。”禁区之主说道。

“什么?!”

石昊不禁倒退几步，非常警惕。无论如何，他也不可能放弃现在的元神，那样做的话，意味着他肉身不灭，可是人却变了。

事实上，他对禁区之主并不是百分之百地相信，因为，每个人都有自己的秘密，更何况是这等大人物。

“别急，听我说，黑暗物质是很可怕，但一味地封锁它，终究不是办法，早晚还是会接触的。而你若是能对它免疫，甚至利用它的力量，那就真的可以无忧了。”禁区之主说道。

而且，他觉得，这一次仙域多半会输，即便能赢，也会有大危机。

“日后，世间注定还有一场有史以来最可怕的大动乱，超越过去一切年代、一切纪元，那将是一次最恐怖的大清算！”

“黑暗物质也许是大祸患，但说不定有朝一日可以滋养肉身，转死为生，就看到时候能否用上它。”禁区之主说了这么一番话，让石昊心中有很多疑惑。

“你让我适应黑暗物质？”石昊问道。

那东西一旦沾染，就没有回头路了，堕入黑暗，遗忘自我，还谈什么将来，此生就毁掉了。

不然的话，仙域何以严加封锁，连自己人去征伐黑暗生灵后，都不让他们回归仙域？

“敢想别人不敢想，敢为别人不敢为，这或许是机会。”禁区之主说道。

“这太冒险了。”石昊摇头。

“你连折仙咒都中了，还不是活着，没有被废？如果你能抵挡住黑暗物质，那么就有可能在大清算中活下来！”禁区之主郑重地说道。

石昊闻言，露出严肃之色，没有说话，认真思索。

“你或许觉得自己足够厉害了，可我要告诉你的是，当真正的大清算来临时，昔日任何一个生灵跳出来都可以搅得天翻地覆，你是否相信？因为，那等人物都曾称霸于岁月长河中，俯瞰纪元沉浮。”

禁区之主说得很明白，想要在恐怖的年代中生存下来，就得有远超世人想象的能力，打破各种纪录。

石昊觉得禁区之主说得有道理，但是也觉得禁区之主很疯狂，根本不拿他的命当一回事。

“成了，你可以高高在上，比天地还坚固，永恒长存，万古不灭。而若是败了，也只不过是提前殒命，不然的话，你也会殒命在清算初期，不可能笑到最后。”禁区之主说得很直接。

“你是疯子！”石昊说道。

最后，石昊同意了，起初他嘴上反对，心中却一直在衡量。为了变强，他是不惜冒险的，哪怕九死一生。

“很好，仅一滴黑暗真血，只够眼前用，日后需要将这种血都注入你体内。”

禁区之主说道。

石昊顿时变了脸色，这个中年男子白衣胜雪，看着俊朗，行事也太恐怖了。

“我会想办法培养出更多黑暗真血来。从现在开始，你准备黑暗化吧。”禁区之主说道。

石昊想了想，道：“不行，我不能赌博，要一步一步来。”

他决定，以他之血肉塑造出一具体魄，反正到了他这个境界，他可以断肢重生，想要再塑一具躯体，不成问题。

“也好，塑造一个黑暗之体，让他同你搏斗。同自己战斗，好处更多。”禁区之主点头道。

最后，石昊离开了，将那些麻烦交给了禁区之主。他迫不及待地返回石村，要进虚神界去见鸟爷与精璧大爷。

“两位老爷子，你们想起来了吗？那烂木箱到底是什么？有什么来历？”石昊问道。

这一次，他在上界见到了类似于葬地中的起源古器的箱子，感觉自己所掌握的烂木箱更加神秘了。

他没敢问禁区之主，因为有些忌惮，他在小心而谨慎地防备着。

要知道，烂木箱是俞陀与安澜都想得到的东西，他们为此曾大动干戈，不惜代价地出手。

禁区之主生前或许就是那个等级的存在，如今虽然他说自己是残缺的烙印，无法复活了，但石昊还是不敢大意。

若是这个烂木箱有古怪，他担心禁区之主会有什么异常的反应。

同时，石昊还想请鸟爷与精璧大爷分析，禁区之主是否真的没有威胁了，若是两个老头子能想起昔日更多的事，就能给他一个放心的答案。

“烂木箱绝对不一般，我们内心深处有一股躁动，但就是想不起来。”

“至于禁区之主，暂时先防备着，先不要给他这个烂木箱！”

这是两个老家伙的话，他们神色郑重。

第1540章 老娘最大

WANMEI SHIJIE

石昊留了下来，没有再四处乱跑，他一心想提升自己的修为，真正地鱼跃化龙。

形势逼人，这天地间不安宁，不再是曾经的平和时代。他若是凡人也就罢了，没有选择，可他天赋真的很强，有崛起的希望。

黑暗进化开始了，还有后面号称有史以来最可怕的大动乱——血腥清算，那是死亡的呼唤，压得人几乎要窒息。

在这种情况下，只要是修士，莫不想自保、变强，从而改变自己的命运。

石昊用心感悟，揣摩自己的大道之路，想在这乱世中崛起，为的是日后闯出自己的一片天地。

他要在黑暗动乱中活下来，他要保护身边的人，他要庇护石村的宁静与平安，他不想看到亲人离去，他不愿见到大世凋零，最后只剩下焦土、枯骨。

但是，他不知道自己能否真的成功，未来太残酷，哪怕是他曾见到的未来一角，也并不可信。任何预言都不能当真，没有发生的事情谁能确定会到来？

况且，他当年看到的那一角未来，结局也不是很好，虽然他活了下来，却称得上凄凉、无助、大悲！

无论多少年过去，他都难以忘记初见残酷未来一角的情景。

举世同寂，万物绝灭，所有人都战死了，只有他孤零零地活着。在他的背后，是一株焦黑的柳树，其他什么都没有剩下。

每一次想到这些，他心中就会痛，难以抑制，有种发堵的感觉，这是他今世唯一的恐惧之源。

他不愿相信，也不敢相信，他一直认为有办法逆转结局。

后来，石昊见过一些厉害的人物，也曾向他们请教，比如大长老孟天正。他们倒不是十分在意石昊见到的一角未来，还告诉他，没有发生的事不算是结局。

此外，按照他们的分析，哪怕真的发生那种事，石昊看到的也不是最后的画面。

因为，他最后踏着苍穹，踩在神道绝巅上，再次上路了，那说明事情还没有完……

而这却更让石昊心悸，没有结束的画面就已经如此，那他未来都要经历些什么？这如同一片阴影，不时浮现在他心头。

他想真正强大到能够扭转一切的程度。尤其是这次去了上界，看到了黑暗生灵，见到仙域出兵，他越发觉得自己道行不足。

“我要变强！”

在大荒中，石昊大吼着。还好这个地方离石村足够远，不然的话，这种大道涟漪发出，会引起大麻烦。

他迅速控制了声音，令其冲向域外，在苍穹上激荡。

石昊叹了一口气，这下界的土地对他来说太脆弱了，稍一不注意就可能会惹出大祸来。

这还真不是一处适合修行的地方，不仅大道有缺，就连脚下这片大地都容易沉陷、崩裂。

“大道有缺，是对我的磨砺，我要从自身出发，以身为种，不断突破变强！”

但是，坚固的场地呢？

石昊瞄准了八域边缘，他可以闯进混沌中去，那里风暴猛烈，虚空不稳，动辄会出现虚空大裂斩，湮灭修士。

或许，那等地方才是适合他的修行之地！

石昊说到做到，击穿域壁，闯入混沌中，用最狂暴的能量风暴炼体，助自己修行。

他有古经，有秘术，掌握了许多绝世功法，而且走以身为种的道路，他缺的就是岁月的洗礼，还有静下心来顿悟。

石昊全身心地投入了进去，不过也不算是一根筋地修炼，他不时往返石村，找人切磋。

他每隔一段时间就会回来，去虚神界的黑暗牢笼中检验成果，跟那些瓦罐中封印的存在激战，与几尊被铁链锁住的石像比拼。

有时，他还要去那片荒凉的生命禁区接受禁区之主的折磨，比如让折仙咒复发。

最近，他甚至开始接触黑暗之血了，冒着殒命的危险，来拓宽自身的大道之路。

“什么是亿万古载不朽？什么是永恒？都是打出来的。我要剑斩万古，以一双拳头镇压古今未来！”

石昊低吼着，坚定自己的信念。

“什么剑斩万古，镇压古今未来?!臭小子，你给我回来，年纪也不小了，该娶媳妇了！”

在石昊慷慨激昂、为自己打气之际，身后传来这样的话语。他的身体当时就僵住了，如中了定身法一般。

原本他还斗志昂扬呢，结果就这么被人无情地打断了。

天大地大，老娘最大！

石昊身后，正是他的母亲，她就这么一嗓子将他给喊了回来。

说是老娘，其实，而今的秦怡宁还相当年轻，风华正茂，更何况她是修士，且修为不弱。

近来，她总担心石昊出现意外，想让他早些成家，安定下来，留下子嗣。

因为这个大儿子太不让人省心了，当初也就罢了，一个人上九天，去边荒，闯仙院。而今，他的身体都被残仙打伤了，道行会消失，结果他还是那么不安分，没事就跑到上界去。尤其是，她听到，他居然跟什么黑暗生灵交手，看来至今还是不死心呢。

“我不管你有多么远大的志向，但你是我儿子，你必须得成亲！”

秦怡宁平日间很温婉，是一个贤妻良母，但现在她有点上火了，难得地行使了“天大地大，老娘最大”的权利。

她希望有一桩婚姻能让石昊安分一些，不要再去冒险，不要想着一个人去跟黑暗生灵激战。

有些事，石昊没有对父母全部说，怕他们担心。故此，秦怡宁不是很了解情况，只觉得目前的生活环境很宁静，而长子却躁动不安。

“娘，你是知道的，我志在大道，希望万古过去，还能俯瞰着岁月长河，看着一个又一个纪元沉浮。”石昊说道。

“这些我知道，但你到了成婚的年龄，该留下一个子嗣了！”秦怡宁很霸道地说道。

“孩子，你该考虑一下这些事了。为人子女，你要理解父母的心情。”这一次，慈祥的老族长石云峰也难得地开口了。

“族长爷爷！”石昊张了张嘴。

事实上，不仅是他们，就是石村内的其他人，也都希望石昊成亲，留下后代。

甚至石昊的徒儿葛沽都在嗤笑，挤对他，说他早该成亲了，安心待在石村，不要出去惹祸。

结果，葛沽被石昊一脚踢飞，消失在天际。

“娘，你也知道，我在上界见过长生皇朝的公主，接触过不朽世家的明珠，都不曾动心，你让我现在就选道侣，一时间真的没有合适的。”石昊找借口。

“那里不就有一个吗？”秦怡宁小声道，指向从大荒采药回来的云曦。

第1541章 瓶颈

WANMEI SHIJIE

“师父，我又回来了。”天边，赤龙葛沽化成一道赤霞，翻腾着，像是在故意奚落他，如闪电一般回归，且在看到村口的云曦时，故意喊了一声“师娘”。

“砰！”结果，葛沽又飞走了，这一次他是被石昊一脚踹出去的。

石昊的脚掌疾速放大，跟一座山似的，将葛沽撞了出去。葛沽也不知道被踢到了什么地方，一连数日都没见踪影。

云曦的肤色白皙如羊脂玉，她倒是很平静。这个女子自从来到下界，说要照顾石昊之后，就心境平和，有种超然世外的气质。

石昊不可能当着云曦的面拒绝此事，虽然她刚从大荒中采药回来，并没有听到那些话，但她是一个聪敏的女子，随便说出点滴，她就能猜到大概。

事实上，看到秦怡宁柔和的目光，感受到秦怡宁最近对她的嘘寒问暖，云曦就早有察觉了。

“你和我说，究竟要选谁？”秦怡宁暗中询问道。

石昊一愣，这不是选择谁的问题，而是心中有道坎迈不过去。

边荒大战结束的时间并不长，还不足半年，大长老孟天正战死，火灵儿更是连带着罪州被安澜一把抓走，是生是死也不知。

“我知道，你心中有执念，暂时还放不下，但是人死了，终究不能复生，一切都要向前看啊！”秦怡宁劝道。

在秦怡宁看来，火灵儿回不来了，或者说已经殒命了，安澜是善类吗？他抓走罪州会留下活口？

再者，哪怕真有奇迹，火灵儿还活着，可是那有什么用呢？

如今，两界断开，中间有天堑，无法贯通了。边荒大战结束，异域与这一界彻底失去了联系。

想要再相见，还需要多久，一个纪元吗？

生也好，死也罢，他们这一生已经无缘再相见了。秦怡宁也感到很惋惜，她就是怕石昊放不下这些，才想他尽快成亲。

“再等等吧。”石昊走了，没有回头，去混沌中修行了。

“火灵儿是一个好姑娘，但是，你们有缘无分啊！”秦怡宁在后方叹息。

她被石子陵拉走了，知子莫若父，石子陵明白，石昊而今是说什么也不会选择遗忘的，或许正在以那种遗憾鞭策自己呢。

接下来的数年里，石昊一直在苦修，他的道行在提升。

要知道，在他这个年龄段，快要步入遁一境巅峰的人没几个，而且他再向前迈出一步，就将触摸至尊领域了。

数年间，石昊不断破关，一路突破上去，实力越发强大。

这一日，混沌中传出巨响，石昊彻底夯实了遁一境的修为，已经达成大圆满，登临此境界的绝巅。

这个消息若是传出去，足以让上界震动，他们不会想到，下界有人在这个年龄段就要成就至尊位了！可以说，九天十地还不曾见过这样的人呢。

可以说是辉煌至极，震古烁今。

接下来的一年里，石昊开始尝试突破，准备进入人道巅峰的领域。

“只差了一点，为何踏不进去？”石昊蹙眉道。他想冲进至尊境，但是失败了，在遁一境大圆满中没有办法再迈步了。

他前往石村，再次去磨砺，与虚神界黑暗天牢内封印的生灵决战，可惜效果不明显，还是无法突破。

其间，秦怡宁旧事重提，希望石昊能尽快成婚，不要有什么遗憾。

石村的众人也很期盼石昊结婚生子。石昊的天赋有目共睹，石村的人都想他为石村留下血脉。

石昊笑着再次应付了过去。他在下界的路好像到头了，数年过去，他想再去三千道州，看一看而今的黑暗祸患怎样了。

同时，他想寻找一个契机，看能否在上界突破。

当石昊再看到三千道州时，他很吃惊，战况残酷，仙域兵力有损，而今黑暗疆域扩大了很多倍！

黑暗物质在三千道州肆虐，足足占据了一千二百州之地，除此之外，九天十地先后出现了黑祸！

恐怖的灾难降临，仙域不得不派出更多的兵将！

在此期间，战争不断，各地修士死伤惨重。

石昊一路走过来，听闻有真仙都战死了！

这种胶着的战斗很可怕，非常激烈。原始的黑暗生灵出马，铁血无情，戾气冲天。

石昊没有参与战斗，只是在路上偶尔出手，试探那些黑暗生灵，他不想现在就与他们对上。

如今他还在蛰伏期，以他的境界来说，就算去了，也根本改变不了什么。只有足够强大，一剑可劈开黑暗战场，那样才有意义。

这一路上，石昊依旧在尝试突破，寻找契机，他要进入至尊境！

可惜，他没有成功，还是驻足在遁一境的巅峰领域中。

石昊很失望，他想不明白为何闯不进那一关。

若是让人知道他有这种想法，一定会愣住，而后嘲讽。这真是太贪心了，自古至今，就没有五百岁以下的至尊，而他现在才多大年纪？

修道岁月差得太远了！

哪怕古代修炼得快的那些生灵，不断打破纪录，也用了数百年的时间才成为至尊，那已经算是奇迹了。按照前人的目光来看，石昊现在太稚嫩了，有此修为足以傲世了。

“不行，我要突破！”

最终，石昊再次上路，重回下界，再次苦修。一眨眼，又是数年过去。

石昊总共在下界修行十年了，遁一境大圆满进无可进，走到了极限。他曾多次引雷劫，尝试助自己破关，但依旧无用。

甚至，因为强行突破，他有两次险些身死道消。有一次他在混沌中引发大震动，肉身受损；还有一次在星空中，他肉身爆发，让诸多星辰永远熄灭。

石昊到了一个瓶颈期，他知道自己的路真的不好走了，想要在最年轻的时候进至尊境似乎不可能了。

但是，他不甘心，不想数百年后再晋阶。他就是要打破纪录，创造奇迹！

第1542章 执念太深

WANMEI SHIJIE

石昊轻叹一声，很无奈，最后只好去请教禁区之主。

原本，石昊很自负，希望自己打破禁锢，一路高歌猛进，在乱世中崛起，可现在他去求教了。

他不明白，他都已经这么强大了，道行精进，在遁一境中也算是天下无敌了，可是为何迟迟不能迈出关键性的一步？

禁区之主很长时间都没有说话，因为他受到了打击，这个年轻人想在这么短的时间内成为至尊？

这个年轻人是否知道，别说这个纪元，就是在仙古纪元都没有五百岁以下的至尊，成为至尊需要岁月的打磨、洗礼。

“你太心急了。”禁区之主只能轻叹。他没好意思拿自己举例，因为，跟这三十几岁就想成为至尊的年轻人相比，实在有点打击人。

“我怎能不心急？上界大战不止，谁知道哪一天就会彻底被黑暗物质侵蚀，我必须在最短的时间内崛起！”石昊的态度很坚定。

“那你是否知道，这个世间，从来就没有出现过五百岁以下的至尊，最起码最近这一两个纪元没有！”禁区之主说道。

石昊愣住了，难道是他的要求太高了吗？他不禁问道：“真的没有？”

禁区之主不语，心想，这个家伙是在嘲讽前人吗？

“为什么没有？”石昊不解地问道。

“的确有人很早就冲进了遁一境巅峰，但是，他们跟你一样，马上就止步于此了，很难再精进，直到熬过一段岁月才晋阶。这主要是因为，想成为至尊，需要经历的太多了。那不光是力量的积淀、法力的凝聚，更是心灵的磨砺。”禁区之主解释道。

“具体该如何做？”石昊真的很焦虑，总觉得时间不够。再不冲霄而上，跟那些大人物平起平坐的话，他可能真的就没有机会了。

“想进入至尊境，需要体验人生百态，在滚滚红尘中不断地锻炼心志。到最后，心的枷锁开启的刹那，你就站在人道绝巅了，成为至尊。”禁区之主说道。

“需要在红尘中体验人生百态？”石昊眉头深锁，他觉得这很麻烦，要耗费很长的时间。

虽然他也知道这种炼心是应该的，是一个必然的过程，但还是觉得时间不够用。

禁区之主道：“修行之道，有一些大关卡总是特别的，就是需要各种苛刻的条件触发，最终才能通过。至尊境作为人道领域的最后一境，自然难以达到。”

“那黑暗生灵为何可以忽略炼心？他们只要力量足够强大，血液足够纯净，便能突破。”石昊提到了那种生灵。

这几年，他小心而谨慎地接触了黑暗之血，但是并未真的用那种血洗礼自身。同时，他造就了另一具躯体，那具躯体也还在一点一点地适应黑暗之血，不过还并未与之直接融合。

“那些生灵只是力量上足够强大，是奴兵，成不了气候。所谓进军至尊境，也只是力量上的，镜花水月，当不得真。只有黑暗种子，那些特别的天选之种才能晋阶，但若是深究，此中有大恐怖！”禁区之主说了这么一番话，显然有些事情他没有说透。

“我去炼心！”

石昊走了，他时而在下界，时而在三千道州，两地都出现过他的身影。

在接下来的十年中，他不断在红尘间化身，曾为教书匠，曾为采桑人，曾为牧场主，曾为乞讨者……

石昊放开了一切，经历种种，在滚滚红尘中争渡，投身各个领域中，体验人生百态。

十年后，他回归了。

很可惜，他依旧失败了，还是没能晋阶。

“再炼心！”

石昊反思了几个月之后，又一次走出去了。他不再修行，走到哪里，便看到哪里，游遍名山大川。

在此过程中，他虽然想着修炼之道，但是抛下了一切，就这么在红尘中沉浮，随波而行。

可惜，十年后，他回来了，还是没能成为至尊。

石昊一叹，他无法平静，再次去见禁区之主。

“你有执念，而且太深，总想着成为至尊，越是如此，越无法成功。”禁区之主摇头道。

石昊默然，他就是想成为至尊，快速冲霄而上，这怎能放得下？

“而且，你的执念不少啊！你想去异域救人，想改写未来的战局。这些执念太深了，如此关卡，你怎能过得去？”

“过不去也得过去！”石昊咬牙道。

“在这种情况下，你已经算是入魔了。依我看，你不如斩断自己的路，跳出修士的世界，归于红尘！”禁区之主居然说出这样一番话来，而且他的声音很大，庄严而神圣，如同当头棒喝。

石昊一阵沉默，握紧了拳头，神色变幻不定。过了很久，他才平静，施了一个大礼，道：“多谢前辈示警，让我醒悟。”

石昊离开了，他走得很慢，直至消失。他回到了荒域，重归石村。从这一日后，他渐渐放下了修行。

这种状态很古怪，他像是遗忘了修行之法，心中许多秘术等都在变得模糊，都在远去。

这一次，他不是刻意地不修行，而是从内心进行自我洗礼，在舍与得间徘徊，尝试自我解脱，最后抛开一切。

“孩子，过去这么多年了，你还有什么放不下的吗？执念还是那么深，我与你父亲是真的希望你能结婚生子啊！”秦怡宁开口道，旧事重提。

“是吗？原来我的执念这么多，即便是在结婚生子方面，我也没有放下，顾虑重重啊！”石昊轻叹道。

最后，他霍地抬头，眼睛很亮，也很清澈，像是想通了一些事，道：“我可以成婚。”

石子陵夫妇愕然，而后惊喜不已。

这么多年来，他们已经认可了云曦，那个清丽脱俗的天人族少女从上界一路跟随而来，在石昊被废时，对他不离不弃，当日说照看他，便真的一直没有离开。

消息传开后，老族长石云峰等人高兴得合不拢嘴，村中像是过节日一般，一片欢声笑语。

而今，许多孩子都长大了，已经娶妻生子，不少村人一直都希望石昊留下子嗣，今日终于要成真了。

“云曦，她愿意吗？”石昊问自己的母亲，他不想勉强任何人。

“那个孩子的心，我知道，她愿意，不然她怎会不离不弃，在你身体出了大问题时，跟你来下界？”秦怡宁答道。

石昊默然，点了点头。

总有些事，很无奈，却要做出选择。

他看着远方，等得了一个纪元那么久吗？时光流转，火桑树下的身影还会在吗？

石昊轻叹一声，仿佛看到漫山遍野，火桑花开，鲜红晶莹的花瓣纷纷扬扬，飘向远方。

第1543章 成婚

WANMEI SHIJIE

这一日，云曦莹白而美丽的面颊略微发红，不能保持平静，被这突然的消息震惊了。

秦怡宁来了，要她嫁给石昊！

虽然早有察觉，可是一晃过去这么多年，到今天才有这么一个明确的消息，还是让她一阵发愣。

即便有准备，她也还是觉得突然。

是否要答应？

她追随到下界来，原本是为了照料修为被废掉的石昊，想补偿他。可是，谁能想到，石昊道行不失，一直熬了下来，时至今日，他依旧很健康。

她没能亲手照料石昊，曾经想过离去，但是，她被秦怡宁拦住了，理由只有一个——石昊并未摆脱折仙咒，随时会废掉。

而今，秦怡宁更进一步，请求她嫁给石昊。

无论如何，道侣对于一个女修来说，都有着非同一般的意义。她无法平静下来，竟有种逃离的冲动。

秦怡宁留住了她。

或许，女人最了解女人，她们小声地交谈。

云曦回首过去，想到曾经的点点滴滴，她与石昊由最初的相识，到后来成为朋友、知己。

最后，他们更是生死同行。石昊守护着她，穿越血色平原，将她护送回天人族。这些回忆，让她珍惜，难以忘记。

只是，天人族的那些过往如同一柄剑，割裂了许多美好的画面。

当知道石昊被废，身中折仙咒后，她没有犹豫，执意要跟随石昊回下界，就是想弥补那些曾经的遗憾。

往事已去，但是，如今回眸，她问自己的心，可以确定的是，自己并不讨厌石昊，跟他在一起曾经充满笑语。

她知道，自己是喜欢他的，可是，当年毕竟发生了一些事，如今自己真的要答应做他的道侣吗？

云曦知道，石昊崛起于下界，登过九天，战过边荒，他绝对不止一位红颜知己，自己能释怀吗？

所谓释怀，是指她日后要面对的种种，也是指将成为她道侣的石昊。

将来那些女子若是再出现怎么办？她该如何选择，能否释然？而石昊他是否真的能对其他红颜知己做到相忘于江湖？最起码，她知道的就有一个火灵儿，而今火灵儿虽然生死未卜，但是在石昊心中留下了极深的印记。

云曦的心情有些复杂，有些矛盾，也有些欢喜。最后，她答应了。

秦怡宁顿时笑了。

远处，葛沽浑身火红，赤霞缭绕，正在摇头摆尾，大声嚷着："天大地大，老娘最大！"

这明显是在嘲笑他的便宜师父，他在故意刺激石昊呢。因为他知道，这婚事就是因秦怡宁的催促而开始的。

石昊虽然道行极深，但是面对这条龙时还是不能忍。事实上，他是不想忍，他一脚踹出，这条真龙……又飞了！

"我赤龙大人还会回来的！"天边，传来葛沽的惨叫声。

整个石村都热闹了起来，张灯结彩，无比喜庆，曾经从边荒而来的孩子们，如今都长大了。

石村今非昔比，实力强大，根基惊人。

石村后代的天赋很好，而来自边荒的那批孩子更是天赋超绝，他们是边荒七王的后代，如今成了一群了不得的高手。

就整体实力来说，石村几乎可以横扫下界了！

一个村落而已，蛰伏在大荒中，却可气吞山河。

"哥哥，你终于要成婚了。"清风来了。他发自内心地高兴，他为石国人皇，后代早已有不少了。

毛球抓耳挠腮，而它的老对头小红鸟——朱雀后裔，也从火国祖地赶了过来。

无畏狮子神色复杂，它跟着石昊来到下界多年，亲眼见到他的崛起有多么快，如今竟达到遁一境大圆满了。

最让它受不了的是，石昊居然还不满足，要打破神话，冲进至尊境。五百年，成为至尊的一条禁忌之线，他居然想跨越！

“数十年便为至尊，真要出现了吗？看来，我也得赶紧修行了，早日练成大王霸神拳！”大黑龟三黑探头探脑，一副猥琐的样子。

“是大王八神拳吧？”大红鸟一脸的不屑，很高傲，直接来了个凤凰展翅，将大黑龟三黑推到一边去了。

九头狮子、芊芊郡主等都来了，还有补天阁的一群人，比如夏幽雨、萧天等。

时至今日，石村的人不怕泄露他们所在的位置了，而今下界还有谁敢攻打他们？随着一群孩子成年，石村的战力大涨，哪怕没有石昊等人，光是那群长大的孩子也足以平定四方。

“放下一切，心无执念，就能成为至尊吗？”石昊自问道。

留给他的时间真的不多了，如果他不能尽早地崛起，一切将成空！

故此，石昊想尽办法，要在这条路上尽早突破。可是，击散心中的执念，就一定能成为至尊吗？

他真的可以放下一切吗？

石昊在静心，他遗忘了秘术，仿佛凡人一般，让自己的心渐渐平和下来。

不久后，他的心平和了。他在思考，禁区之主指出他的不足，说他执念太深，近乎走火入魔了，可是就真的一定要斩去执念吗？

他现在正在努力放下一切，挣脱束缚，改变自己。

他正在击散执念，秘术等也在消散，而昔日所认识的女子的身影仿佛也模糊了，可心底深处分明有酸涩之感啊！

“那是清漪……”

一刹那的出神，他的心底深处就冒出了一道身影，怎能忘记？

很快，他无情地击散了那道身影。时间不够了，他要冲霄而上，不能蹉跎岁月。

如果还可以给他千年，给他万年，他不会这么选择，不会走这条路。

石昊在击散执念！只是，这个过程有些复杂，很危险。

他在遗忘，斩去了很多执念，可是内心深处却隐隐作痛。

石昊明白了，有些东西其实难以割舍啊！

果然，很快，他脑中又浮现出了那名火族女子的身影。

一念起，一念散，一念又现。

舍去了固有的执念，却又埋下了更深的念。到头来，火桑花凋零，花雨满天，那道树下默默等待的身影似乎又成了终身难破的念。

“灭！”石昊轻叱一声，斩灭一切执念，坚决地迈出了那一步，他要向前走。

而在此前，他已经立誓，若是不能成功，无法迈出那一步，他就要反其道而行之。

所谓反其道而行之，就是既有执念难消，那就不消、不破，他要一念斩万道！

那条路便是带着执念，灭尽阻挡，就是以执念破开所有，成就至尊。

一念斩万道！这是他最后的选择。

而现在，他似乎迈出了早先要做的那一步——击散所有执念。他目光平和，看向石村，走向那名正在等待他的女子。

这一日，石昊成婚了，来了很多的宾客。石村热闹无比，人们推杯换盏，老族长石云峰高兴得合不拢嘴，孩子们也在笑，争先来敬酒。

宾客有很多来自外界，甚至有大妖、海族的神灵等。

“竟是……那只鸟！”无畏狮子怒了，它看到了那个在它鼻子上留下一坨鸟粪的家伙。

巴掌大的五色雀出现了。

一只奇异的小鸟衔着一口洁白如玉的小鼎，将其扔在石村，而后又跑了。

石村的人都明白那只鸟有多么神奇，纷纷惊呼起来。

石昊则盯着地上的那口小鼎，他记得清楚，当年七神来到下界时，他去迎战，带着村中的一口铜鼎前去，结果那口鼎龟裂，露出当中一口洁白的鼎……

最后，那口鼎消失在虚空中，石昊没想到五色雀今日居然将它衔回来了。

第1544章 冲击至尊

WANMEI SHIJIE

这口鼎光泽柔和，很是精致，今日居然出现了，而且出现得这么蹊跷。

它而今缩小了，只有一寸高，若是不注意的话，可能会被忽视。它雪白而晶莹，如同由仙骨雕刻而成。

绝对是曾经的那口鼎！

虽然体积缩小了，但是石昊不会认错，应该就是那口鼎，当年它遗失了，今日被一只鸟儿衔回来了。

“哪里走！”无畏狮子第一个跳起来，一下子就到了高空中。它张开血盆大口，将天上所有云朵都吸入口中。

无畏狮子想一口吞掉那只巴掌大的五色雀，它实在被气坏了，那五色雀在它鼻子上留下了一坨鸟粪，那是它这辈子遭遇的最大耻辱。

可是，已经晚了，那只闪耀着五色光芒的雀儿速度太快了，在无畏狮子腾空时就没影了。

残影成片，五色雀消失在茫茫天际尽头，就这么离开了。

“你给我回来！”无畏狮子大叫道，一身金色的兽毛根根竖起，泛出黄金光芒，如同被电击了一般。

可是，它就是追不上。

此时此刻，没人关注无畏狮子，人们都在盯着地上的那口小鼎。

就是五色雀也只是在最初吸引了人们的目光，当它离开后，众人无不转移注意力，眼睛一眨不眨地看着地上的小鼎。

谁都知道这口鼎不一般，光是看着就觉得很奇异，深不可测。

没错，这口鼎看着洁白，泛着圣洁的光泽，给人一种神秘的感觉，尤其是鼎内，还很深邃。

鼎虽然很小，但是鼎内的一切竟有种朦胧之感，像是有混沌填充其中，一眼看不到底。

这非常诡异，鼎不过一寸高，怎么会看不到底部呢？

石昊动了，向前迈步，第一个有所动作。他弯下腰，手指如拈花一般，将小鼎拈起，仔细地观察。

“咦？”石昊神色一变，因为，他睁开天眼后，也才能看到小鼎底部模糊的景象。

那里像是有一些纹路，很模糊。

一寸高的鼎，便是睁开天眼望它，都不能彻底地看透。这种感觉很奇妙，像是隔着的不是一寸远，而是一片星空，一片古宇宙。

“鼎壁上有斑痕，不是很光滑，像是缺了几小块！”

石昊仔细观察后，惊异地发现那些斑痕都很规则，四四方方的，像是被人挖去了，形成了凹陷处。

当然，这些凹陷处很浅，不然的话鼎壁就前后透亮了。

这口鼎是原本就如此，被人故意凿刻出几块斑痕？还是人为掩饰，磨平了什么？

石昊皱眉，那些浅浅的痕迹很对称，并非杂乱无章。

这是五色雀送来的贺礼吗？

“与万灵图的材质很像！”

石昊抬头望向天际，今日真的出乎意料，这只奇怪的小鸟出现，还真是给了他一个惊喜。

现在，不用去找什么证据，石村上下谁都知道，这只鸟太不凡了。

数十年过去，它依旧还在，从未有什么改变，最重要的是，谁都抓不到它！

“这鸟儿能在虚空中出行，与天地融为一体，不然的话，我早就抓住它了！”无畏狮子愤愤地道。

婚礼继续，这只是一个插曲。短暂的吃惊过后，人们再次陷入节日般喜庆的气氛中。

“一拜天地，二拜高堂，夫妻对拜！”

在笑声中，在吵嚷声中，一切都有条不紊，新人对拜。

虽然是修士成婚，但是跟凡人所举行的婚礼相差无几，因为，石村就是从一个没落的村子逐步壮大起来的，保留着最原始的习俗。

云曦心中微颤，这就跟荒走在了一起，结成了道侣？

她恍若在梦中，虽然有过心理准备，但是到头来，还是觉得有些突兀，他们曾经对立，曾经生死相伴……

最终，竟是这么一个结果，她自己都觉得人生如梦。

当年，石昊护送她回天人族，险些被害死，而后跟天人族成为死敌。那个时候，她心中很难受，她知道，他们可能永远都不会走在一起了，只会越走越远。

“闹洞房喽！”一群孩子起哄。

当年的孩子都长大了，这又是一批新人了。石村的人口在快速增长，生生不息。

一群孩子吵闹着，另一群半大少年也加入了进来。

“反了你们了！小兔崽子们，再敢起哄，一个一个都抓起来，去填北海眼！”大壮吼道。

“哈哈哈——”

秦怡宁与石子陵都在笑。他们很高兴，如释重负，长子成亲了，总算了却了一桩心事。

“好，好，好啊！”老族长石云峰也在连连点头，满是笑容。他虽然年纪越来越大，但是精神矍铄，越发强健。

他的血气并未干枯，而且身子骨越来越硬朗了，这与修炼有关，更与石村的环境有关。

石村栽种的神药真的不算少，什么虚天神藤、天神树……这些神药精气氤氲，神力弥漫，滋补着全村的男女老少。

石村新生代的天赋越来越强，与此有很大的关系。他们还在母胎中就整日被神药飘出的精华所滋补，出生之后，根骨能不强大与惊人吗？

洞房是一个小院，被法阵隔绝着，外人无法进来。这里如同世外桃源一般，假山堆积，佳木葱茏。

一对关系复杂的道侣对立而坐，此时此处很安静，两人都没有说话。

云曦的肤色若凝脂美玉，眼中有灵气，她看着石昊，没有小儿女般的扭捏造作，最起码表面上还算平静。只是，心中就不好说了，事实上，她的心跳得很厉害。

石昊看着云曦，许多旧事都浮上心头，最后伴着他的人竟是她。他的心情十分复杂，有感叹，有怅然，有开心，也有失落……

曾经被击散的执念，它们又蠢蠢欲动了吗？人力有穷尽时，怎么可能绝情灭性，斩尽自身的内在感情与心绪？

补天道不是说要送清漪来下界，让她跟他团聚，为何她没有来？

“轰！”

石昊心中一震，神力激荡，喝道：“最后一斩，不计代价！”

云曦愕然，新婚之夜，她的道侣在顿悟吗？他居然盘坐在那里，闭上眸子，像是在闭关。

下一刻，她看到了石昊的各种执念。那些执念从体内飞出，化成各种模糊的影子，烙印在虚空中，而后环绕着他转动。

有焦黑的柳树在那里，有火桑遍地扎根，有清漪与月婵的融合体，有异域边荒的惨烈大战，有大长老的悲壮落幕，有黑暗生灵的大狂潮，有史上最可怕的大清算……

执念太多！

最后，石昊将诸多执念从体内逼出，让它们没入长空。

石昊闭关了，在新婚之夜，他一动不动，如同化石一般，像是千百年如一日地聆听天地诵经。

“轰！”

一个月后，整个小院成为禁地，没有人可以踏足。人们看到，那里有至强的大道规则缭绕，将石昊拥簇在中心。

他如同凤凰涅槃一般，身上的大道规则等同新生的真凰翎羽，赐予他力量，让他强盛到巅峰。

“至尊的气息！”

石昊竟然要成为至尊了，所有人都很是吃惊，他真的做到了？

“太危险了，若不是他提前布下法阵，将整个院子与外界隔绝，那石村便危险了！”有人心悸地说道。

“他在克制自己，没有爆发，不然的话，我等早就危矣！”

“所有人都撤出村子，将这里留给他！”老族长石云峰吩咐道。

他们决定，以石村为缓冲地，因为整片村子化作了一个大阵，可以激活，是当年柳神布下的。

“咦，那规则，那如真凰翎羽般的秩序神链在收缩，没入了他的体内，如同结茧一般！”

人们看到，石昊被一层翎羽包裹，化成了一个茧，如同再次涅槃，要开始新生。

“至尊的气息，他真的要踏上那条路了！”无畏狮子惊骇不已。

石昊的气息在内敛，若是爆发，若是冲出大阵，天地都将倾覆！

这太危险了，对于石村，对于整片大荒，甚至对于荒域来说，这都是极其恐怖的事情！

石昊在踏上至尊路，若是成功，将打破万古神话，成为史上最年轻、强大的人道至尊！

同一天，上界发生剧变，波及了九天十地！

各个古大陆在移动，缓缓而行，它们曾经是一个整体，在仙古时期，因为大战，完整的古界被打散，分割成了九天十地。

现在，莫名的力量浮现，引领着它们融合，它们有可能会重新成为一个整体。

除此之外，还有更惊人的变化发生。

“末法时代要来临了吗？天啊，天地反噬！”有人惊叫道。他来自仙域，是高层人物。

天地有剧变，有震惊古今未来的大事发生。

这是人祸，还是天灾？

这是一种预兆吗？许多人心中震惊，神魂都在发抖。

第1545章 福泽

WANMEI SHIJIE

朦朦胧胧，沉沉浮浮，不生不灭，石昊处在一种奇怪的状态中。

他将气息不断收敛，而他的元神仿佛陷入寂灭中，要坐化了。事实上，他还活着，在进行某种古怪的蜕变。

体外，秩序如虹，规则如链，将他包裹着，让他结茧，自缚躯体。

至尊路艰难而充满险阻，一旦有失，产生危险，那就不只是自身殒命的问题，还会波及无穷的疆土。

星月暗淡，天塌地陷，那也是再平常不过的事。

石昊自身的精气神内敛时，算是好的征兆，这是少有的安全之路，当然，这只是对于外界其他生灵而言。

石昊若是失败，可能会石化、干枯，最后化作一抔黄土，而他旺盛的精气神等哪怕焚烧，也会倾泻在天地中，形成精气源，而非爆炸眼。

虽然这样也可能会毁掉大荒，但是这样精气必会外泄、激荡，所产生的后果要比直接炸开好不少。

若是直接炸开的话，失败就意味着天地倾覆，方圆不知道多少万里都将炸开，波及域外大星等。

石村的所有人都很紧张，无畏狮子的眼神闪烁不定，它来自异域，对于至尊的蜕变路怎会不知？

它曾见到，有人蜕变失败，盘坐在域外的星空中，结果周围的大星一颗又一颗地炸开，法相天地，吞灭群星。

它也曾听闻，有人体内精气蓬勃，弥散而出后，诞生出一块净土，滋养了草木、万灵等。

当然，所谓滋养，也是指精气平稳之后。最初阶段，精气激荡，生生让一些灵草、强者殒命。

它还曾耳闻，有人在至尊路上不幸失败，血液烧毁山河，引发大道雷劫，累及一地的生灵。

无畏狮子的眼神中有忧虑，有焦躁，还有恐惧。

它跟石昊有某种契约，若是石昊殒命，它也得陪葬。现在，即便它逃走，也于事无补，它还是要死在这里。

“在我界有人冲击至尊，一般来说都会有一名不朽者守护，在旁看着，不然的话，容易出大问题！”无畏狮子自语道。

可是，现在去哪里找不朽者为石昊护道呢？他若真的失败，殒命在这里，注定要出大问题。

当然，恐惧的同时，无畏狮子也在心中诅咒，大骂天地不公。石昊才修道多少年，比它的年纪还要小呢！说出去的话，谁能相信？便是在异域，估计人们都会将这种消息当作一个笑话。

五百年是一条线，如同一个魔咒，打不破，难以跨越。

最起码，在无畏狮子诞生的这个纪元内，根本就没有五百岁以内的至尊，再往上追溯，或许有。

毕竟，那是异域的辉煌期，在那个年代，他们击败了各方敌手。即便是此界——九天十地，都在那一战中被他们扫平了。

“怎么办？我们怎么做才能帮助他？”毛球抓耳挠腮，有点坐不住了，可是真的没有办法。

至尊路，这下界有谁走过？

若非石昊回来，讲述了那么多，石村的人都不知道这个境界的本质以及它代表了怎样的意义。

葛沽倒是明白，他虽然没有得到真龙一族的禁忌传承，但是一些辅助性的东西都烙印在他的血液内，他知之甚深。

“只能干等，谁也帮不上他的忙！”葛沽说道。

“要不要给他送几株神药，补一补啊？”三黑说道。

“你是不是想说，再给他炖一锅汤，让他在那里喝汤、吃药，从而晋阶啊？”大红鸟瞟了三黑一眼。

相对来说，大红鸟还有石村的一群后代倒不是多么担忧，他们经历过“小石神话”时代，见证了他自少年以来的轨迹。

这些年，石昊不断打破神话，走出一条稳健与灿烂的路，因此他们都对他抱有极大的信心。

“轰隆！”

突然间，天地一震，石村摇动起来。

无畏狮子浑身的金色皮毛如同过了电一般，脊背一阵发寒，心脏在剧烈地跳动。

虽然不是它蜕变，并非它要踏上至尊路，但是，它眼下仿佛比石昊还要紧张。

石昊若是殒命，它也会跟着殒命，它自然恐惧、忧虑。而石昊若是成功，那么，就意味着打破了魔咒，强过异域这一纪元所有的至尊。

到那个时候，它堂堂无畏狮子多半就再也没有机会逃离石昊的身边了，它身上的枷锁会越来越牢固。

难道真的要永远跟着荒？它可是异域无畏狮子一脉的传人。

石村接连摇动了九次，精气如海，从域外牵引而来。可以看到，星光汇聚，化成河流，形成瀑布，垂落而下。

这是一种奇景，天地间，所有的日月精华都在汇聚，向着石昊席卷而来。

此时分明是白天，却群星闪耀，亿万里星空浮现出来，漫天星斗清晰可见。这种景象很美丽，也很壮阔。

所有人都愣住了，来自域外的瀑布，就这么一挂又一挂地垂落，进入石村的中心地，令人的神魂都震动起来。

“快，跟着打坐，参悟自己的法！”

“闭关修炼！”

一些人说道，让孩子们在这里悟法。

这是一场机缘，灵气浓郁得化不开。至尊成道前，会采集乾坤的本源之气，炼化无上精华。

此刻，这么多星辉瀑布从域外而来，哪怕是一点一滴，都对石村的众人有莫大的好处。

尤其是正在长身体的孩子们，得到的好处会更多，天地本源之精入体，等于在帮他们打磨筋骨。

石村被一层柔和的圣光笼罩着，哪怕村子周围，也一样被这种水波般的涟漪冲击着、滋润着。

这是平和的，不是狂暴的。

至尊从天地中所汲取来的精华，是一种厚重的福泽，哺育附近的各方生灵。

“天佑石村啊！”老族长石云峰激动地说道。哪怕是他这么大的年纪了，此时都受到了莫名的滋养。

“这是应有的表现。”无畏狮子木然地说道。只有它最了解，因为它亲眼见证过至尊是如何诞生的。

想成为至尊，自然要有诸般手段，向乾坤索精气，汲取这天地本源的东西，这样才能成就道果。

整片乾坤的本源精华，哪怕只是溢出一丝一缕，对其他生灵来说，好处都是巨大的！

第1546章 天地拷问

WANMEI SHIJIE

异域为何如此强大？那是因为，他们正处在一个良性循环中。

有人踏上至尊路，若是成功，一下子就可以造福一族，成就数不清的生灵。在他周围跟着闭关、打坐的修士，在他成就道果的过程中，会得到巨大的好处。

那一日，老者会变强，甚至返老还童，增加寿元；孩童会得到神圣的洗礼；机缘大的人，则能重塑肉身，脱胎换骨。

一次至尊路，意味着为其他生灵带来一场“修行盛宴”。

曾有一个说法，一个族群有人成为至尊，一个强大的家族便应运而生了。这不光是因为出现了至尊，还因为族内所有人都得到了洗礼，有的人变强了，有的人天资进化了，日后成长潜力惊人。

况且，异域可不是只有至尊路，还有不朽路，当那种生灵诞生时，溢出的神圣之光、天地本源会更惊人，可造福后人。

这便是强者恒强的原因之一，异域正处于良性循环中。

“真的成功了吗？”无畏狮子的神色很复杂。

“这星光在翻腾！”有人吃惊地道，看着域外。

恍惚间，他们听到了星河翻卷，在域外呼啸的声音。星光茫茫，无穷无尽。

“这是群星齐震，在祝贺至尊路上的强者，是一种天地异象。”无畏狮子说道，神色严肃。

无畏狮子觉得，这个相对来说年轻得不行的准至尊可能要成功了，即将迈出那一步。

“轰隆隆！”

域外，果然真的有声音传来，或许可以说，那是“道震”。

那是天地规则在震动，群星跟着摇动，接连九次震动，而后降落更为浓郁的日月精华。

“星震”“道震”频现，这是好的征兆。被天地认可，福泽庇佑后人，而自身也在快速进化中，这是至尊路辉煌的体现。

“我……道行居然在增长，对天地感悟越发深刻了。”葛沽自语道，觉得这个便宜师父闹的动静太大了。

要知道，葛沽现在可不是一般的修士，他身为真龙，苦修三十年，法力惊人。也就是下界有一个石昊，牢牢地压着他，不然的话，他还真的要称王称霸了。

如今的他，可是敢跟任何生灵叫板。

“继续，‘星震’了，‘道震’了，再来几个其他‘震’吧！”大黑龟三黑在狂吞口水，因为它直接破关，晋阶了。

一位至尊，就可以造就一个强大的族群，这真的太有道理了。这才多长时间，附近的生灵就因为石昊而得到了巨大的好处。

无畏狮子也得到了很大的好处，筋骨齐震，道行不受控制地增长。

那是大道的馈赠，有人冲击至尊境，接近尾声，降下各种祥瑞。

当然，石村的孩子们得到的好处最大。他们在突破，这可不是一两个人，而是成群成片，简直是一种盛景！

青壮年中，一些人很强，比如从边荒跟着石昊而归的七王后代，如今一些人被天地福泽笼罩，神光覆盖。他们虽然不是成长中的孩子，可是依旧被重塑了筋骨。

“边荒七王有大功绩，此时天地大道为之洗礼，这是一种馈赠，福泽厚及七王后代。”有人想通了，颇有感悟。

“哧！”

一道可怕的赤光从天外降落，击向石昊的头部。

“来了！”

无畏狮子眼皮狂跳，最后的时刻到了，成就是成，败就是败。

至尊路哪怕到了尾声，也还是会遇到巨大的危机，就好比现在，石昊受到了干扰。

那道光很像雷霆，但绝对不是，它很鲜艳，从天外而来，要击中石昊的头。

“这是什么？”一些人恐惧不已，哪怕是看着，他们也感受到了莫名的危机，忍不住战栗。

“有人说，那是天地拷问，熬不过，就会灰飞烟灭。”无畏狮子说道。

事实上，冲击至尊时失败者有九成都是倒在了这一关。

“嗖！”

就在这一刻，石昊动了，他依旧闭着眸子。可是，他却远离了石村，一个闪身，就到了天穹上，主动迎了过去。

“啊，怎么离开了？”人们发愣，一阵害怕。

他们从无畏狮子口中了解到，冲击至尊时，所有人都会很慎重，不会乱动，最起码在获取乾坤本源时不应该这么冒失。

“他怕失败会毁掉石村，波及大荒。”无畏狮子神色凝重。

“他怎样了，很危险吗？”云曦问道，脸色发白。

旁边，石子陵夫妇更是呼吸急促，神色惶然。

“按理来说，都到这一步了，以他这么出众的天资，应该可以熬过去。”无畏狮子答道。

“砰！”

那道赤光锁定了石昊，最后生生击在他的身上，他的天灵盖顿时腾起阵阵赤雾。

石昊一个踉跄，但是，他挺住了，没有倒下。

“哧！”

一道紫光俯冲而来，气势磅礴，俯瞰众生。

石昊皱眉，依旧没有睁开眼睛，但是他更进一步地体会到了，这些果然都不是雷霆，而像是宏大的意志。

所谓天地拷问，是挟带天地意志而来吗？石昊思忖着。此时，他已经复苏了，接下来，只需要抗住即可！

至尊路，他只想成功，不想失败！

天地福泽还在降落，各种祥和的光如水波般在石村附近激荡。

这里的人们都得到了巨大的好处，不过，这种馈赠终究是有尽头的，不可能持续下去。

收获最大的人，在这一日内连破两道关卡，突破两个境界。至于洗礼，对自身的成长潜力的改变，那就更不用说了。

被紫光击中，石昊顿时浑身剧震，元神险些炸开，越发体会到了至尊路的恐怖。

至尊路很艰难，他被阻击了！

“不行，得离开这里！”石昊做出了决断。

天地给予的厚重福泽已经被石村的众人得到，他该离开了，不然的话，一旦有变，可能会牵连石村，毁掉大荒。

“他要离开了！”无畏狮子震惊地道。

要知道，在哪里成道，是不能随意改变的，没有人有那么大的精力，换个地方，太冒险了！

或许，天地拷问都会因此而变得更加严格，认为这种行为是一种挑衅！

第1547章 业火焚身

WANMEI SHIJIE

天地间，紫光激荡，从域外垂落，击在石昊身上，让他身体剧震。

他的速度很快，远离石村，横跨大荒，要离开这片熟悉的区域，将危机全部带走。

路上，紫光烁烁，若一根支撑天地的柱子，笔直地降落，跟他的天灵盖连在一起，不断地击落。

这很古怪，也非常危险，因为这紫光不像是赤光，一击轰杀不成就消失了，这紫光锁定了石昊。

天穹上，仿佛有一口毁灭之源，与石昊黏在一起，不断攻击他的元神，这是行灭绝之事。

“昊儿！”石子陵大叫一声。

秦怡宁脸色苍白，一言不发。

云曦一双纤手攥紧，洁白而柔美的指节被捏得发青。她异常紧张，因为才成为道侣的石昊遇到了大难。

“孩子，坚持住啊！”老族长石云峰也在大喊，满脸忧容，非常担心。

石村所有人都非常紧张，意识到石昊此生最大的转折点到了，若是闯过去，便是天地广阔，任他遨游；若是出意外，便会当场殒命。

这是一次机缘，更是一场大灾劫！

“果然，他这么横跨而去之后，天地的拷问更猛烈了，原本那道紫光早就该消失了！”无畏狮子的嘴唇都哆嗦了。

这不是因为它跟石昊交情好，而是因为它害怕石昊身死道消，它也会跟着死在这里。

在异域，无畏狮子就曾听闻过，若是在至尊路上发起挑衅，可能会惹来天大的麻烦，遭到猛烈而狂暴的惩罚。

现在，石昊多半遇到了这种情况。无畏狮子一张毛茸茸的大脸现在都皱巴巴的了，它很想怒斥出声。

石昊而今的修为早已超出众人的想象，他一个迈步间，山河便会倒转，星空也会拉近，真正地做到缩地成寸。

昔日之少年，当前已成长到一个非常恐怖的境地！

石昊抬脚间，便可前往域外，这是何其恐怖的道行！

故此，路途虽远，但是在石昊连续迈步间，已不知道过去了多少万里。一眨眼，他就到了域壁前。

他不是要去八域的其他域，而是要进入混沌中。

“轰！”

石昊直接一拳轰出，砸向域壁。他的拳头坚硬，无坚不摧，让那里裂开了。

到了而今，这下界难有可挡他脚步的人与物。

石昊一闯而过，进入了混沌中。

这是八域外的混乱地带，充满了时空乱流，是原始地带。混沌翻腾着，如同云雾，又如同正在熬炼的金属液体。

石昊对这里并不陌生，多年以来，每次要感悟大道，或者伸展手脚、检验自身的道果时，他都会来这里。

“哧！”

紫光滚滚，如同狼烟般笔直冲上天，越发恐怖，这是此光给他的最后一击。

石昊身体颤抖，被打得浑身毛孔舒张，遍体都是紫光，可是依旧没有受伤。那些光流转间，聚集在他的头颅内。

“咚！”

像是有数十道闷雷在石昊的耳畔响起。紫光道道，全力绞灭他的元神。

这紫光不伤身躯，只斩元神，它像是一种宏大的意志，审问世间的生灵，要降下最严厉的判罚。

石昊头发凌乱，肉身发光，元神更是在剧烈地挣扎，那里火光熊熊，元神力沸腾。

他在施展柳神法，生命力大增，跟那紫光纠缠、对抗。

最后，“轰”的一声，紫色火焰焚天，让他的元神都化成了紫色。

这极度危险，石昊的神识要被抹杀了。

可也是在这一刻，石昊心中产生了种种明悟，出现了各种大道痕迹。

他这才明白，早先的赤光是他的血气引起的，而今的紫光是人体的紫府导致的，这些光都与身体有关。

所谓紫府元神，眼下体现出了最本质的意义，最原始的开拓与成长，就是眼下这种情况。

最后，紫光消失了。

石昊站在原地，半天都一动不动，元神内紫气氤氲，霞光大盛，呈现一片深紫色。

终于，他长出了一口气，只差一点，他就被斩了元神。

至尊路竟这么艰难！他觉得自己足够强大了，做好了准备，可还是遇到了这么大的危机。

这时，天空中，一道金光飞落下来，点燃了石昊的肉身，无论他怎么挣扎都没用。

时空乱流、虚空大裂斩等不时出现，但都奈何不了此时的石昊，他所经历的焚身之痛才是最可怕的。

“啊——”

到了最后，石昊忍不住长号。

强大如石昊，都被折磨到了这个程度，火焰根本无法熄灭，所谓大道之火也比不上。

这火很奇特，就是要毁掉石昊，将他化成灰烬。

业火！

石昊明白了，这是业火，不是一般意义上的火光，当中带着意志，带着审判，带着大乾坤的残酷镇压。

诸天罪孽、大量因果一起降落，化作业火，焚烧他的身躯。

至尊路太艰难了，他已经迈进去半步了，而今算得上半个至尊，却遭受这样的苦难，要被焚为尘埃。

烈焰冲霄，石昊盘坐下来，一动不动。他在硬抗，没有再动用其他宝术。

因为，他听闻过，红尘业火加身是一次锤炼，是成为真正至尊的最好洗礼，坚持下来有巨大的好处。

火光冲天，将混沌都烧得模糊了。这里十分恐怖，如同一个永恒不灭的大火炉镇压在那里，焚尽世间诸邪。

最后，火光终于熄灭了。

石昊的身上，有些部位发光，有些部位焦黑一片。

他猛力一震，灰烬落下，干枯的肌体焕发生机，全身金光闪烁，如同不朽金身再塑，至尊的气息从他的躯体内迸发而出。

第1548章 至尊路

WANMEI SHIJIE

这是至尊的气息，他迈进这一领域了吗？

石昊仔细地感受着，他的实力比遁一境强了一大截。到了这一日，他才真正明白为何至尊高高在上，碾压红尘中的各族生灵。

以他目前的道行来说，他不需要出手，只要稍微释放出气息，就足以让其他境界的修士战栗，甚至肉身受损。

跟以前相比，这种境界上的绝对主宰、高高在上的感觉，难以言表。

就石昊而言，现在他一滴血就能横扫顶级道统，抬手间可摧毁星域，炼化日月星辰。

这种实力的大增，让石昊心中波澜起伏。

不可逾越的天堑。他心有感慨，虽然遁一境只比至尊境低了一个境界，但是差距巨大。

这就进入至尊境了吗？

石昊心神恍惚，他记得自己斩掉了很多执念，付出了极大的代价，才走上这条道路，现在他成功了？

虽有艰难，也有生死危机，但是这至尊路他终究还是走过来了。

“不对，我道行不稳固，法力起伏，肉身与精神不曾圆满。”石昊冷静地给自己挑瑕疵。

他抬头望天，最后关头，就降下那么几道光来考验他吗？所谓天地拷问，并不像想象中的那么恐怖。

灰蒙蒙的天地，混沌肆虐，虚空割裂，时光碎片飞舞。石昊心有疑惑，这不太对劲，就这么晋阶了吗？

他略作犹豫，向混沌外走去，要进入荒域。

在迈步间，他感受到了一股寒意，那只是刹那间的感应，很快就消失了。

可是，石昊一下子就僵住了，因为就在这瞬间，他通体冰凉，寒毛倒竖，一阵心悸。

一刹那的感应，居然让身为至尊的他心中生出一股焦躁、末日来临般的感觉，这是何其恐怖的事！

石昊略作迟疑，而后继续迈步，他要看一看那到底是什么。

天地灰蒙蒙的，混沌都散开了，只有无尽的虚空，灰暗得让人十分压抑，心中烦闷。

石昊越向前走，越是惊疑，这条路不太对劲，怎么感觉气氛这么压抑？

他知道有问题，但是没有止步，还在前行。

很快，他看到一条特别的路，于是径直走了过去，那是由黑色石块铺成的路。

“尸体！”

一具又一具尸体倒在路旁，这些尸体很古怪，很特别，都散发着惊人的战意，有强大的气息。

“至尊的气息！”

石昊顿时变了脸色。混沌中的这条路很古怪，道路两旁，那些尸体大多数都散发出丝丝缕缕的至尊气息。

“至尊路上多尸骨。”

这一刻，他见到了一块断碑，这断碑就在路的旁边，上面刻写着这么几个字。

石昊大吃一惊，强大如他，也感觉到了阵阵寒意，肌体绷紧，心中顿时生出了危机感。

路到了尽头，前方是悬崖，再向前，一片漆黑，看不到景物，那是无尽深渊！

“至尊路！”

地上只有这么三个字。

是谁？是哪个人所留？

石昊站在这里，静静地感应，默默地思索。

至尊路，前方已断，是无尽深渊，这是预示着走下去，就要陷入黑暗并万劫不复吗？

天地间，隆隆声不绝，仿佛有大道激荡，要从寂灭中复苏。

石昊抬头看天，灰暗的天空中有了一些光彩，有了一些秩序。他心生感应，捕捉那缕契机。

而后，他愣住了，十分震惊。天人交感，他洞悉了这里的秘密。

所谓至尊路，是大道摹刻出来的，是曾经部分至尊所经历过的，难怪刻有那行字：至尊路上多尸骨！

的确如此，从古至今，能踏出这一步，冲击至尊境的人有不少，可是，到头来九成九的生灵都殒命了。

石昊这一路上所见，都是失败者。

石昊的至尊路还没有走完，如果失败，他也将成为他们当中的一员。

黑色深渊预示着大多数人的结局吗？

天地寂静，所有彩光都消失了，各种感应也都消退了。

石昊稍微停顿，而后昂首向前。他迈出了那一步，径直踏进深渊上方，断路要由每个人自己续接。

至尊路，这才是最后的考验。每迈出一步时，石昊都在下降，要步入无尽深渊中，那代表着沉沦、毁灭！

他的身影从前方消失了。

石昊释放所有的潜能，在这里对抗。他想跃起，要冲天而上，可是一股强大的力量压制着他，要将他拉进深渊。

他在前行，也在下降，而且速度很快。

他不知道前行了多远，也不知道下降了多少，四周越发黑暗，一片模糊，连天眼都失效了。

直到有一刻，石昊的脚掌仿佛触到了什么东西，他低头的刹那，心中满是凉意，深渊的底部满是尸体。

这不是真正的尸体，是大道摹刻下来的，但是曾经真实地存在过。

石昊动用全部的力量，挣脱束缚，反抗压制。他向上冲去，不想成为尸骨中的一员。

可是，到头来，他又被拉了下去。不详之气从他的脚掌升腾，开始蔓延，要将他化作一具尸体。

真凰不死术！

石昊体外铿锵作响，那是翎羽在激荡天地，那是真凰秘术在发威，斩灭不详之气，焚烧黑暗，这里瞬间变得一片通明。

他在抗击，要闯过黑暗深渊。

不详之气化尽时，前方一柄神矛飞来，“噗”的一声击中他的额骨，这……太恐怖了！

石昊额骨发光，夹住这柄神矛，而后一把拔了出来。点点涟漪在他的掌指中化开，那是规则化成的矛锋。

经历过红尘业火后，他只能算是一位准至尊，还不曾完满地走完这条路，如今才是最后的考验。

石昊一路前行，足足走了九天九夜。在此期间，他每日都要面对生死的考验，有很多次他的躯体都磨灭了。最惨的一次，他只剩下了元神以及几滴血，但最后他还是活了下来。

这……能走到最后吗？

他觉得，今日之路可能比成仙路都要艰难。

“为什么我想成为至尊这么难？”石昊自问道，而后望向天空。

“道法自然，而你，成道欲念太盛，非自然。”冥冥中，像是有什么声音在回应他，被他感应到了。

那是大道的回应，还是自我的反思，是潜意识对自己的责问吗？

“我要成道！”石昊目光冷厉，信念坚定。

“轰！”

他向前踏步，没有迟疑，坚定信念。

一刹那，黑暗消退了，石昊看到了前方的崖岸。

石昊要走过去，可一根又一根铁链从天穹上垂落而下，将他锁住并将他吊在悬崖前。

“道法非自然！”洪大的声音在这里响起，又像是从石昊心中传来。

“人若无欲无念，那还成什么道？化作石头算了！”石昊喝道。

“轰！”

天地间，各种光绽放，数十上百根铁链哗啦啦作响，锁定了他的躯体，而后再进行绑缚。

接着，所有铁链焚烧起来，开始炙烤石昊的躯体。

任何一根铁链出现，都可以毁灭一个强大的生灵，而现在一下子出现了这么多根。

“执念，一根又一根，一根一执念！”那洪大的声音再次响起。

何时念灭，何时道成吗？

此前，石昊已经斩掉了很多执念，怎么现在还有这么多？

“曾经斩过一些执念还不行，难道要化成一块石头才满意？”石昊双目深邃，大声道。

“轰！”

烈焰熊熊，各种符文大盛，将石昊淹没了。一根又一根铁链绑着他、焚烧他，让他生不如死。

石昊遭遇了最可怕的磨难。

数日后，石昊身受重伤，元神都暗淡了。他一遍又一遍地重塑躯体，可是，每次稍微恢复了一些，情况就又会变得更为惨烈。

“与其如此，不若万念冲霄！”

石昊低沉地咆哮着，曾经被斩掉的执念全都在他心中浮现，自他体内冲出，而后发光。

“轰！”

这个地方震动起来，铁链更多了，缠绕着石昊，要焚灭他的形与神。

第1549章 截道

WANMEI SHIJIE

这些铁链来自苍穹，无声无息，就这么垂落下来，把他困在这里。

石昊越是挣扎，越是难耐，成千上万根铁链绑住他的身躯，一根铁链代表一份执念，这有些吓人。

烈焰熊熊，火光跳动，将黑暗深渊都照亮了。

万念澎湃，铁链激荡，熊熊大火焚烧，石昊的身躯很快就干枯了，如同一截焦炭。

这至尊路竟如此艰苦！

他不言不语，想挣脱这种困境。离彼岸还有一点点距离，触手可及，他怎么可能放弃？

“五百年，真的是一条禁忌之线吗？”他轻声问自己。

以他的天资来说，日后成为至尊毋庸置疑，而今，他之所以陷入困境中，是因为他急于求成，想立刻崛起。

他担忧时间无多，唯恐其他大能不给他机会，而且大清算就要到来了……

他深感时间紧迫，再耽搁下去，什么都晚了。他怕没有机会去角逐，在人道领域中就被人击灭。

他如果不迅速地冲霄而上，日后注定会被人除掉，连拼命的机会都没有，那将是生在这个时代的最大悲哀。

“成道！”他低吼着，挣扎着，奋力向上跃起，要飞上天穹。

一根又一根铁链都来自苍宇，石昊竭尽所能，向那里接近。

石昊躯体的生机急骤缩减，几乎快感应不到生气了。

身死道消吗？他接近消亡，一身精气神都在枯竭。

所谓油尽灯枯，就是他现在这种状态。

“锵锵锵！”

突然，石昊的双眼变得熠熠生辉。

回光返照，最后一搏吗？

蓬勃的生机散发出来，石昊的背后浮现出真凰羽翼，在他体魄内冲起另一股火焰。濒临死境，他开始动用各种底牌。

“轰！”

石昊焦黑的躯体在迅速复原，血肉生长，道骨接续，逐渐焕发生机。

在绝境中复生，在寂灭中苏醒。

凤凰涅槃，这是凤凰一族最强心法，也是世间第一疗伤大法，可谓举世无双！

它不仅可以疗伤，还能用来修行。有大决心者曾斩灭自身，磨灭一世道行，将一切推倒重来，再塑真我。

在死亡中涅槃，从寂灭中归来，更加强大。

这是真凰一脉的无上宝术！

石昊被逼到了这一步，没有办法，只能祭出凤凰一族的无上宝术，让自己烈焰熊熊，火光冲天。

不扯断铁链就不可能脱困，他要冲上苍宇，看看究竟是什么在束缚他。

所谓一念一链，这是真的吗？他不相信！

一只带着火光的人形凤凰冲上云霄，进入苍穹，震得虚空塌陷，大道轰鸣。

到了终点，他见到了真相。那是大道，一团混沌，一片迷蒙，在那里演化着，化成各种图案，如草、木、鱼、虫等。

“轰！”

一瞬间，大道化成了世界树，树不是很高，但是叶片摇动间，规则无数，秩序如虹，刺中石昊的躯体。

铁链是它垂落的？

下一刻，大道又变了，成为一只狰狞的古兽，阴阳二气流转，上万根尖锐的刺长在古兽身上，刺向石昊的血肉之躯。

开天古兽吗？

石昊闷哼一声，踉跄而退，一步一个红色脚印。

接着，光雨纷飞，那里又变了。古兽消失，漫天都是种子，从空中坠落，扎根在石昊的体内。

石昊虽然在反击，但是依旧被重创了。

想要成道，必须载道！

这是大道的有形显化，它不断降落，压迫得人几乎要炸开。

生灵欲成道，道亦欲吞生灵。

石昊觉得，想要成道，就要获取天地本源的秘密，掌握这世间各种规则与奥义，而在此过程中，大道亦在谋生灵。

他忽然想到了小塔，当年它总是讲平衡，谈因果交易，或许正是如此吧。

欲成道，先载道。

修士在谋求天地奥秘，掌握诸般规则的同时，也在被这天地侵蚀，或者被吞噬精华。

所谓修士，便是一群逆天而行的生灵，这修炼的过程违背自然大道，因此他们要被阻击，真相就是如此。

只是有些人在修行的过程中，想出了各种办法，比如顺应自然。

所谓道法自然，水到渠成。而今石昊却不是如此，他强行登上高峰，没有按部就班，执念太深，跟所谓“自然而然”相冲，当然不能成仙，不能见终极奥义。

石昊的刹那感悟，也只是得见了一角本源的秘密而已。

“我走错了路，以身为种，以我为根，以我为本，以我为真，我却谋求外天地大道。我应借鉴，而非效法。”

石昊虽身受重伤，但依旧在自言自语，心中的某种信念越发强大了。

路有偏差，但是，既然已经走到这里，便没有了退路，还是要向前。

他不能失败，只能成功。

“既然你说一念一链，那就给我回来，我自万念大盛，成道！”石昊大吼道，爆发出了此生最强劲的力量。

他的体内仿佛爆炸了，发出无量神光，至尊气息铺天盖地，所有铁链都被绷得笔直，铿锵作响。

天空中，大道变幻莫测，有时为龙，有时为土狗，有时又为世界树，但是，不管怎样，都有成千上万的铁链与石昊纠缠，将他束缚。

石昊知道自己遇到了大麻烦，因为选择成道这条路，他这场劫难的危险性要超过其他人，殒命的可能性很大。

“万念焚道！”

石昊大吼着，彻底豁出去了。他心中的各种执念不但没有消散，反而越发强大了，从身体中爆发而出，沿着每一根铁链冲向大道。

火光跳动，那是他的执念，执念化成了火光，焚烧万道。

“轰！”

石昊被击得坠落而下，躯体燃烧，又化成了焦炭。

真凰长鸣，石昊在困境中施展真凰不死术，再次复苏，冲向天际，要扯断那些铁链。

一次又一次，石昊不断地冲击。直到最后，他精疲力竭，精气神都焚烧干净了。真凰不死术也有穷尽时。

天空中，大道转动着，最后竟渐渐消失了。

什么情况？

石昊拼尽最后一点力气，贪婪地吸收着周围的精气，补充自己所需。最后，他缓缓降落，出现在彼岸，登上深渊对面的断崖，他这是成功了吗？

可是，天地并未降下瑞彩，也没有至尊的气息为他洗礼。

“我自己洗礼！”石昊说道。

他盘坐在这里，接引天地万灵之气，重塑半毁的道骨，肉身璀璨，他在快速复原。

到了这个境界，一滴血就可以复活，况且他还留下了残身，故此恢复到巅峰状态不是问题。

石昊走出混沌区域，出现在荒域，他感觉到了前所未有的强大。

第1550章 天地剧变

WANMEI SHIJIE

什么情况，真的成道了吗？

直到此时，石昊还心有疑虑，最后时刻，那显化出的有形大道为何消失了？

并且，他既没有得到天道的赐福，也没有得到祥瑞的洗礼，就这么平平淡淡、成功地熬过了大劫？这有些不真实。

“嗷——”

远处，传来吼声。无畏狮子踩着苍穹，奔跑而来，速度很快，威风凛凛，让天宇都在颤抖。

无畏狮子泪流满面，嗷嗷叫着，那种神情让石昊诧异，它怎么会跟自己这么亲近？

“谢天谢地，你总算没死，我不用陪葬了。”

听到这样的话，石昊立刻明白了，这狮子是因为有契约在身，怕他殒命后，它也会跟着灭亡。

“什么情况，你失败了？”无畏狮子发出疑问，“失败了都能活下来，真是逆天的妖孽！”

“你什么意思？”石昊看向它。

随后，他释放出了一缕威压。一刹那而已，这天地就不同了，整个世界都在战栗。山河摇动，日月模糊，似乎要坠落下来。

无畏狮子惊悚不已，所有毛发都竖了起来，它承受不住，战战兢兢，最后很不争气地直接瘫倒了下去。

这是源自灵魂的威压，让它抬不起头来，匍匐在地上。

这个人真的成了至尊？一念间，就让它这个遁一境的强者瑟瑟发抖，臣服在地，太恐怖了！

可是，不对啊，为何会耗时如此之久？它记得，别人成道，根本不可能持续很多天，那不正常！

待石昊收起威压，无畏狮子才恢复正常。

石昊露出异样的神色，他必须得谨慎了，法力波动等需保证不外泄，所有的气息都要收敛于体内，不然的话会出大问题。

无畏狮子恢复正常后，谨慎而小心地问道："这十几日以来，你都在做什么？"

"成道，对抗天地的拷问。"石昊答道。

"什么?!"无畏狮子彻底不能淡定了，一副活见鬼的样子，这怎么可能？不是说一两日足矣吗？还有持续十几天对抗天地拷问的？

成或不成，一两日都应该有结果了。

"你什么情况？"无畏狮子怀疑地道。

石昊看了看它，没有隐瞒。无畏狮子来自异域，见多识广，异域高手如云，它肯定知道至尊成道过程的各种隐秘。

听完详情，无畏狮子彻底傻眼了。

"没有被天地赐福，也没有得到洗礼，是你自己补充的精气？这……"

无畏狮子怎么想怎么觉得怪，最后忍不住道："你这算成道吗？你这是活活熬下来的，大道都不愿跟你折腾了，都烦你了！"

它一边挖苦，一边暗自震惊：这太不可思议了，荒是什么状态？不是圆满成功，而是这么顽强地熬过来的？

这算是成道吗？它估摸不清。

听无畏狮子这样一说，石昊自己也有些疑惑了。细细想来，他还真是生生熬过来的，不知道算不算成功。

"大道对至尊赐福关乎甚大，你没有得到那些，究竟算不算真正的至尊？"无畏狮子疑惑地道。

石昊也在思忖，他的战力分明达到了一个恐怖的境地，他相信自己如果再遇上金太君、风族的老祖，肯定不用逃了。

这时，在他脚下，一条金光大道浮现出来，横贯荒域，径直通到石村，他从数万里之外径直抵达村口。

村人们欢呼雀跃，一刹那，这里就沸腾了。

对石村的人来说，看到石昊活着回来，见到他平安无恙，这就是最大的喜讯。

"孩子，你怎样了？"秦怡宁和石子陵都由焦虑变得喜悦，秦怡宁抹去眼角的泪水，脸上绽放出笑容。

云曦也来了，她亭亭玉立，宁静若幽兰，紫衣飘舞间，若广寒仙子临尘。此时，她的眼中也流露出喜悦，发自内心地开心。

“叔叔回来了，太好了，一定成道了，天下无敌！”一群少年大叫着，疾速冲来。

“孩子，回来就好，平安就好！”老族长石云峰彻底放心了，这些天，他着实担惊受怕，唯恐石昊出现意外。

这一刻，石昊明白了，无论如何他都不能殒命，整个石村都视他为支柱，他若是倒下，后果难料。

“便宜师父，你可真是命大，这都能熬过来！”葛沽开口道。结果他才说完，就被石昊一脚给踹飞，不见了踪影。

当然，石昊很谨慎，收敛了自身的气息与波动，不然的话估计葛沽会受重伤，就是真龙也抗不住。

“哈哈，太好了，你真的成功了！”毛球跳跃着叫道。

“嘿嘿，没想到我兄弟成至尊了，从此谁再跟我叫板，直接吓死他！我也得抓紧修炼大王霸神拳了！”三黑探头探脑地道。

“一边待着去，练你的王八拳去吧，别乱认亲戚！”大红鸟一翅膀将三黑给扫开了。

…………

石村一片欢腾！

直到过去数日，村中才稍微宁静一些。

“这天地出现了变化，精气似乎变得稀薄了，而且在持续减少！”毛球找到石昊，这般说道。

事实上，老族长石云峰、石子陵、云曦等人也都觉察到了这一点，他们都看向石昊。这些人一同找来了，想听他有什么说法。

石昊更为敏锐，回来后第一时间就对此有了清晰的认识。在这几日间，他去过八域其他地方，结果都是如此。

他还进入过虚神界，请教过鸟爷与精璧大爷。两人很严肃，说这世道变了，天地间要发生大恐怖之事。

“天地有变，我估计是上界出了大问题，我去看一看！”石昊说道。他决定动身。

离开前，他看着云曦，传音道：“乱世道侣，聚少离多，我先去九天走上一趟。”

对于云曦，他有些愧意。为了修炼，为了短时间内成为至尊，他答应了父母的请求，与云曦结为道侣，可是，洞房之夜，他却直接闭关了。

“我等你！”云曦只有这三个字。

石昊离开了。

他经过天域时，禁区之主惊讶不已，没想到他真的会走到这一步。

“很古怪，还未达到大圆满，我想你会完善的。”

石昊点头，他追求极道，肯定要完美才行，不过他能在不久前走到这一步，已经算是打破神话了。

石昊到了上界。他这一路上很顺利，那条古路对他来说根本不是问题，阻挡不了他的脚步。

从十字阴阳地出来，他瞬间皱眉，因为，他感受到这天地与之前不相同了，灵气锐减，甚至有点稀薄，同过去相比差了一截。

“天地有变！”

石昊飞向远方，不久后就见到黑云翻滚，凶焰滔天。

那是黑暗物质，三千道州怎么了？都被黑暗生灵占领了吗？

黑暗大军居然肆虐到这一州，有席卷天下之势！

很快，石昊见到了一些生灵，他探听一番，知道了一些惊人的事。

三千道州，有半数大州落在了黑暗生灵手中。

一千五百州易主！

怎么仙域的援军都没有挡住他们吗？

并且，近来另一件大事的爆发让人们内心惶恐，那便是黑暗生灵与仙域止戈了，暂时不再开战。

“天地反噬，末法时代要到了！”这是一位老人告诉石昊的。

事实上，不少人都知道了这件事，这是仙域来客说的。他们第一时间感应到异常，而后不久果然发生了惊变。

九天十地的那些古地在移动，要合拢在一起，重归一界。

最可怕的变故是，灵气会逐步枯竭，要进入不适合修行的末法时代了，甚至是无法时代。

便是仙域的生灵都开始害怕了，他们在想对策，怕黑暗物质蔓延进仙域中。

而黑暗生灵都暂时止步，也在犹豫与观察。

“坏了！”石昊皱眉道。这不适合他崛起啊！

最残酷的时代要到来了，可是却不适合修行了，生在这一世，是所有生灵的悲哀。

石昊想要了解详情，这一恐怖的大事件究竟是如何造成的？

他想找熟人，也想了解他们的近况。

他第一个想到了曹雨生，这家伙有个师尊，能算尽古今未来，如今怎样了，是生是死？

当年他们分别之时，曹雨生没有隐瞒，告诉了石昊他与他师尊的隐居地，并叮嘱石昊若有事可以去寻他。

石昊没有耽搁时间，立即化成一道电光消失在原地。

可惜，他扑空了。这是一处很普通的山谷，里面空空荡荡的，不见人影。唯一值得庆幸的是，黑暗物质还没有侵蚀到这一州。

“他去九天上还没有回来吗？可是他的师尊怎么也不在？”石昊疑惑地道。这山谷中有茅屋，有古洞，但都是空的。

以石昊的强大神念来说，现在没人可以瞒过他。

不久后，石昊搜到了一道烙印，这道烙印是曹雨生所留，虽然藏得很隐秘，但还是被他发现了。

烙印显化，曹雨生在大哭，无比伤悲，十分凄惨。

“黑暗时代来临前，我师父去迎击，便再也没有回来……”

石昊一愣，轻轻一叹。

“末法时代到了，或许真的如师尊所料的那般，我早晚会被深埋在地下，我去选墓址了。”

曹雨生竟留下这么一段话。

石昊发愣，而后仔细地盯着这道烙印，他在破解它，想知道曹雨生去了哪里，曹雨生真的要将自己埋在地下吗？

“我要去轮回之地，师父说那里适合养尸，正是我的埋身之所，在这里跟大家道别了！”

看到这些话，石昊本应觉得好笑，可是他却笑不出，这该死的时代就这么来了，真是可悲！

轮回之地！

石昊按照所得到的信息，一路寻找。

据曹雨生的师父所说，那里是轮回仙王的洞府，还有一种说法称无终仙王也曾在那里开辟府邸闭关。

更有一种说法，称那本就是真正的轮回之地，与仙王无关。

居然有这等地方！

对石昊来说，距离再远都不成问题，何况那片古地就在三千道州，都没有脱离这块古大陆，就更容易了。

一路寻觅，他终于到了！

茂密的原始老林，恢宏的山脉，走进深处，竟能看到一些金砖玉瓦，藏在土层深处。

对石昊来说，土层也挡不住他的目光，他而今能看透更多的东西。

“就是这里了！”

他在一片山地前，停了下来，这里有迷雾，也有相对来说十分浓郁的天地精气，而后他一闪身，进入了迷雾中。

很快，他闯过各种法阵，踏进一块处于半封印的净土中，此地也算是一方小世界。

石昊想到了各种可能，但就是没有想到眼前所见到的一幕，这有点出乎他的预料。

他看到了曹雨生，还看到了一条狗！

那曹雨生不是成年的曹雨生，居然……只有七八岁的样子，胖嘟嘟的。

发生了什么？石昊愕然，曹雨生返老还童了？他怎么变小了？这也太稚嫩了！

在曹雨生的身后，一条巴掌大的小狗正在追赶他，汪汪地叫着。

这也太丢人了，一条巴掌大的狗追得曹雨生哇哇大叫，撒丫子狂逃！

“你还我龙肉馅包子，那是你大爷我转世重生用的！”那条巴掌大的小狗大叫道。

石昊彻底糊涂了，龙肉馅包子？

随后，石昊看到曹雨生攥着包子死不撒手，很想将包子塞进嘴里，无奈身后的小狗攻击了他。

“死狗，你骗谁啊！什么无终大帝的兄弟，什么转世仙王，你当我傻啊，诓骗我给你包子，那不是肉包子打狗一去不回吗?!”曹雨生嚷着。

发生了什么？到底怎么回事？石昊还是没搞清楚情况。

“你偷掘坟墓，将大爷我挖出来了，说好了给我当人宠，还想抵赖，还偷我的龙肉馅包子！”

那条巴掌大的小狗嗷嗷地叫着，其实还没有曹雨生的脚掌长，却在追击他。

石昊真的傻眼了，这是什么情况，似乎是曹雨生按照他师父说的，选中墓址，结果深挖下去，挖出来一条小狗?

“我师父寄存在这里的长生药呢，一定是被你这狗崽子给偷吃了！你先还我，不然绝不给你龙肉馅包子！”

“人宠，你激怒我了，接受惩罚吧！”

石昊在远处看着，为曹雨生感到脸红，被一条小狗追杀，曹雨生居然急得哇哇大叫。

第1551章 吾为第一仙王

WANMEI SHIJIE

“人宠，接受惩罚吧！”巴掌大的小狗嗷嗷叫着，张口喷出一道电光，向前轰去。

曹雨生现在看起来只有七八岁的样子，穿着一身道袍，腰身滚圆，但十分灵活，一路狂蹿。

他如今修为很强，早已不可同日而语，却招架不住这条巴掌大的小狗。

“砰！”

曹雨生被那道电光击中，发出一声惨叫，横飞起来，摔向远处。

“嗖”的一声，那条巴掌大的小狗跃起，一下子就踩在了曹雨生脸上，龇牙咧嘴，对着他恫吓、威胁。

“人宠，你敢忤逆我，真不知道本大爷的厉害吗？”小狗摇动着那条坚硬、笔直竖向天空的尾巴，露出一嘴雪白的犬齿。

“谁叫你偷我师父寄存在这里的长生药，我们现在扯平了！”曹雨生嚷道。

“本座不发威，你真当我是豆包啊！”

“有话好说，别动粗！”曹雨生很不争气地妥协了。要知道，那只是一条巴掌大的小狗，此时却站在他的脸上！

他居然怕那条小狗动粗！

石昊实在看不下去了，向前走去，他觉得曹雨生太没骨气了！

“汪！你是谁啊？”

曹雨生几乎要泪流满面了，不过还没等他开口，那条小狗却先龇牙了，在那里质问石昊是谁，从哪儿来的。

“先放开他。”石昊说道。看着眼前的景象，他真的不知道说什么好，一个满肚子坏点子的曹胖子，居然被折腾成了这个样子。

不过，他也注意到，这条小狗很不一般，它身上既有岁月的沧桑感，又有莫名的勃勃生机。

“别动，不许过来！”显然，这条小狗非常警觉，感应到了异常，觉察出石昊很危险。

说话间，小狗将爪子按在了曹雨生的脑门上。它的爪子很锋利，估计稍微一用力就能刺进去。

曹雨生的脸当即就白了，这狗崽子的凶残他可是领教过的，他还真怕它一瞪眼，就将他给解决了。

石昊微微一笑，依旧向前走去。

“差不多就行了！”石昊说道。虚空中涟漪点点，波纹交织，整片乾坤都浮现出场域，瞬间禁锢了此地。

曹雨生感受到了一股磅礴的气息，这种威势他只在大长老孟天正、王长生等人身上体验过。

三十年过去，这位故人成长到了何等地步？曹雨生觉得非常不真实，一副活见鬼的样子。

“哇，妖怪啊！你小子才多大，看你血脉气息稚嫩，分明还是个不足百岁的毛头小子，怎么踏进这个领域了？”

小狗哇哇直叫，干脆放开了曹雨生，跃到地上，眼神异常炽热，盯着石昊看。

石昊很是诧异，他现在可是露出了至尊的威势，结果这条小狗并未被压制，行动如常。若是一般的人，早已战战兢兢，匍匐在地上了。

哪怕他没有针对曹雨生，只是封锁这片天地，也让曹雨生一动不能动，躺在那里，如同石化了一般。

石昊收敛了气息，不再外放，他也在打量这条小狗。

“别吃惊，当年本王的对手都是什么人，你想都不敢想！”小狗咧着嘴说道。

曹雨生不忿，这狗崽子每次都对他以本大爷自居，看到石昊后居然不那么自大了，以本王自称。

“什么狗屁王！”曹雨生快速站了起来，躲着小狗，逃到石昊背后。

“哦，忘记介绍了，吾为仙古第一仙王！”小狗这般介绍自己。

曹雨生顿时无语了，刚才还觉得它自谦呢，不再说什么本大爷，结果发现，所谓本王简直是吹牛更上一个台阶，都自封仙王了！

石昊露出古怪之色，这条小狗还真是不按常理出牌。

“小子，你这个年纪便有了至尊境战力，当真是了不得，有本王当年的风范。孺子可教，拜我为师吧，我传你无上大垩法！”小狗昂着头颅，一副睥睨天下的样子。

曹雨生张了张嘴，真不知道说什么好，他有一股冲动，很想暴揍它一顿。不过，还没等他行动，小狗先动了！

因为，它实在太矮了，只比石昊的脚背高一些，连看石昊都费劲，得仰着头才能看到石昊的面孔。

"唰"的一下，小狗施展一种秘法，蹿到曹雨生的脑袋上，坐在他的头顶上歪着脖子看石昊，以示它的高贵，不用仰头看人了。

"你这狗崽子蹬鼻子上脸，还上头，老子跟你拼了！"曹雨生急了，之前他被踩过脸，现在连头也保不住了。

可是，他发现自己根本拿小狗没辙，小狗坐在他的头上，稳如泰山，所谓宝术等光芒璀璨，却斩不动它。

"人宠，老实点，别白费力气了。你没看到那个至尊小子都奈何不了本王吗？我乃仙王转世身，虽然道行不在了，但躯体坚固不朽，凭你一具肉体凡胎，使出吃奶的力气来都奈何不了我！"小狗这般说道。

同时，它还一副很不耐烦的样子，用爪子拍了拍曹雨生的脑袋。

曹雨生施展各种宝术都没用，虽然剑气等铿锵作响，但就是斩不动。他憋得满脸通红，快被这条小狗气死了。

"你曾经是真仙体，后来道行尽失，才落得如今这个样子？"石昊问道。

"都说了，吾为第一仙王！"小狗坐在曹雨生头上说道。

"先放开他吧，我们聊一聊。"石昊对这条小狗有许多猜疑，面带惊异之色。他明白，这个生灵非常不简单，多半还真是仙体退化所成。

"嗖"的一声，小狗跳了下来，跃到不远处的石桌上，对石昊说了一声："请！"

石昊坐在一个石墩上，看着小狗，认真打量，可依旧看不透，它身上有一股神秘的力量，能阻挡外界的探视。

"无终仙王为吾兄，轮回仙王为吾弟，吾长恨世间无对手，寂寞难耐，自斩一刀。"小狗这般说道。

第1552章 过去抑或是未来

WANMEI SHIJIE

“找个锅炖了它！”曹雨生气得牙根都痒痒。

“人宠，本王在说话，你一边凉快去！”小狗警告道。

“少安毋躁，我们耐心聊一聊。”石昊道。

这条巴掌大的小狗浑身毛发呈暗红色，给人一种经历了无尽岁月的感觉，却也有一股勃勃生机。

这有点矛盾，它像是一个老家伙，又像是刚出生的。

石昊心想，这弄不好还真是一个老妖精，它从仙古纪元活到了现在，只是因为意外，道行尽失，肉身却依旧强大。

至于什么转世重生，他根本不信!

“你还真信这狗崽子的话?!”曹雨生不忿，很想撺掇石昊将小狗拿下。

他真是受够了，他才不相信这条狗的话，连他师父栽种在这里的长生药都让它给偷吃了，它还好意思说自己是仙王。

“你真是从地下将它挖出来的？”石昊问曹雨生。

“是的，那座墓穴存在无尽岁月了，谁知道挖到深处，竟出现了一条狗崽子！”曹雨生愤愤不已。

“我警告你，再敢叫我狗崽子，我直接咬死你！”小狗瞪眼道，犬牙烁烁发光。

“咱们开诚布公地谈一谈吧，都不要藏着掖着。”石昊看着小狗说道。

小狗道：“你能告诉我什么呢？有何有价值的消息？”

“我曾得见一角未来，有一条大黑狗得道成仙，经常追着一个胖道士咬。”石昊平静地说道。

曹雨生哪怕很强，成为真仙，还整日被狗追着咬，也是够“奇葩”的，但这是真实的。在边荒外的葬地中，石昊曾意外遭遇了一些事，曾跟无尽岁月后的曹雨生隔着时光遥望。

“什么，你……看到了?!”

小狗抖了抖浑身暗红色的毛发，耳朵竖了起来，尾巴也竖了起来，眼神非常不善。

“咦，你好像也知道？”石昊一愣，而后露出讶异之色。

“你是仙古的狗王，还是来自未来的那条大黑狗？”石昊突然这样问道。

“啥？”曹雨生傻眼了，内心非常震惊。他有点不敢相信，从地下挖出来的一条狗崽子，还有可能来自未来？

“你在故布疑阵吧？让我等误以为你来自仙古，被埋在此地。”石昊盯着小狗道。

“年轻人想法倒不少，这么爱胡思乱想，容易走火入魔。”小狗不急不缓地说道。

“难道不是吗？”石昊逼视它。

“谁能活在过去？有谁可逆转时空？哪怕暂时回去，也改变不了什么。我若从很多年后到了这里，涉及的因果太大了，连话都不敢多说，若针对一些人有所行动，多半会颠覆万古。”小狗淡定地说道。

“那请说出你的真实身份吧。”石昊平淡地跟它较量。

“我跟无终仙王关系很好，不过，仙古时，我受了重伤，被异域的一柄战矛刺中，被认为是必死之躯，埋葬在轮回之地。而今我道行锐减，却也算还阳了。”小狗竟说出这么一番话来。

曹雨生张了张嘴，有很多问题想问。

“人宠，别烦我。爷被人以战矛偷袭时，伤到了元神，很多事情都忘了。说起来，我好好在地下待着，你没事瞎鼓捣什么，偷掘坟墓，打断了我的蜕变过程。”小狗振振有词，数落曹雨生，将他满肚子的问题都怼了回去。

“你是古代的生灵，可曾见证过我提到的一角未来？听我说到那条大黑狗，你为何那么不淡定？”石昊发问。

“不仅你能见到一角未来，当年我们的前辈大能也曾推演过，见到过！”小狗这般说道。

它坦言，仙古时，它一身皮毛是黑色的，后来年纪渐大，步入老年，它满身毛发都发灰了，带着暗红色。

“好吧，我追随无终仙王，我只是真仙，不是王。”小狗进一步坦言，当年无终仙王修炼时间法则，掌握岁月大道，曾占卜过未来。

“我们该深入谈一谈！”石昊说道，目光火热。

“不管你是来自未来还是仙古，有什么都说出来吧，别瞒着！”曹雨生很激动。

“可以谈一谈，但恐怕会让你们失望。我真的是被人袭杀的，元神烙印被打散，如今只剩下少部分了。”

…………

在这里，石昊待了两日，与这条小狗谈论。

曹雨生想凑过去听，可是每次都被小狗用爪子扒拉到一边。

“你怎么变小了？”与小狗交谈过后，石昊才问曹雨生这个问题。

“我不小心吃了一个龙肉馅包子，又吃了几株药草，就变成这个样子了。”曹雨生苦恼地道。

石昊的嘴角抽搐了一下，这肯定是大造化啊，返老还童，对于其他修士来说可遇不可求。

“原本我是想吃长生药的，结果没了！”曹雨生悲愤地道。

此时，小狗坦言，的确是它吃了长生药，不然的话，它被挖出来也没多长时间活了。

“你还我长生药！”曹雨生顿时急眼了。

“我的龙肉馅包子呢，最起码少了三个！”小狗龇着牙道。

…………

石昊决定离开这里，他要去探察黑暗生灵，同时了解这世间为何会进入末法时代。

“我跟你一起去！”曹雨生很坚定地道，打死他也不能现在就将自己埋在这里，不然的话，跟那条狗在一块儿太遭罪了。

“汪！我也去！看一看而今的世界怎样了。什么狗屁黑暗生灵，我要去收些人形仆从！”小狗崽嚷嚷着。

他们离开此地，行走于三千道州，向多方了解情况，仔细探讨。

末法时代，不可逆转，这是他们研究后得到的结论。

“黑暗物质侵蚀了三千道州，一半疆土落入了黑暗生灵手中。唉，九天上也是如此，都失去了一半或者小半的疆域。”曹雨生叹道。

九天十地整体皆是如此，而今有半数疆域落入了黑暗生灵手中。

这太可怕了！

石昊他们在三千道州行走，沿着黑暗区域的边缘而行。这些地方都布下了大阵，而有些地方还驻扎着大军，以威慑黑暗生灵。

“还有要塞，筑了城池？”

石昊讶然，有些区域中筑造了要塞，阻挡黑暗生灵的脚步，而且还有一些强者负责镇守。

“王家负责镇守这片区域！”曹雨生说道。他看到一面大旗，旗上绣着一个光华璀璨的“王”字。

“王家‘九条龙’？”石昊眼中迸发出冷冷的光芒。当年他可是被“九条龙”逼得很狼狈，其中有人亲自出马对付他。

“王家估计也慌了，他们曾寻到我师父的隐居地，想请他去推演，可惜晚了一步，那个时候我师父就不在了。”曹雨生说道。

王家有些人很不得人心，不止一次前往各地寻找曹雨生的踪迹，想强行带走他，等他师父回来逼其就范。

“很久没见了，那就去王家派人镇守的要塞。”石昊说道。

“‘九条龙’可能在那里，当初王长生都曾去过！”曹雨生告诫道。但很快他又醒悟，石昊已经崛起，无惧至尊，不怕“九条龙”了。

“我还真想见一见‘九条龙’。”石昊说道。

第1553章 长生长孙

WANMEI SHIJIE

山脉这一边，古树参天，郁郁葱葱，满是生机，不时可见各种飞禽走兽。而山脉那一边，黑气弥漫，所有草木都黑化了，各种声音都消失了，非常寂静。

山脉的这一边筑有城池，一个要塞坐落在那里，恢宏而磅礴，镇压边境。

在平原上，可以看到成群的黄金巨象，它们隆隆而过，驮着各种物资，驰援要塞。

而在山脉另一边，有影影绰绰的生灵，但他们都无声无息。他们或登山，露出雪白的牙齿，凝视这边，或盘坐，吞吐黑雾，眼中凶光毕露。他们也在备战。

双方都很谨慎，在对峙。尤其是，如今天地有衰败的迹象，可能走向末法时代，因此黑暗生灵也非常慎重。

"那边很热闹啊！"

可以看到，在距离要塞不远处还有一个地方，与紧张的气氛不相符，那里十分火热，人声喧嚣。

"每一处要塞的不远处几乎都有这种坊市，人们在坊市中出售来自黑暗区域的各种奇物。"曹雨生解释道。

与异域生灵作战，虽然会损失人马，但也会有一些收获，击灭强大的黑暗生灵后，会得到各种稀奇古怪的东西。

故此，边塞周围经常会吸引来很多修士，各族时常会派人来这里交换、求购奇物。

"就不怕被黑暗物质侵蚀吗？"石昊问道。

谁都知道，黑暗物质很可怕，一旦沾染上，这辈子都可能摆脱不了，非绝世高手不敢触碰。

"这些东西都经过了神圣净化，不然的话，是不可能拿到这里交换、交易的。"曹雨生说道。

那是仙域的手段，他们构建出某种法阵，又祭炼出一种十分惊人的神炉，能炼化黑暗物质。

所有缴获而来的东西都要投入洪炉中，经过神圣净化，最后才能被带到坊市去交换、交易。

“咦，还有仙域的生灵？”石昊惊讶地道。

他看到了一些生灵，他们身上的甲胄铭刻着奇怪的符文，很强，也很特殊，带着仙气。

曹雨生点头，道：“从黑暗生灵那里缴获的奇物有一些价值连城，主要的购买者来自仙域的家族。”

石昊相当惊讶：“黑暗生灵身上还有绝世宝物？”

“有的，虽是残器，但强大得离谱。据闻那是真正的黑暗主宰赐予的，曾是我界某些至宝的残片！”曹雨生解释道。

幕后的黑暗强者曾经经历过其他纪元的战斗，收缴过九天甚至是仙域修士的至宝，便随意将之赐给了手下、仆从。

就在不久前，有人击灭一位黑暗至尊，从他手中夺来一枚乌黑的金属残环，被人认出那竟是曾经威震天下的金刚琢残片！

金刚琢残片曾在仙域赫赫有名，震动十方。仙域一些大家族知道此事后，第一时间赶来，竞相争夺金刚琢残片。

“只能说，那一次是撞了大运，连仙域曾经的至宝都有残片出世。仙域的至宝残片被这么夺回来，太意外了！”曹雨生感叹道。

此外，还有人从一位黑暗至尊那里得到了九凰炉的残片，那是九天十地的瑰宝！

石昊默然，他不是为宝物震惊，而是为黑暗生灵的进化速度而忧虑，这才过了三十年，就已经连续出现了至尊！

要知道，那些生灵都是三千道州死去的修士，他们生前并不是绝世强者，结果死而再生后，就有了这么恐怖的进化速度，那所谓黑暗物质到底是什么？

“咦，这个小道士有点眼熟啊！”就在此时，坊市中有人看到了曹雨生，露出惊异之色。

这人铺开一张画卷，仔细对照，顿时心中大惊，这个小胖子怎么跟那个名为曹雨生的胖道士这么像？

石昊讶异不已，三十年过去，曹雨生都成名人了？才来这里就被人注意到了！

“是王家的人。他们一直在搜寻我，想囚禁我后，逼我师父出来，结果被狠狠地戏耍了几次。”曹雨生轻描淡写地说道。

石昊完全能想象到，依照这胖子的性格，他被人搜捕，反击手段肯定相当激烈，给对方留下了极其深刻的印象，故此才会这么被满世界地追击。

“唰！”

那个人拦住了去路，盯着曹雨生，很明显是一个高手。

“你是曹道长？”他皮笑肉不笑地问道。

“别怀疑了，正是你家道爷！”曹雨生相当坦诚，不像以前那样转身就走。哪怕这里是王家负责镇守的要塞，他也不惊慌，因为而今他身边跟着石昊。

“呵呵，道爷请吧，我家主人一直很想念你啊！”此人笑得意味深长。

他虽然知道曹雨生厉害，但是一点也不怕，因为这是王家的地盘，曹雨生敢闯进这里，不死也得脱层皮。

这个地方毗邻要塞，一个招呼而已，王家高手就会尽出，且有大阵封锁，谁能逃走？

还没等曹雨生说话，小狗先开口了：“人宠，你还愣着干什么，给我一爪子拍过去！”

曹雨生心中有些膈应，这狗崽子还真是叫人宠叫上瘾了，在这里作威作福。

不过，对于王家的人他还真是没客气，准备动手。最近这些年他受够了他们的气，东躲西藏，一度被逼得走投无路，最后甚至想直接提前埋掉自己。

“一条小狗崽，居然可以开口说话，这么早就开启智慧了，倒也不凡。”那个人慢悠悠地说道，很是镇定。

结果“啪啪”两声，曹雨生与小狗几乎同时出手，打在那个人的脸上，让他在原地转了三圈。

“你……敢在要塞撒野！”王家的高手又惊又怒。

“都说打狗还看主人呢，但今天我偏偏揍你这条走狗了，你又能怎样？”曹雨生说道。

“汪！”小狗怒了，直接从地面跳起大半米高，反过来一口咬住了曹雨生的一只手。

周围的一群人发愣，而后无语，这真是当着和尚的面骂秃子啊！

“撒手，撒嘴！”曹雨生痛得大叫。

他使劲甩手，结果那条小狗像黏在了上面一样，甩都甩不下去。

“你跟狗皮膏药似的黏在我身上干吗？”曹雨生嚷道。

此时连石昊都无语了，曹雨生还真是自找不舒服啊，一句话而已，估计又刺激到小狗了。

“你还敢骂我！”小狗龇牙咧嘴，更加卖力地撕咬。

曹雨生疼得眼泪都快流出来了，这狗崽子施展秘术，让那种剧痛增加了上百倍，他忍不住诅咒道：“谁知道这世间的诸多俗语都跟你这狗东西有这么多联系，是不是你上辈子坏事做绝了，所以世人这么念叨你。”

让人傻眼的是，小狗居然松口了，还认真地思忖了一番，自语道：“很有可能。那帮蠢货嫉妒我，所以在世间留下了一些关于我的不好的名声。”

人们不禁愣住了，这条小狗是自恋呢，还是傻呢？

这是内讧了吗？趁此机会，王家的高手转身就跑，并且施展秘术，开始传音，给族人报信。

很快，他就得到了回应。

“曹雨生，你还真敢出现啊?!”就在此时，大喝传来，如同惊雷一般。

这是两名老仆，他们身穿灰衣，如同两道灰色的闪电一般，一下子就俯冲了过来，显然是王家的顶级高手。

这两人当年曾伺候过王长生，是他的仆从，而今出现了。

“将他带过来，叩头领罪。”不远处有一座很大的酒楼，酒楼金碧辉煌，雕梁画栋，其中传出一个声音。

光听声音的话，不是很苍老，似乎还算年轻。

楼上有不少人，他们的身份都不一般，有长生世家的人，还有仙域大家族的生灵，他们都是来此求购黑暗法器的。

“我当是谁，原来是王长生的长孙啊！好大的脾气，好大的架子。不过你让我叩头领罪？我看你今天还是来迎接道爷吧！”

“呵呵，丧家之犬，也敢撒野。”王长生的长孙淡淡地说道。

“别说是你，九条虫来了都不够看！”曹雨生冷笑道。

比曹雨生更激动的是那条小狗，听到王家长孙的话，它顿时怒了，大声道：“小子，你死定了，天上地下都没人救得了你！”

第1554章 至尊石昊

WANMEI SHIJIE

“哟，我说曹道长似那丧家之犬，怎么别人急眼了？我还在奇怪呢，原来还真有一条小狗崽子啊！”酒楼中传来笑声。

“哈哈——”酒楼上，许多人大笑起来。那里有一群公子哥，其中既有顶级世家的弟子，也有不朽大教的传人。除此之外，还有女子的轻笑声。

“狗崽子，你被人嘲笑了！”曹雨生转身，低着头看小狗。

此时，小狗的眼睛略微发蓝，鼻子正在向外喷白烟，它咬牙切齿地道：“小子，你死不了了，但我可以告诉你，活着比死还难受！”

看它这脾气就知道，这家伙不是善茬儿，从来都是不吃亏的主儿，这是要报复那些嘲笑它的人。

“人宠，上路，去拿下他们！”小狗冲着曹雨生喊道。

接着，它“嗖”的一声跃起，出现在曹雨生的头顶。

“你给我下去，道爷我一世英名岂能毁在你的手中！”曹雨生急眼道，使劲地揪扯小狗，无奈没用！

这条狗来历太大了，哪怕道行尽失，肉身依旧强大，它就是坐在那里，任你以神兵利刃攻击，都不会被斩伤。

小狗坐在曹雨生的头上，如同生根了一般。

“人宠，给我冲！”小狗呐喊道。

附近，所有人都很疑惑，这几位是什么来历？一条豆丁大的小狗也敢这么张狂，而且还内讧了！

“哈哈——”酒楼传来哄笑声，许多人都哈哈大笑着。

那座楼虽然建在坊市中，但是金碧辉煌，雕梁画栋，是一座宝楼，确切地说是一件法器，方便有身份的人休憩以及交易。

石昊没有说什么，这一人一狗还真是“犯相”，天生不对付，就跟上辈子的宿敌一般，今世纠缠在一起。

“狗崽子，你给我下去！”曹雨生用肥胖的小手使劲揪扯小狗。

“走！”

小狗轻叱一声，身体发光，皮毛晶莹透亮，带着曹雨生一起飞了起来，冲向酒楼。

前方，两名灰衣老者相互看了一眼，并未阻止。他们就是要抓曹雨生过去，现在他自己送上门来了。

“放我下来！”曹雨生还在挣扎。

“别动，这是驭人之术，你现在就好比那人形飞剑。”小狗说道。

“呼啦”一声，一大群人围了过来，堵在酒楼外，看热闹的不嫌事大。

石昊自然也一路跟了过来，到了他目前的境界，哪怕站在众人眼皮底下，也无人能看透他的深浅。

一人一狗一边打架，一边登上了酒楼，径直就到了最高层——第十层。

第十层有一个宽阔的大厅，还有很多包厢，流光溢彩，精气浓郁。整座主楼都是法器，适合修士居住。

王家长孙王天早已走出，他站在那里，正俯视着上楼的曹雨生，笑了笑道：“曹道长，王天来迎接你了。”

这里有不少人，年轻人居多，当然也有部分前辈修士，他们都在打量上楼的人。

“道长，你处境堪忧啊！一条小狗都在你头上作威作福，不如早点加入我王家吧。”王天平和地说道。

许多人都笑了，曹雨生实在有点狼狈。

“嘻嘻——”几名女子捂嘴偷笑，略带嘲讽。这跟她们眼中的那些少年英雄比起来，差得太远了。

“王家我高攀不起！”曹雨生寒声道。

他原本还想在楼外发威呢，结果这条狗是急性子，带着他就上来了，什么威严都没有了。

至于小狗，它正在磨牙运功呢。

“这是道长养的狗吗？还真是有点袖珍，真可爱，是什么品种？这么早就开启慧光了，改天我也养一条。”王天带着淡淡的笑意道。

他的话听着随和，其实是在奚落曹雨生。可是，他不知道，他这样的话却先刺激了小狗。

“汪！掌嘴！”

小狗在虚空中留下一道残影，接着“啪”的一声，一爪子抽在王天的脸上。

在场的众人也只有石昊看得清楚，其他人根本没反应过来。

这一爪子既响亮，又快速，打得王天一个踉跄，接着横飞而起，撞翻了玉石桌椅。同时，他的脸上出现了几道疤痕，那是狗爪子所留。

所有人都愣住了，没想到一条小狗犯了脾气后居然这么凶残，将王家长孙拍飞了。

要知道，那可是长生世家王家的长孙，虽看着平和，但其实体内蕴含着恐怖的神力，一旦出手，没有多少人是他的对手。

王天是王长生的亲孙子，栽培多年，极少出世，实力非常强大。一些人很难相信，才一个照面而已，他就被一条巴掌大的小狗拍得横飞而去。

几名少女吃惊地张大了嘴，惊呼出声。

太不可思议了！

“你敢！”两个灰衣老者就要扑上前去，一人去抓狗，一人去拎曹雨生的脖颈，想要将他们快速拿下。

不得不说，这样出手带着一定的羞辱性，毕竟是要抓人脖颈。

这时，一声冷哼传来。两个灰衣老者身体剧震，瞳孔睁大，看向另外一个年轻人，顿时不由自主地战栗起来。

只是一声冷哼而已，却让他们如遭雷击，身体发抖，忍不住要跪伏下去。

“你们想动手拿谁？”石昊冷冷地问道。

其他人都看出了不对劲，震惊地看向那个年轻人，他是什么身份？为何吓住了两个灰衣老者？

有些人知道，这两个灰衣老者当年可是伺候过王长生的，是他的仆从！

“你……”两人惶恐不已，那是发自内心的。

“扑通扑通”两声，两个灰衣老者不受控制，就这么跪伏了下来。

那是身体本能，背叛了他们的意志，就像是山林中的走兽见到了兽王一般。

“你是谁？”此时，王天站了起来，吃惊地看着这一幕，脸色难看。

今日，他被一条小狗抽了一嘴巴并且打飞，感到羞恼无比。

此时，哪怕知道石昊不凡，他也忍不住喝问，怒火中烧。他很想直接出手，倒也不担心后果，因为王家“九条龙”中的成员有人在要塞坐镇。

“我是谁？”石昊冷冷地道。

被石昊的目光一扫，身在遁一境，十分强大的王天也双腿发软，心神战栗，直接跪在了地上。

这是一种生物本能，屈从于恐怖的强者，他身体不受控制，就这么叩倒在地，浑身战栗不止。

所有人都愣住了。

一些来自长生世家的人都觉得心惊。此时也有仙域的年轻生灵在场，他们亦露出惊容。

几名少女掩嘴惊呼，那可是王天啊，王家的长孙，才被人斥了一句，看了一眼，就跪在了那里，太惊人了！

“哈哈，王家长孙，你不是架子很大吗，怎么跪下来了？还真让我说对了，跪迎我啊！”曹雨生大笑道，畅快无比，总算出了一口恶气。

就在这时，虚空中传来一道冷哼声，如同炸雷一般。

“敢在我王家地盘作乱？”声音传来的刹那，一只大手从要塞方向探来，笼罩酒楼，要将石昊擒住。

“王大，你太自以为是了，想对我动手？”此时，石昊也出手了。

“砰”的一声，他没有外放气息，而是伸出右臂，张开五指，一把将虚空中的大手给攥住了，而后直接抓了过来。

一道吼声响起，带着惊怒，还带着一缕惧意。

王大真的震惊了，有人一把揪住他的手臂，将他的本体直接从要塞中扯了过去。

“咚！”

石昊松手，将一个灰衣人扔在地上，砸得这里剧烈地摇颤，正是王家“九条龙”中的王大。

此时，所有人都如同泥塑木雕一般，彻底惊呆了。

第1555章 震撼

WANMEI SHIJIE

这个灰衣人有一头灰发，夹着一些白发，年岁极高。他是谁？——王长生的长子！他在太古前就出生了，法力高深莫测。

许多人都对他忌惮不已，在九天上都没有几人敢招惹他，因为他的来头太大了！可就是这么一个强人，生生被俘虏而来，被人扔在地上，着实惊呆了每一个人！

不知道自哪个年代开始，王长生的长子就已经是遁一境巅峰的强者，道行极高，于世间赫赫有名。

这么强大的一个人被人擒下，摔在大厅中，怎能不让众人惊悚？

“你是谁？”王大看着石昊，又惊又怒。王家是长生世家，王长生在九天十地号称无敌。

可以说，王家算是当世最尊贵的家族，仙域修士若不出手，谁敢招惹他们？

此时，虽然石昊站在王大的面前，但是王大看不透石昊。

石昊的修为到了至尊境，法力强大，气吞山河，他安静地站在那里，整个人神秘无比，如同被大道迷雾所笼罩。

其实并没有迷雾，只是石昊的道行太高深，外人看不透而已。

这就是至尊境的道行，若是至尊不愿意显化于世，哪怕站在面前，一般人也认不出，可谓当面不识君。

王大心存侥幸，认为这多半是一位准至尊。他不太相信这是一名真正的至尊强者，因为他在石昊身上感应到了蓬勃的生命朝气，觉得石昊的年纪不是很大。

石昊向前迈步，俯视着王大，这让王大非常不舒服，这么多年来谁敢这么小觑他？

王大一跃而起，他负伤了，而且不轻！

“这位道友，你未免太霸道了，这里是边境要塞，容不得你撒野！”王大沉声说道。

石昊知道王大的性情，此人桀骜而自负，当年一言不合便要抬手除掉他，脾气相当大。

“我这样算霸道吗？怎比得上你王家，一个王家长孙而已，便呼喝我等，让我等跪下领罪！”石昊说道。

之前，王家长孙王天的确如此，命令两个灰衣老者捉拿曹雨生等人，让他们跪下领罪。

“年轻人脾气冲，可以理解，道友你何必以大欺小，跟他一般见识呢？”王大说道。

王大脾气虽大，但是也知道轻重，眼前这个人太神秘，实力高深，他不愿也不想当场翻脸。

“我这人脾气也很冲，所以没办法，人打我脸上一拳，我只能踹他一脚。”石昊平静地说道。

他对王家没有一点好感，尤其是“九条龙”。当年王家的“九条龙”几次要除掉他，其中一次甚至直接冲入天神书院，趁大长老不在，险些取走他的性命。

如今，石昊出关了，成为至尊境高手。再跟他们遇上，他自然不会避退，更不用逃了。

“朋友，事已至此，我们便就此揭过如何？”王大说道。

曹雨生嗤笑，道：“老家伙，你还真是挺自负啊！自身都难保呢，还这么强硬。连句道歉的话都没有，就想揭过去？是不是准备去寻你的那些兄弟，再拉来你的老父，然后围攻我等？”

王大冷冷地看了曹雨生一眼，双目深邃，如果是一般的人被他这样一瞪，可能就晕倒了。

石昊怎么可能容王大施展毒手？这片区域现下如春风拂面般柔和与温暖，任何手段都无用。

“天儿过来！”王大开口道。

王天是王大的亲儿子，身为王家长孙，天资卓绝，实力非常强，可是现在他却伏在地上，微微发抖。

王大脸色铁青，他已经喊了，可是王天还是起不来，被至尊的威势压迫。

“道友，你未免欺人太甚！就是天儿对你们不敬，欲出手，不是没有成功吗？你为何还这么咄咄逼人?!”王大喝道。

王大有些压制不住自己的暴脾气了。

石昊没有说话，静静地看着王大，想到自己昔日被王家的“九条龙”俯视，几次险死还生，而今自己崛起，心绪复杂。

这世间斗转星移，变化太快，当年的小修士已经成长起来了。

“你还不肯揭过吗？”王大神色冷漠，看向石昊，“王天是长孙，为我父所喜，你这样折辱他，是想跟我王家开战吗？”

王大的火气上来了，他虽然知道眼前之人比他强，但并不认为对方会彻底跟他翻脸。

他有底气，因为王家现在隐约有九天上第一家族之势，他的老父神功大成，实力越发恐怖。

此外，最近这些年，他们王家积极与各方联系，暗中接触过黑暗生灵，明面上则同仙域一些大家族交好。

可以说，他们王家多方走动，拉拢了一批势力。

而且，他们王家手中掌握的平乱诀，让仙域的一些古老道统的修士都眼热，有人放话，愿意接他们进仙域。

故此，最近几年，王家越发强势。

王大有恃无恐，只要不是黑暗生灵，他相信对方会做出最明智的取舍。

“你是在威胁我吗？”石昊淡淡地扫了他一眼。

“放开天儿，就此罢休！”王大没有否认，直接以这种话回应。

他有底气，因为他在这酒楼上见到了熟人，那是仙域的某一大家族，底蕴很强，那个家族的几人此时正在对他点头，以微笑致意。有那几人在，他相信眼前这个人不敢乱来。

“呵呵呵——”石昊笑了。

“你在笑什么？有什么可笑的？”王大沉着脸说道。

“我笑你不知死活，眼下还敢威胁我。”石昊嘴角微翘，露出带着揶揄的笑容。

“威胁你又怎样？你是否放人?!”王大恼了，暴脾气一上来，就什么都不顾了。

这是习性使然，当年他敢对大长老孟天正张牙舞爪，所依仗的就是他的老父，如今有仙域盟友在，他自然也很强硬。

“啪！”石昊没有说什么，一巴掌抡了过去，击中王大的面部，让他身体横飞，撞向墙壁。

王大恼羞成怒，在摔倒的刹那，他腾跃而起，发出神光，施展禁忌秘术，对付石昊。

他冲过来与石昊动手时，浑身法力激烈地震荡。

王大这一次心惊了，他原以为对方是准至尊，比他只强一点，但是，现在看来，对方多半已经进入那个高深领域了。

“有点意思，所谓‘九条龙’有些门道。”石昊说道。

“砰”的一声，这一次，他一脚扫出，踢中了王大。

王大即便宝术尽出，功法玄妙，也根本不敌石昊。

王大远比一般的遁一境巅峰的修士强大，因为他体内刻有神秘的法阵，他的八个兄弟皆是如此，若是合在一起，则天下无敌。

这件事，石昊早已在边荒了解到了，而今跟王大动手，才进一步明晓。

若是一般的人，石昊只要散发威压，就足以压制得对方动弹不得。

但最后，结果不会改变。

“砰！”

石昊出拳，将王大轰得倒下了。

王大第一时间站了起来，浑身发光，他披头散发，盯着石昊，又惊又惧。

“果然不凡，有些门道。”石昊点头道。

王大体内有法阵，第一时间发威，阻挡了死劫，并迅速复原。

王家的“九条龙”若是有两三人站在一起，他们的法阵会生生不息，彼此加持，威力更为恐怖。

“你有福了。”此时，小狗开口，看向曹雨生，“你体内也刻有法阵，是吧？如果将王家‘九条龙’体内的九角法阵都移进你的体内，你日后可能会因此而成道！”

“既然如此，我送你一份大礼。”石昊闻言，向前走去，一脚将王大踢了出去，让他动弹不得。

酒楼上，许多人都心惊肉跳。几名少女深感不可思议，这个人太强了，居然无惧王家。

“道友，得饶人处且饶人。”就在此时，仙域某个家族的人终于开口了。

数十人一起走来，他们脸色平静，一字排开，挡在王大的身前。

“王家人辱我在先，我出手惩戒有何不可？”石昊问道。

“我不管你们有什么恩怨，现在立刻罢手，你可以离开了。”其中一个白衣年轻人说道。

“道友，事已至此，还是化干戈为玉帛吧，此事到此结束了。”一个老者说道。

石昊看着老者，道：“你的话还算中听，不过，这位年轻人似乎很张狂。”

“我仙域洪家要保几个人，还要跟你低声下气不成？”那个年轻人冷冷地说道。

石昊笑了笑，声音低沉而有力：“这是我的俘虏，谁拦阻都无用！”

这几人又不是真仙，也敢对他颐指气使？大不了全部镇压，带回下界去。

“你想与我洪家为敌？”对面，有人冷冷地道。

石昊还没说什么，小狗就开口道：“什么洪家，记得当年我在仙域收了个人宠，也是姓洪，该不会就是你们家的吧？”

“小狗崽子，你……”那个白衣年轻人气得以手指向小狗，脸色阴冷。

“让本王试试看。”小狗自语道，从脖子上取下一个铃铛，而后在这里摇动起来。

“扑通扑通……”

一刹那，对面那几人全都浑身发光，满头都是神秘的符文，倒在地上不断打滚，惨叫连连。

“还真是那个洪家，那姓洪的被我收为人宠，将铭刻进血液中的诅咒传给了后代，嘿嘿！”小狗傻笑道。

“啊——”洪家的人惨叫起来。

铃铛声消失后，有人战战兢兢地跪伏在那里，颤声道：“您真是那位大人？”

所有人都傻眼了，即便神经再粗大的人，此时都震撼无比。

第1556章 来头逆天的小狗崽

WANMEI SHIJIE

小狗压根儿就没怎么在意此事，它斜睨着他们，让人相当无语，这太诡异了。

“大人……真的是您吗？”年纪最大的那个老者颤抖着，跪在地上，神态谦恭，无比敬畏。

这让人彻底傻眼了，来自仙域的家族怎么会对一条小狗这么恭顺，甚至非常惧怕？

“你们刚才称呼我什么来着？”小狗斜着眼睛看着他们，它已经跳到一张玉石桌上，不然的话，它太矮了。

老者当即冒出冷汗，寒毛竖起，因为他们族的白衣年轻人可是一口一个小狗崽子地叫它啊！

尤其是，想到这条狗当年的心性，就更加让人恐惧了，这么当众咒骂它，这不是活腻歪了吗？

当年，这一族的老祖可是没少被狗咬啊，哪怕成为真仙了，都觉得往事不堪回首，那是一段血泪史。

现在，他们这些后人遇上了这位祖宗，能不害怕吗？

“大人，您不要和我们一般见识，请宽恕我们。”老者不得不做出低姿态。

他身后的几人表情各不相同，有人震惊，有人发呆，还有人茫然，不知所措。显然，这一族不是所有人都知道那段往事。

“叔父！”一个中年人小声唤了一声。

“闭嘴！”老者斥道。

“真的没有想到，这么多年过去，还能见到你们这一族。嘿嘿！”小狗笑道，一嘴雪白的犬牙让人心里发毛。

事实上，这个老者心中也在诅咒呢，这都过去多少年了？一个纪元了，这个狗东西怎么又跳出来了？

当年，他的祖上确信这条狗已经殒命了，在仙古一战中，它被人偷袭，结果现在它又出现了。

他很想立刻回去，禀告祖上——那条狗还活着！

还有没有天理？当年的魔头、恶棍，一个让他的祖上闻之都面色发白的存在，时隔漫长的岁月还能出现！

“没什么可说的，过来吧，先给我的人宠赔罪。”小狗伸出一只小爪子，指向曹雨生。

仙域洪家的几人实在有些抵触，尤其是中青代，被一条小狗呵斥，要求赔礼道歉，他们有点受不了。

“这是您的人宠？”老者一脸的认真之色，小心谨慎地问道。

“滚！”曹雨生实在忍不了了。

“我们又没责难他，只是跟那个年轻人呛了两句而已。”后面有一个人嘀咕道。他承认他们针对石昊了，但好像还没有为难曹雨生。

“这事就是因我的人宠而起，你们自然要向他赔个不是。”小狗大剌剌地说道。

“叔祖，何必如此？它只是一条小狗，值得您这般低声下气吗?!”那个白衣年轻人早就忍受不了了。

事实上，他一直在忍着，肺都要气炸了，他们这一族可是出了真仙的强族，现在居然这么低三下四地向一条小狗道歉。

他无论如何也接受不了，觉得这是奇耻大辱。不过，他并不知道他们这一族的由来，也不了解过往的真相。

对于他们这一族的老祖来说，那是一段黑暗历史，也是一段血泪史，怎么可能讲给所有后代听，因此只有少数稳重之辈知道。

“你不服？”

“嗖”的一声，小狗跃起，落在了白衣年轻人的头上，一顿乱拍。

白衣年轻人眼冒金星，险些一头栽倒在地上。

他实在气坏了，肝疼、胃疼，浑身都觉得疼，他居然被一个狗崽子欺负到家了！

“你敢辱我！”白衣年轻人大叫道。

“你谈什么辱，你祖先都是我的人宠，你这小豆丁也敢跟我叫板。”小狗大模大样地奚落道。

“我跟你拼了！”白衣年轻人施展秘法，想要攻击小狗，结果宝术落在它的身上，毫无作用。

旁边，洪家其他人都吓坏了，尤其是那个老者，面若土色，跪在地上，瑟瑟发抖。

“孽畜，你还不快给我住手！”老者大吼道。

“叔祖，你怎能这样？”白衣年轻人惊怒交加。

“它……真的是我们的主上。”老者艰难地开口道。

众人哗然。尤其是仙域来的几个家族，听闻后都露出异样的神色，这个消息太惊人了。

一条小狗，张嘴闭嘴都是人宠，所说的竟然都是真的，它是什么来头?!

至于王大和王长生的两名仆人，还有王天，此时都愣住了，表情僵硬，全都震撼无比。

王家人傻眼了，他们认为可以倚仗的仙域家族，居然被一条小狗压制，这简直要吓死人啊!

尤其是听到那话，怎么听怎么不对劲，洪家老祖那可是真仙级的存在啊，竟是这条小狗的人宠?

这还有天理吗?这是想吓死各大世家啊!

最起码来自九天的长生世家的公子、小姐都被镇住了，一个个大气都不敢出，从没有像今天这么害怕过。

想到不久前，王家长孙王天颐指气使，轻慢曹雨生和这条小狗，众人一阵无语，那还真是作死啊!

“啪啪啪！”

洪家的老者仗着胆子起身，对白衣年轻人一顿揍，打得他满脸肿胀，跪伏在地。

王大彻底愣住了，他原本还想借助仙域家族的力量威慑石昊，碾压敌手呢，结果这所谓盟友直接……

这个时候，石昊动手了，他将王大拎了过来，想将其体内的法阵拿出来，送曹雨生一份大礼。

曹雨生如今七八岁的样子，胖嘟嘟的，穿着一身道袍，“嗖”的一声蹿到了王天近前。

“我让你派人追杀我，你再作威作福啊！这么多年，你打着王家长孙的名号，满天下地缉拿我，我呸！”

“哧！”

王大体内发光，被石昊触碰到了铭刻在他血肉中的奇异法阵，他的神魂都一阵颤抖。

“不，你不能这样！”王大喊道。

“这是我父亲王长生布下的，你若是强取，他会心生感应。”王大说道。他第一次露出惧怕之色，但也没有忘记恫吓对方。

石昊一掌拍下，让他身体剧震，同时体内的法阵光芒大盛，纹路越发清晰了。

“大人，您跟我们回仙域吗？想必……祖上见到您，一定会……很高兴！”洪家的老者对小狗说道。

鬼才高兴呢，老者知道，他们的老祖恨死这条狗了，一辈子都不想见到它，真要领回去，估计老祖想活剐了他！

小狗的嘴巴都快咧到耳后根那里去了，露出一嘴雪白的小犬牙，干笑道：“不急！”

事实上，小狗不敢去仙域，如今它道行已经废了，真要让仙域的那位人宠知道，非得扒了它的皮不可。

不过，其他人可不这么想，他们都想着向家族中报信呢，今天这里发生了天大的事，一条小狗居然曾经收一位真仙为人宠！

就是来自仙域的家族此时也觉得，这条小狗的来头太大，得将消息传回去。

第1557章 大德

WANMEI SHIJIE

人们真心觉得，这个世界太疯狂了，一条小狗都成了高高在上、让人看不懂的存在。

洪家，那可是一个强大的真仙家族，其老祖成仙于仙古纪元，实力强大，经过一个纪元的沉淀，很难想象他现在有多强。

可是，今天却爆出一个天大的料，他是人宠，一条狗曾为他的主人！

一代强人——洪法，居然有这样的黑历史！这还真不知道说是曲折，还是污点，令人匪夷所思。

一刹那，各种目光一齐投来，落在小狗的身上，连早先发威的石昊都暂时被人忽略了，所有人都盯着小狗。

众人目光火热，这主儿虽然看上去不怎么威武，既不是真龙，也不是仙凰，但它曾收真仙为宠物！

“不知前辈怎么称呼？”有人凑了过来，跪下来向小狗行大礼，恭谨无比。

有人开头，其他人见状，“呼啦”一声，一下子都围了过来。众人如同看稀有动物一般，盯着小狗，然后参拜。

“吾名大德，有德才有道，有道才成仙，正所谓得道成仙。”小狗一脸严肃地说道，很郑重地道出了自己的名字——大德。

“前辈，您在哪里清修？可愿招收门徒？”有人沉不住气，直接这么问道。

其他人也都是抱着结交、讨好的目的而来，只是都想先套些近乎。结果有人就这么摆明了态度，开始“进攻”。

“我住在上苍山，与混元仙王为邻，感知天地有大劫，故下山而来！”小狗严肃地说道。

一群人顿时发愣，这么严重？不过，怎么觉得像是个神棍啊？

“说人话。”曹雨生说道。

“你这人宠，别恃宠而骄，不然，我就将你打进地狱，去反省一万载！”小狗威胁道。

“这位道友，还是不要乱说了。”

“前辈在讲真言，你不要胡说！”

其他人一起数落曹雨生，竞相维护小狗。

曹雨生在心中诅咒：这群孙子，我为你们说话呢，免得你们被狗骗，结果你们却不知好歹。

其实，这群人也不傻，他们都觉得这条狗有点夸大了，但是都明白它来头极大，而今他们不过是投其所好。

连洪家老祖都是它的人宠，它得有多强？若是和这条狗处理好关系，那必然是好处多多。

许多人都抱着目的，觉得若是能讨这条狗欢心，等于为家族结交了一个强大的盟友，值得付出代价。

洪家的人，一个个都还跪在那里呢，他们敢怒不敢言，只能老实地跪着。

“前辈，可有所需？我等愿效犬马之劳！”有人拍马屁。

小狗当即就瞪了那人一眼，什么犬马之劳？这是恭维它，还是骂它啊？

那个拍马屁的人当即就想抽自己的嘴巴，真是不会说话，不过，这本来就是一条狗，要怎么称赞它好呢？

小狗还算沉稳，没有发作，并且装模作样地道：“贫道闭关百万年，远离红尘无数载，如今出世，只想体验红尘的气息。”

“前辈实在是高人！”

“大德前辈的境界，我等只能仰望，无法想象。”

一群人发出赞叹，其中倒也有些实话。他们的确无法想象小狗如今的境界，根本看不透，觉得它说的可能有道理。

“还请前辈明示，在此讲道，我等无比渴求，愿意聆听！”许多人请求道，他们想听洪法真仙的主人讲大道。

“对我来说，出世已经是下等境界，讲经太肤浅，一切的法与道都在一言一行中，蕴含在红尘百态内。”小狗故作深沉地说道。

曹雨生白了小狗一眼，很想说，你就装吧。但这次，他被小狗警告了，没敢乱说话，不然的话估计会被咬。

“请前辈为我等解惑，进一步明示！”有人郑重地请求道。

“可以。你们身上可有神药？”小狗问道。

众人一阵迟疑，最后有人取出一株神药，将之放在玉石桌上，那是来自仙域的一个大家族的传人。

这是大手笔，随身就带着神药，可以保命。当然，神药的根茎不在，留在药园子中。

“谁还有？”小狗问道。

“我有！”接着，又有两人站了出来。在小狗的示意下，他们把神药放在了玉石桌上。

不远处，曹雨生双眼放光，这一次他安静了，很老实本分，隐隐约约地在期待。

“谁有九转仙丹？”小狗问道。

这一次，人们都一齐摇头，开什么玩笑，那东西能随便带在身上吗？那可是以长生药炼制的无上宝丹！

这种丹药在仙域都十分稀少，很难看到，因为这种无上仙丹只要吃一颗，就有可能会白日飞仙。

这是古今以来价值最高的宝丹！

“没有就算了。”小狗颇为失望地摇了摇头。

而后，它伸出一只爪子，拈起一株神药，像是啃萝卜一般，就这么直接给啃了。

“前辈！”那个拿出神药的年轻人差点跳起来。哪怕他来自仙域，家族底蕴丰厚，可是平白无故地送人神药当萝卜啃，那也吃不消啊！

他起初还以为这条小狗会以此神药来演绎大道，或者引出一番无上天机与道理呢，结果，它就这么直接把神药给啃了！

此时，另外两个拿出神药的人也坐不住了。他们张了张嘴，就要索回神药，并且都伸手了，谁知道小狗速度更快，又两根“萝卜”到手，几口就给啃了！

“啊！这……”三人脸都绿了，想说些什么，但又憋回去了。

“在我眼中，这所谓神药、仙草，不过是寻常的果腹之物。我出世太久，未免有些怀念，想尝一尝这些药草的滋味。”小狗说道。

那三人的肺差点气炸，这狗崽子居然只是为了满足口腹之欲，还说得这么一本正经，啃掉了三根“萝卜”，错，神药！

“吸了一些红尘气，吾心也从天外回归红尘了，便为你们演绎无上大道的轨迹吧。”小狗说道。

它一副很凝重的样子，一双狗爪子在那里缓慢地划动着，如同摸鱼一般，很是古怪。

一群人看得很认真，认为小狗的动作颇有深意。

只有知道它性情的曹雨生暗中吐了一口唾沫，扭头就走了，他知道这狗崽子肯定是在乱比画呢。他气愤不过，它竟没有给他留一株神药。

石昊也很无语，他一招手，将曹雨生叫了过去，为他铭刻大阵纹路。

“啊——”一声惨叫打破了宁静。所有人都回头，看向石昊。

王大在惨叫，他体内的法阵被石昊生生剥离出来，随后铭刻进曹雨生的体内。

“等集全九角法阵，便是你崛起之时。”石昊微笑着道。

旁边，王大痛苦无比，取法阵的过程，如同在取他的骨头，他整个人都瘫倒在地上了。

“好了，今天就到这里，下次再为尔等讲道。”小狗说道。

石昊对王大道：“暂且留你一命！”

“咚！”

石昊弹指，将王大敲晕，而后扔进空间法器中，他想尝试着从王大身上搜取平乱诀。

“嗖嗖嗖！”

三道身影从这里消失了。

“跑这么快做什么？”曹雨生喘粗气，结果被石昊一把拉走了。

“废话，不跑这么快，难道等我那一群老仇人来捉我啊？”小狗说道。

“你不是有一个人宠吗？他都成真仙了，还怕什么？”曹雨生问道。

“你要是成为真仙，还愿意做我的人宠吗？如果知道我道行消失，你会不会想炖了我？”小狗问道。

“自然！”

“汪！我先吃了你！”

…………

石昊彻底明白了，这条小狗树敌太多，自己都心虚了，刚冒头而已，现在就又立刻跑路。

如今，仙域大军在此界，小狗怕有人赶过来。

这得多招人恨啊！昔日，它都造了什么孽？

“我们现在去哪里？”曹雨生问道。

“去九天上，看望一下金太君，还有风族的老祖。”石昊说道。

第1558章 末法时代临近

WANMEI SHIJIE

"咚！"

虚空中传来巨响。

整片天地都在轻微地动荡，浩瀚的规则之力弥漫，犹如开天辟地的巨人在挥动斧子，再次开辟乾坤。

乱了，世间很多强者都变了脸色，深感寒意，生出一种无力感。

一方古界从域外飘浮而来，向三千道州接近，短期内多半会连在一起，真正的融合或许要开始了！

天地动荡，九天十地在整合中，早晚会融为一体。

远处，一处古界被模糊的星空包裹着，发出朦胧的光，在缓缓接近。

古界向三千道州靠近时，雷电闪耀，规则绽放。

两者只是接近，还并未连在一起，就引发了天地颤动。人们担忧，一旦古界与三千道州连接在一起，会不会毁掉两界的诸多生灵？

这或许将是一场灾难，让人焦虑，令人忧心。

"轰隆！"

与此同时，九天上有一些"天"已经无限靠近，要归于一地。

"比想象中的要快。"有人低语道。

仙域的人马聚集在一地，开始收拢，并没有跟黑暗生灵决战。他们在商议，在讨论，有人提出立即撤退。

因为，一刹那而已，天地间的精气锐减。

稍微一融合，九天十地就会贫瘠不少，这是天地的反噬，末法时代越来越近了。

所谓九天十地重归为一界，只是表象，真正的本质是，末法时代，甚至无法时代即将到来。

三千道州的某一地，石昊、曹雨生、小狗止步，静静地看着，感悟大天地的变化。

“糟糕的年代到来了，本王选在这时出世大事不妙。”小狗神色凝重，这一次绝不是装的。

“有什么具体说法？”曹雨生问道。

“末法时代，天地反噬，除了修为难有寸进，各族生灵的寿元都要急骤下降，动辄活百万岁的老怪物将绝迹。”小狗说道。

这是它的忧虑之处，如今它已经不是真仙，不能长生不死，生命有了尽头，这对它影响太大了。

而且，哪怕是真仙，也会在天地反噬中遭遇危机。这是一处危险的古地！

依照小狗所说，九天十地已经不适合强者居住了，将有大变。

“最严重的情况会怎样？世间诸强的命运如何？”石昊也开口询问，神色严肃。

“所有人的生命都将无多，比如那年纪在百年以上的修士，可能会直接步入晚年，没有几年好活。”小狗严肃地说道。

“还有呢？”

“哪怕是至尊，只要是年老者，都将血气枯竭，活不了多少年！”

“我呢？”石昊问道。

“你是幸运的，因为你还年轻，便已经是至尊级强者，还有大把的时间可活，估计能有一万载的寿元。”小狗说道。

曹雨生倒吸了一口凉气，成为至尊，也只有万载岁月了，这很恐怖，同以前相比，变化太大了！

“错，很可能只有三四千年可活！”小狗又这般说道。

“什么？”曹雨生险些跳起来，越说越可怕了，连至尊都只有这么一段岁月可活，那其他人呢？

“普通人无感，寿命不会有太大的变化，主要是针对修士，不然何以被称作末法时代？”小狗说道。

“以前发生过吗？”石昊问道。若是发生过，结果如何？

“曾有过。修士灭绝，仙域被波及，受损不轻。”小狗认真地回想。它有些焦躁，遇上了最不好的时代。

举世同寂，天下无修士，这将是最恐怖的结果。

“那会对黑暗生灵有影响吗？”石昊问道。

“一样，只要是修士，就会被天地反噬。”小狗点头道。这或许算是不幸中的一个好消息。

此时，石昊站在恶魔岛上，看着仙坟，那里依旧没有什么变化，他的祖父还在坟前，而阿蛮还是盘坐在坟上。

隐约间，两人仿佛跟这里融为一体，守护此地。他们依旧没有苏醒，始终一动不动。

石昊脸上露出忧色，黑暗物质侵袭，接着末法时代要来了，他是否要强行带走两人呢？

“不行！”小狗说道。它第一次露出惊容，情绪波动剧烈。

“这见鬼的地方居然复苏了。这里的路要通了，那个人，那一族什么时候归来？”它喃喃道。

“你知道什么？”石昊询问道。

“我不知道那是什么年代的生灵。仙古年间，这里发生了一些可怕的事情，最后，正主没能归来。”小狗说道。

它坦言，就是它也不知道那位存在真正的来历。

那或许是一位无上的存在，或许是一个无上的种群，当那位存在真正归来时，可能就是天地最惨烈的纪元初始时！

不仅当世在流传的世上最可怕的大清算将要到来，就是当年也有无上强者看到一角未来，预测到下一个纪元可能是浩劫的开始，而后一切就会结束！

“一切结束，什么意思？”曹雨生毛骨悚然，他真的害怕了。

“就是清算所有，什么都不剩下。”小狗答道。

这个答案让曹雨生头皮发麻，这太可怕了，最后举世死寂，这般收场？

“黑暗生灵是否会来这里？”石昊问道，这是他所担忧的。

“不会，他们也怕这条路上的生灵。能参与清算的，都是至高的存在，黑暗生灵也不敢轻易招惹。”小狗说道。

石昊长出了一口气，他怕祖父还有阿蛮始终在这里，因为逃不走而会黑暗化。

“这两人多半被这条路上的生灵选中了，应该会有一番机缘。”小狗说道。

数日后，两人一狗出现在九天上。

在此过程中，王大被严刑拷问，但他的嘴巴很严，就是不说，事实上，他也没有办法说出平乱诀。

那是一种禁忌，他的识海深处被布下了禁制，一旦触及平乱诀的秘密，他的元神就会炸开。

“平乱诀啊！”石昊轻叹道。他对平乱诀念念不忘，但是王家的防范措施严密，就是王长生的长子王大头颅中都有禁制，宁愿死，也不泄露秘密。

石昊虽然已经掌握草字剑诀，但是依旧对平乱诀有一种执着。隐约间，他觉得平乱诀最适合他！

将元神锤炼成剑胎，那正是他所希冀的，锻神的无上大法，不是说说而已。

“王长生亲自出关，正在满世界寻你呢。”曹雨生小声道。

自从来到九天上，他们就听闻了这个消息，王大被俘，引得王长生出关。

金太君、风族老祖也发话了，谴责这种行为，声援王家，这是九天上传出的消息。

石昊想掂量一下其他至尊的实力。

“王家、金家、风族，哪一族没人坐镇，确切地说，是否有至尊出关，不在家中？”石昊问道。

虽然他想去见一见金太君，但如果对方族中没有至尊坐镇，他更愿意去拜访。

他对金太君的神药园子很感兴趣，对王家的藏经阁更是眼热，他想去“串门”，留下自己的足迹。

“咚！”

九天上，两块“天”连接在一起，今日完成融合。

没有想象中的大地震，只有规则在浩荡，斩向一切修士，让许多人忍不住大叫。

隐约间，他们觉得，自己失去了一些东西。

末法时代，天地反噬，终于来了。

第1559章 天命已逝

WANMEI SHIJIE

末法时代初临！

随着两块“天”连接在一起，无形中的一斩令诸多修士大叫，身体一颤，丢失了某些东西。

那是什么？许多人抬头望天，而后又低头看自己的双手，究竟失去了什么？说不清道不明，但就是觉得，一些东西远去了。

“天命已逝！”小狗说道。它一张脸黑乎乎的，严肃得可怕，抬头望天。

“什么意思？”曹雨生不解，开口询问。

“天地反噬开始，赐予万物的天命被斩掉了。正如我此前所说，一些人的寿元会快速减少，不久的将来，当九天十地彻底融为一体时，一些生灵将直接老死！”小狗说道。

这一日，但凡修士都心生感应，只不过多数人不明白那意味着什么，不了解所丢失的为何物。

仙域的高层自然知道发生了什么，一个个神色郑重，他们在讨论，在商谈，越来越多的强者支持退兵。

“反噬很可怕，一旦到了最严重的时刻，我仙域界门不关闭的话，必然被波及，后果无人可承受！”一位老者开口道。

“走，必须立刻撤军！这黑暗生灵没法打了，我想他们的高层也要撤退了，谁敢在天地剧变时待在这里？”一位中年大统领附和道，也倾向于远离这里。

各处大陆，黑暗之地占据半壁江山，今日神秘主导者们也在碰头，在商讨，果然亦有撤军的态势。

天地反噬，末法时代到来，这影响太大了。

“我感觉到自身寿元被斩了部分，需要去黑暗源地恢复，真是恐怖啊！”有人低语道，在黑暗中发出幽幽的声音。这声音很冷酷，没有什么情绪波动。

同样，仙域的修士中，也有一部分人在皱眉，都觉得强如他们也在今日受到了冲击，实在难以置信。

“需要仙道规则滋养，才能弥补。”一位老者轻叹道。

他们意识到，今日之事比他们想象的还要严重。若是天地干枯，进入末法时代，都不见得有今日这么恐怖。

最令他们心惊的是，在天地剧变的过程中，突然来了那么一斩，它虽无形，但是斩了所有生灵一刀！

那是天命，虽看不到，却真实存在，是乾坤赐予的。而今天命被收割走一部分或者全部！

石昊盘坐在地，默默地体悟自身的情况，摒除一切喜怒哀乐，令自己道心宁静，审视自身的一切变化。

天地一斩，他没有办法改变，身在这天地中，他无法逃避。

“想办法进仙域？”曹雨生说道。这片天地没法待了，他们赶上了最糟糕的年代。

“没错。最坏的时代到来了，可怕的不是最终的结果，而是这一过程，几乎每个人都难逃被斩的下场。”小狗也在体悟，得出了这样的结论。

这比末法时代还要可怕，亲身经历这种变故，所承受的更为可怖。

“仙域的确能避险，但是，我不去！”小狗很直接，那地方现在对于它来说等于龙潭虎穴。

它仇家太多，不说其他人，光是那个所谓人宠——洪家老祖，就让它受不了，他一旦发现它，非要活剥了它不可。

不用怀疑，到了真仙境，那个人已经手段通天，不是而今的小狗所能束缚的。

“你都干了多少坏事啊？”连石昊都忍不住问道，“难道你就没有几个朋友吗？”

“唉，朋友都在此界啊！可是，这一界的朋友在仙古末年全殒命了，指望不上了。”小狗叹气道。

“你族中就没有其他人，或者道侣什么的吗？”曹雨生奚落它。

“我崛起于草莽中，以肉体凡胎成就无上果位，与仙王同尊，与天地同在，族人指望不上。至于道侣……当年我在仙域的确看中一个，结果闹翻了，她反过来想收我为战宠，因此还跟无终仙王打了一架。我现在要是出现，让她知道的话……”说到这里，小狗一缩脖子，不敢说下去了。

曹雨生目瞪口呆，好长时间，才道：“你这真是狗仗人势啊，强抢民女不成，遭报应了。”

“汪，你会说话吗?!”小狗汪汪叫着，扑了过去。它虽然只有巴掌大，但直接按倒了曹雨生。

“我说的不是事实吗？”

“那是位天骄，仙道绝世高手，算是民女吗？我那是在挑战权威，不畏强权！”小狗正义凛然，标榜自己。

九天上，如今很不宁静，各族都惶恐不安，末法时代要到了，谁还能镇静?

如今各大长生世家都在奔走，要进入仙域中，躲避这种大灾劫，这一界没法待了。

为此，他们不惜付出各种代价，与仙域一些大势力交换利益。

比如，有的长生道统想将教中圣女嫁给仙域某一真仙家族内的年轻弟子，也不管教中曾经要求圣女必须冰清玉洁、不可嫁人的门规了。而且，他们对那真仙家族的年轻弟子的要求也不是很高，哪怕不是嫡系传人也无妨，只要能接引他们进入仙域即可。

石昊他们的第一目标就是金家，他们来这里转悠两三日了，已经了解到了一些情况。

金家正在积极与仙域的“本家”联系，前阵子有线索了，可最近联系又断了。

现在，他们又想以金家内传的古经为引子，与仙域的一股势力交换利益。此外，他们也尝试接触黑暗生灵，全面做准备。

“金太君那老东西出来了！”石昊早已收敛了所有气息，眼中的光芒一闪而没。

等了几日，他终于感应到了，金太君出动，要离开金家。

石昊早先还以为她早就离开了呢，结果发现她始终待在族中。

还好，他们没有贸然行事，不然的话，金太君亲自主持绝世法阵，可能会给他们来一个绝杀。

一辆辇车驶出金家，缓缓而行，带着丝丝缕缕的混沌雾气，九只鸾鸟拉车，形体若凤凰，神武无比。

辇车以青金铸成，带着历史的沧桑感。这是一辆强大的宝辇，曾经历过太古之战。

此外，九只鸾鸟也很强，翎羽散发着金属光芒，强大且震慑人心。

至尊出行，排场很大!

可以看到，便是遁一境的修士也都战战兢兢，承受不住至尊的威压，跪伏了下去。至于其他人，就更不用说了，都瘫倒在地。

这些人在送行，郑重无比，恭送金太君驾车远去。

石昊心中一凛，身为至尊，果然没有一个弱者，都是从各种大战中成长起来的。

“他们家的法阵能破掉吗？”石昊问小狗。

“有麻烦。这法阵带着仙道气息，虽然不完整，但我元神消散了很多，如今只有当年的部分记忆，强行破阵很危险。”小狗答道。

这是他们早先的策略，待至尊离开后，闯进去，将神药园子采摘干净。

可现在，他们遇到困难了，金家的法阵比想象的要厉害！

石昊眼中神光大盛，道：“不行的话，就不闯进去了，我去截杀金太君，给她来一下！”

“可以试试！”小狗竟同意了。

第1560章 截杀至尊

WANMEI SHIJIE

金太君似乎在出神，思忖着一些事，故此至尊气息在弥漫，路上的各方强者莫不发抖。

在九天上，这是绝世强者，一般人不可与之争锋。

至尊一个念头而已，就能斩杀遁一境的强者，这个层次已经算是高高在上、不可匹敌。

当然，这依旧是在人道领域中，没有进入真仙境，意味着还不能万劫不坏，彻底长生。

金太君在犹豫，究竟如何取舍，是出卖一些巨大的利益进入仙域，还是转身投入黑暗世界？

金家来自仙域，在那里有根基，可是漫长的岁月过去，其“本家”迁徙，已物是人非。

仙域无比广袤，有些地方就是仙王都没有办法探索。金家的本家疑似为了躲避战祸，遁入一般族群不愿意踏足的区域了。

明明有了线索，才稍微接触与联系，为何又断了？金太君心中很烦躁。

如果有选择，她的确不愿意涉足黑暗世界，因为一个弄不好，她就不是她自己了，会被黑暗侵蚀。

尽管对方一再保证，黑暗世界有手段、有能力，可以确保金家人掌握这一世的记忆，进行一次涅槃。

如果真能做到的话，好处巨大。他们不仅依旧活着，还是自己，而且能进行黑暗进化，修为将在原有的基础上来一次升华，突飞猛进。

这相当诱人，可是，她却顾虑重重，怕对方诓骗她。

她现在要去某一地见仙域某一真仙家族的人，而后，在回归的路途上则亲自见黑暗生灵。

她在玩火，金家在玩火。

石昊一路跟随了下来，他在等待机会。

他很疑惑，那辆辇车中弥漫的至尊气息很不稳定，波动起伏，这不应该啊！难道说金太君情绪不稳，在失神？

“我准备出手了，机会难得！”石昊说道。

小狗浑身发光，虽然道行被斩了一大部分，但也不是一般生灵可比的，它护着曹雨生后退，远远地看着。

石昊深吸了一口气，而后，无声地拔出大罗剑胎，最后化成一道仙光。他的人与剑合一，没入天宇，刺向辇车。

实在太快了，快得让人反应不过来！

为了发动这一击，石昊不惜施展各种法，真凰翅、鲲鹏翅、雷翅等一起浮现，融合在一起。

石昊刺透天宇，没入辇车间。

这辆战车很坚固，十分非凡，是一辆强大的防御宝具。此时，它光芒大盛，符文密布，异常璀璨。

大罗剑胎材质特殊，经过石昊加持后，威能惊人。

尤其是，他现在催动的是草字剑诀，剑气裂天，经过大罗剑胎喷薄出去，那剑意不可想象，太恐怖了。

“咔嚓！”

辇车当即炸开。

一剑横空，神光万道，混沌之气澎湃，这一剑之威太强了，斩灭一切。

金太君顿时惊醒，当后方有杀意侵袭时，她就快速做出反应，没有回头，直接横移并向前飞去。

在金太君躲避的过程中，天地崩碎，这是她的至尊体魄压迫所致。粉碎万物，足以证明这个境界的生灵有多么强大。

不过，石昊岂是那么好摆脱的？他全力催动法力，将一身道行运转到极致。

剑气激荡，草字剑诀横扫世间，凌厉的剑意笼罩天宇，杀伐之光铺天盖地，无处不在，无法躲避。

不过，这世间极少有被偷袭而死的至尊，金太君神觉敏锐，疯狂反击。

“噗噗噗！”

在此过程中，那九只鸾鸟先后殒命，哪怕它们修为十分强大，被金太君亲自洗礼过也不行。

在至尊战中，其他境界的生灵毫无反抗的余地，第一时间就会形神俱灭。

事实上，附近没有其他生灵了，金太君的几个随从、仆人都在这种场域下殒命了。

金太君心神震动，在这九天上，谁敢对她出手？谁能对她出手？

第一时间，她就想到可能是金家与黑暗生灵接触的消息走漏了，是仙域派人来剿杀她的，不然的话，怎能如此？抑或是，黑暗生灵发觉她可能要重新投向仙域，故此派出强者给她教训？

“噗！”

金太君的后心被一道剑光刺透，负伤了。自始至终，她都很被动，从未转过身子来。

主要是，她疑神疑鬼，分了心，没能发挥出绝世战力。

“哧！”

她很谨慎，没有拼命搏击，居然化成一道神光，就要遁走。

“轰！”

石昊发威，动用真正意义上的八九天功，即混世魔猿一脉的无上大法，以盖世的爆发力出击。

当石昊一拳轰出时，天地震动，这片虚空炸开，混沌汹涌，如同开天辟地一般。

这是石昊发出的最强一击。

“砰”的一声，金太君惨叫一声，身子横飞，整个人一下子扑向了天际尽头。

太顺利了，石昊很是惊讶，对方居然没有转身反击，而是一心想逃走。

人到老年，胆子越发小，这金太君竟遁走了。

“轰隆”一声，石昊聚集无量神能，追击了过去。若是被人看到，一定会震惊，他居然在追击至尊。

金太君成名多年，哪怕如今年老体衰，也不是其他人可以比拟的，她法力雄浑，战力绝世。

“嗖”的一声，金太君不见了踪影，融入虚无中。

“走，快去金家！这是接引大阵发挥了作用，将她拉走了，还真是怕死啊！”小狗出现了。

石昊没有说话，带着它与曹雨生上路，疾速而去。

金家的大阵可以守护一族，同时还有另一个作用，可以接引金太君从其他区域回归。

“扑通”一声，金太君坠落在地，浑身是伤，着实吓坏了金家的人。

几乎是刹那间，石昊他们就赶到了。

因为，辇车才拉着金太君出动，还没有脱离九天，以石昊的速度，自然可以赶上。

“我看出了一些门道，闯进去，跟着她，让她慌中加乱，我便能彻底洞悉这法阵。”小狗说道。

石昊没有说什么，捏剑诀，施展无上剑意，径直就冲了进去，谁能阻挡？哪怕是长生世家，如今也不行。除非启动护族大阵，或者金太君亲自出手，不然的话，无人可阻挡石昊的脚步。

石昊闯入阵中，径直冲着金太君而去。

“跟黑暗生灵勾结，你可知罪?!”石昊大喝道。

刚逃回来的金太君更加慌乱了，向里冲去，要去大阵中央掌控法阵，远离身后的可怕刺杀者。

石昊的这句话起到了巨大的作用，金太君以为事情败露，慌乱了。

“她的步履泄密了，这法阵我洞悉了部分！”小狗说道，盯着金太君所走过的路径，指点石昊前行。

昔日，金太君高高在上，俯视着石昊，若非受大长老庇护，石昊早已被她一根指头碾死。

即便如此，最后，石昊还是在金太君的主持下，被送出帝关，交给异域，差点客死他乡。

当时，她为了除掉石昊，不惜舍下至尊颜面，做了那种事。她没想到那个少年成长得如此之快，如今仗剑闯金家，向她讨债来了。

这件事注定要震惊九天，各大长生世家都要战栗。

第1561章 闯入金家

WANMEI SHIJIE

一位至尊闯入金家，这是惊天之事，九天都要因此而震动。

金太君在太古前成道，威名赫赫，竟然被人追击，披头散发，狼狈不堪，疲于逃命。

她的确慌了，她以为自己跟黑暗生灵勾结的事泄露了，便顾不上什么了，一路向家族最深处冲去，只为保命。

沿途，没有人能阻挡石昊的脚步。因为，在至尊气息的笼罩下，所有人都瑟瑟发抖，跪伏在地上，抬不起头来。

有些人因为抗拒，想要强行起身，结果瞬间形神俱灭。

曹雨生看到这一幕，顿时从头凉到脚，他第一次意识到至尊的实力这么恐怖。他而今与故友差距太大了，石昊都无须出手，仅外放的气息就能碾压一切。

曹雨生之所以能安然无恙，主要是因为那条小狗在庇护他。

沿途，精气腾腾，奇石罗列。

“收！”

石昊在路上看到一座宫阙，当中摆满了石块，有的石块绽放神霞，有的石块弥散出混沌之气，都很非凡。

“都是稀世宝贝，其中有混沌石残块，有世界石碎片等。”小狗说道，都快流口水了。

这些东西无论是炼制甲胄、兵器还是用以布阵，都是核心材料。就拿世界石碎片来说，连真仙见了它都要动心。

平日间，想进入这里太难了，此地算是金家重地，有大阵守护，可今日金太君乱了分寸，一路逃亡，等于自己在为外人开路。

药园？

前方，馥郁芬芳，出现了一片果园。果园里都是神圣的果树，有黄澄澄的黄金桃子，红灿灿的朱果，紫莹莹的麒麟果。

这片果园不简单，有几株半神树，所结的果实为半神果，若是放在外面的话，那可都是价值惊天的药果。

小狗叫了一声，飞扑过去，一下子就咬掉了几枚果实。这种半神树不是高产的品种，每株只结有几枚果实。

曹雨生见状，立刻上去争抢，从狗嘴里夺食。

石昊将这片果园的土壤等一起拔起，收入空间法器内，因为这种果树一般的土养不活。

长生世家的强大是方方面面的，这神圣果树自然也算是一方面。

“神药园在哪里？”小狗自语道。石昊也在寻找神药园，那才是他想得到的东西，那里的东西放在仙域都算是稀世大药。

金家的人都快哭了，可是，他们有什么办法呢？

他们无力阻止，全都跪伏在地上，浑身颤抖，连头都抬不起来，连人长什么样子都没看清。

“可恨，这座楼阁由玉石铸成，居然只是……茅厕！长生世家还需要用这东西?!”曹雨生道。

石昊闻言，不知道说什么好了。

“那是为幼童准备的！”小狗龇牙，露出鄙夷之色。

远处，那些跪伏在地上的人真的哭了。这么多年来，一向都是金家强势，所过之处各族莫不臣服，哪一族有宝物被他们看上后，不久后都要敬献给他们，可是今天，情况却反过来了。

最可怕的是，他们这一族的支柱——金太君，居然在逃，这让金家所有人的心都凉了。

“轰！”

地面剧烈地震动起来，因为有些宫殿布有法阵，引发了激烈的动荡，不过，这并非守护金家的绝世大阵，难不倒至尊级的高手。

“金太君，你哪里走？居然与黑暗生灵勾结，我代表仙域擒杀你来了。”石昊在后面喊道。

他一路冲击，进入了金家最深处。

“咦，一株神药！”

这里是禁地，有紫气蒸腾的矮山，有白雾弥漫的古洞，还有如同仙境般的殿宇。

一株药“嗖”的一声钻进地下，逃走了。

“收！”

然而，这块地毕竟是封闭的，神药虽然遁术惊人，但是离不开这片区域，石昊抬手间就将它从土层中捉出来了。

这是一株神级老参，它呈淡金色，光灿灿的，如同一轮小太阳，照耀得虚空都一片通明。

神级老参根须粗壮，有大半人高，乍一看如同一个小老头。

“这东西看着香甜，都有点不忍心吃啊！”曹雨生咂嘴道。

小狗则厚着脸皮向前凑去，道：“让我看一看，该不会是根大萝卜吧？”

它一副人畜无害的样子，突然间露出一嘴雪白的小犬牙，猛地扑了过去，想要抢走神级老参，但被有准备的石昊直接扒拉到一边去了。

这株药肯定不能啃食，日后倒是可以汲取一些汁液，用以炼药。

“神药都分散在各处，想来哪怕是金家也只有那么几株而已，这个园子只有一株老参！”石昊猜测道。

此时，金太君目光冷厉，她有些回过神来了，自己太惊慌，竟导致仇敌一路跟随破阵，惹来了大祸。

她断喝一声，倏地止步，催动法阵，要炼化石昊他们。

“轰！”

到了这一步，石昊直接冲了过去。在小狗的帮助下，他连破法阵，竟到了金太君近前。

转瞬间，石昊动用草字剑诀，劈出无数道剑气，淹没高天。

金太君惊疑不定，这个人的剑诀太强了，难道真的来自仙域？因为，如今的九天上没有人掌握这种剑诀，并且，对九天上的至尊，她基本上是有数的，谁若是对她出手，她一眼就能认出来。

她心中升起一股寒意，王大被俘的事她听说了，就是此人干的无疑，如今此人又找上了她，他到底什么来头？

“哧！”

这一日，九天上的各族都很震惊，因为看到金家这里剑气动天，洞穿苍宇，斩落下来诸多大星。

“噗”的一声，在争斗的过程中，金太君心绪不宁，想得过多，被石昊的一道赤霞刺中了身体。

“什么？”

她心中一凛，这剑气中怎么有一道这么特殊，无坚不摧？

这道剑气是石昊自天劫中得到的，威力极其恐怖。

“啊——”金太君低吼道，长发披散，浑身气息爆发。

她真正怒了，一旦拼命，她的威势就体现了出来。最主要的是，她站在了金家的中央古地上，掌控绝世大阵。

“哧哧哧！”

一道又一道仙光迸发，带着可怕的气息，那是仙家残阵。

“破！”

小狗喝道，祭出各种阵旗，想瓦解此阵。

石昊大喝一声，如同一头魔王般，动用混世魔猿一脉的绝学，法相变大，挤满了天地。

他抬手间就能抓下来月亮，身后隐约间浮现一头暴猿，无所不能，要打破乾坤。他的一只大手向前抓去，要袭击金家古地。

“不太妙，这法阵中有残灵，如同兵器孕育出的器灵一般，这法阵中也有类似的生灵！”小狗叫道。

这是金家的倚仗，若是大阵复苏，残灵主持法阵，那会非常恐怖。

“我只能拖片刻，给我们留下逃走的时间。”小狗嚷道。

“呼！”

大风呼啸，石昊向前冲去，巨大的手掌拍碎了金家古地的无数地方，让这里乱石崩天，巨宫成片倒塌。

这还是因为有法阵守护，不然的话，一切都会灰飞烟灭。

这个地方果然不同，芥子纳须弥，有限的古地竟变得无限广阔，容得下石昊的法身，越发空旷。

这是金家的大阵在发挥作用。

石昊向前冲击，“轰隆”一声，施展出六道轮回天功。一刹那而已，真正的六道轮转，法力盖世。

早先，金太君损失了太多的至尊血，现在战斗起来越发吃力。

“噗”的一声，她在对抗时大口咯血。

石昊施展六道轮回天功，如一股狂风席卷而过，金太君被击中了。

“成了吗？”曹雨生激动地道。

“快走！”小狗喝道。

此时已经到了临界点，再不走的话，那残灵主持的大阵就会将他们覆盖，他们就要永远留在这里了。

第1562章 局势乱

WANMEI SHIJIE

“你是谁，你……是谁?!”金太君在咆哮，在怒吼，她真的太不甘心了，愤怒不已。

因为，今天太憋屈了，她半路被人截击，结果还被追到了府邸中，虽有法阵守护，却还是遭遇了这等重创。

她已经意识到，今日这一切都是因为她自己心虚，乱了分寸，这人应该不是仙域的执法者。

他若是执法者，大可以堂堂正正地来，不需要这样以各种方式误导她，引她上歧路。

她与人对战，有几次这么凄惨过?

细算一番，从太古至今，也只有她未成道前，还有在边荒大战时，遭遇过这等生死危机。

今日，一个不知名的对手以各种暗示让她误会，慌了心神，导致她惨败，太窝火了!

最后关头，她感知到，这个对手虽然在至尊境，但是不太稳固，而且应该还很年轻，她觉察到了蓬勃的生命气息。

这越发让她觉得耻辱，一位新至尊，居然让她一路逃亡!

这实在太丢人了，遇到这种新人，她大可以转身，仗剑杀过去。

石昊冷笑一声，他如今掌握有混世魔猿一族的大法，精通八九玄功，七十二变神通出神入化，掩藏真身，连天眼都看不穿。

“你是谁?竟会六道轮回天功!”金太君咆哮道，盯着石昊的眼睛，似乎要望穿他的神魂。

她觉得那个人有些熟悉，那双清澈的眼睛让她不安，让她窘迫，让她愤怒。

尤其是石昊的那一声笑，带着一股说不出的韵味，让她心中发颤，那种朦胧感变得真实了。

“不可能!”

金太君的头猛力一摇，她被自己的想法吓了一跳，因为……她觉得这个人很像昔日的那个小子。

虽然这个人的真容被护体符文所阻挡，但是那双眼睛真的太像了。

“荒?!”

金太君心神一颤，自己都觉得不可能。他不是被废掉了吗？中了折仙咒怎么可能熬下来？

三十年过去，当年那个年轻人应该泯然于众人矣才对，甚至都归于黄土中了。

只是，太像了，那双眼睛，像是同一个人的！

有数十年成道的生灵吗？没有，那不可能存在！她用力摇头，立刻否定了这一猜想。

这一纪元，没有五百岁以下的至尊，那是一条禁忌之线，她没听说有人逾越过。荒被废掉了，怎么可能逆转这种禁忌领域，反而成道呢？

可是，那双眼睛为何如此像荒的眼睛？

“哧！”

一道剑气斩来。草字剑诀，剑道无双，要破灭大乾坤！

剑诀中还夹着一道赤霞，那是斩仙铡刀留给石昊的一道精粹，不过被金太君避开了，她对那道红光很是忌惮。

草字剑诀凌厉无双，在虚空中绽放，一株又一株草浮现，扎根在天宇上。

每一株草都有九片剑形叶子，叶片翻动间，剑气亿万道，如同瀑布从天垂落。

这景象太可怕了，斩灭万物！

“走！”小狗用尽力气喊道。再不走的话就走不了了，那法阵残灵在主持大阵了。

这一切都发生在电光石火间。

石昊微眯双眼，那亿万重剑气如同混沌瀑布般，从天上倾泻而下，碾压一切。

他叹息一声，因为这样也不见得能斩灭金太君头骨中的元神。

“嗖嗖嗖！”

石昊跟在小狗后面，眨眼间消失了，冲出金家，没入天际尽头。

后方，仙光璀璨，瑞霞万道。那残灵复苏，如同真仙般要展开一击，阵仗浩大，声势骇人。

石昊他们遁走了，身后的一道光粉碎天地，但没有落在他们的身上。

“是他吗？”金家中央的古地内，金太君元神出窍，喃喃自语。

她越发觉得那就是荒，可是道理说不通，怎么可能是他?!

她陷入迷惑中，到了最后，她打了个冷战，如果真是那个年轻人的话，麻烦就大了。

他才多大年纪？对修士界来说，他太稚嫩了，可是却已经功参造化，将来那还了得，谁能制他？

若是再给他一段岁月，哪怕进入仙域，这个年轻人都能搅起无边风云！

九天十地，风起云涌。

仙域的人马在商量撤军，大多数人都同意了。可是，这也引发了一场危机，因为，但凡与黑暗生灵常年搏杀的人，都可能无法再回仙域。

许多人恐惧，而后不甘，最后争吵起来。

不祥之物绝不能带回仙域，一点祸端都不能在那片净土中出现，这是规矩。

上一纪元有前辈大能号称绝代高手，只因常年与黑暗生灵激战，沾上了黑暗气息，纵为绝世大人物，最后都不能回仙域。

九天上的禁区，有的就是这么来的。

“不行，我们要回去！”一些人大吼着。

可惜，高层对此事的态度很坚决。大部分人能回去，但是跟黑暗生灵纠缠过多、明显有黑暗气息的人，必须留下。甚至，他们都为这些人选好了退路，可以前往某些禁区。

据说，那是昔日仙域中的天骄生灵最后的归宿地。

“沉寂了这么多年，那样的禁区内还有活物吗？”

“我们去那里可能是送死，据闻进去的生灵从来没有活着走出来的！”

…………

局面有点乱，事实上，无论九天还是十地，都是如此，各方势力都乱了，长生世家皆不宁静。

石昊剑斩金太君这件事才开始传播，还没有人尽皆知，不然的话，乱子会更大。

此际，无量天有一场聚会，号称天才聚首之会。

如今局势可怕，末法时代将要到来，仙域的修士都怕了，要撤军，黑暗生灵也要退走，自然让九天的各族精英彷徨。

他们都在想办法，要离开这片世界。

这次的盛会算是这一代最强一批人的最后话别，因为各族的路都不会相同。当然，这也是一次交流会，看一看其他人如何取舍，各自的家族都要迁往哪里。

“你们听闻了吗？隐居多年的十冠王出来了，要参加这次盛会。据闻，今日过后，他将直接进入仙域！”

“我曾听闻，重瞳者石毅也被仙域选中，日后将成为某一古老大教的嫡系传人！”

“唉，天才不缺少退路，实力强大的人注定要被选拔走！”

…………

在路上，石昊听到了各种传闻，很感兴趣。三十年过去了，那些故人怎样了？

“这是这一纪元最后的一次盛会，那些人代表了这一代人的巅峰，届时大须陀、蓝仙、拓古驭龙等都要现身。”

“我等能去吗？”

“你我虽是一域强者，但在这一代人中算不得最强一列，在外围看一看吧。”

路途上，各种消息传来。

许多人都在议论，他们希冀、期待，同时也感到遗憾。

局势恶化，诸多天骄都要远离这片土地，进入仙域，这将是最后一场盛会。

“王曦仙子会出现，我虽倾慕她，但是连接近她的资格都没有啊！”

“王曦不是王家最重要的传人了。王十出世，号称横扫天下，他应该会去，王曦的光芒注定会暗淡。”

“金展应该也会去，他与王曦结成道侣了吗？我刚才在路上听闻金家祖地那里出现了一些状况。”

各地的修士都在议论着。

这一次的天才聚会具有特别的意义，这一纪元的辉煌要落下帷幕了，从此将走向衰落。这些人都将各奔东西，可能再也不会在世间出现了。

有些人在感叹，在谈论，提到了许多人，那些都是这一世的英才。

“听闻补天教的圣女双魂合一，如今强大得可怕！”

“截天教的那位妖女也不简单！”

石昊静静地听着，收获不小，得悉了一些故人的消息。

曹雨生眼神灿灿，搓着手，道：“我们也去。是时候回归了，三十年未出，该叫人知道曹至尊归来了。问天下谁是第一英雄，我花开后百花杀！”

“你想成道，再过五百年吧！”小狗无情地打击道。

第1563章 须弥山

WANMEI SHIJIE

“问天下谁是英雄？唯我曹大天尊！”曹雨生豪情万丈，大声喊道。

“汪！”

结果，他被一条巴掌大的小狗扑倒，小狗踏着他的脸，在那里仰天长嚎：“汪——”

“这么大的人，被一条狗崽子踩在地上，也好意思大喊大叫，太丢人了！”

“还什么大天尊，连条狗崽子都打不过，被欺负成那个样子，别叫嚷了行吗？”

路上，行人看到这一幕，纷纷撇嘴，故意取笑、奚落曹雨生。

“咦，我怎么觉得有点古怪，你们听闻了吗？王大被人掳走，好像就有一条狗崽子参与当中啊！”

沿途，石昊他们见到不少人都赶向须弥山圣地。

须弥山为古僧一脉的不世圣地，可惜，当年一战中，须弥山被破坏，主峰隐入混沌中，再也不可见了。如今，这里只剩下一片残骸，有一处巨大的断山。

相传，须弥山当年高耸入域外，被日月星河环绕，壮阔无边，是世间第四高峰，万世不朽，山上栽种着不少神药。

此外，在那山巅，还有仙草，长有佛陀树。佛陀树又名菩提仙树，算是一种无上长生药。

可惜，岁月流转，曾经的辉煌都远去了，古僧一脉也在仙古一战中没落，甚至消失不见。

所谓辉煌，所谓长生，也都是相对的，真正的大劫来临时，没有什么人敢保证永世长存。

一路无阻，石昊他们接近了须弥山遗址。

道路上，古山巍峨，连绵成片，可以想象，当年这里是何等壮丽，如今甚至都还弥漫着丝丝缕缕不凡的气息。

大多数山体都是断裂的，经历过绝世大战，过高的山峰都被人扫平了，留下的都是半截山体。

老藤横陈，一些粗大得惊人，水桶粗细的很常见，房屋那么大的也能见到，藤蔓缠绕山岭间，灵气氤氲。

随着不断深入，植物不再那么繁茂，露出一些古地，有很多残迹。

山中，断壁残垣，瓦砾发光。

古僧一脉的砖瓦等都很有讲究，有银砖寺庙，也有金瓦庙宇。当年这些都是神寺，寺中甚至盘坐着仙僧，可惜，一切早已成为过往。

那一战，举世皆灭。

当年无敌的仙僧王号称金身不坏，硬抗俞陀、安澜等人，结果还是被击破了金身。

那一日，丈六法体崩塌，须弥山随之断裂，主峰消失，就此隐去。

那一天，佛血染空，六道同悲，天地凄艳。

曾经的一战，惊天地泣鬼神。古僧神通尽显，什么掌中佛国，什么佛活在未来，什么过去不灭僧……

但终究还是败了，这里成为遗迹。

这像是一个轮回，终有一天，大战还会再起，大清算会到来，烽火遍地，波及的将不止九天十地，而是诸天各界。

有传说称，须弥山主峰还会出来，有佛将在废墟中浴火重生，参与那场清算，进行最后一战。

“这地方真大，当年这个道统有多少人？”曹雨生问道。

他们走进这片山地已经很远了，看到了太多的寺庙遗迹，整体算下来，此地实在广阔无边。

“当年这是一片佛国，皆是僧徒，亿万生灵全都信奉仙僧王，跪拜那供奉在庙宇中的丈六金身。”小狗神情复杂，想起了一些旧事。

“你记起了什么？”石昊问道。

小狗咂嘴道：“唉，当年，仙僧王身前那口功德池中栽种的一株佛莲，结出的莲子真的太好吃了。”

石昊：“……”

曹雨生：“……”

两人原以为小狗会说出一些很伤感的话，没想到它是对那功德池中的佛莲念念不忘，至今还在回味呢。

“这狗东西，还真是狼心狗肺！”曹雨生咕哝道。

须弥山到了，那是主体，很高，很壮阔，可惜那只是断山。

在石昊、曹雨生看来，那更像一个巨大的高地，实在太广阔了，比许多山合在一起都要大许多倍。

事实上，相传由于天地有变，仙僧王施法，这处地方急骤缩小了，不然的话，还要更大。

断山，或者说高地，呈灰色，周围堆砌着岩石，崖壁很高。

断山附近，植被稀少，有少许绿意，都是古树，苍劲无比，如一条又一条老龙趴在这里。

断山上却是绿莹莹的，草木如同绿毯一般铺在断山上，还有一些奇花，馥郁芬芳。

哪怕多年过去，这里已然成为废墟，也还是很不凡。

与此同时，似乎还有诵经声、禅唱声若有若无地从虚空中传来。

也正是因为如此，无人愿意在这里开教立派，因为被这偶尔传出的诵经声所扰，容易背弃自身的道心。

“叮叮咚咚……”

一曲琴音，如清泉叮咚，从月光下的青石上流过，滴落在崖壁下，又溅在青竹上，清脆而悦耳。

那里如梦似幻，仙雾弥漫，有一个女子在抚琴。她很美，坐在玉石桌旁，手指如同精灵在起舞，弹奏出华美的乐章。

周围，成百上千的鸟雀飞来，翩然起舞，环绕在她周围，当中竟不乏鸾鸟这种神禽。

“不愧是邀月公主，这月下曲触动了我的道心，仙音袅袅，清新脱俗。”有人感叹道。

抚琴者正是来自长生皇朝的邀月公主，琴音美妙，感染了周围的人，让各种瑞禽都来朝拜。

“十冠王来了！”

有人惊呼道，看到了一个男子。他龙行虎步，神武不凡，自虚空中走来，登上须弥断山。

十冠王是曾经的绝世人杰，参与过边荒大战，敢跟异域的帝族之人争锋，神威赫赫，是当年最强天骄之一。

他的出现自然引发了一阵骚乱，许多人一起望去。

远处，曹雨生他们止步，看到了一块牌子。

“汪！”小狗当即龇牙，彻底怒了。

“这是谁写的？”它瞪着眼睛问道。

“别惹事。”石昊按住了它。

他们隔着很远就看到了，一块牌子上面写着：黑暗生灵与狗不得入内。

难怪小狗急眼了。

“居然敢歧视本大爷！”

王大被人当众掳走，触动了王家的神经，他们不知道那个神秘人是谁，只知道有一条小狗震慑住了仙域的家族。事后他们又了解到，那条狗多半在虚张声势，因为它早已没有了往昔的神通。

王家人对此愤恨不已，今日，这块牌子多半是他们的手笔，因为王十是此次聚会的发起人之一。

小狗暴怒，若非被石昊按着，估计“嗷”的一声就蹿过去了。

“静观其变，先看一看，别急。”石昊安抚道。

小狗想了想，觉得有道理，看一看这群人还有什么举动。

此时，一个银发小女孩出现了，她看起来只有十二三岁的样子，粉雕玉琢，面孔极其精致美丽，一头银白色长发垂落到腰际，闪闪发光，眼睛很大，非常灵动，如同红宝石般。

正是太阴玉兔，她抱着一只雪白的小麒麟，也来了。

“一只小兔子！”小狗转了转眼珠。“嗖”的一声，白光闪耀，它化成一只小白兔，屁颠屁颠地跑了过去，跟在太阴玉兔的后面。

“这狗东西！”曹雨生当时就恼了，这狗崽子要去骗他的故交。

“哇，哪里来的小兔子？太可爱了！”太阴玉兔当即就将怀中的麒麟扔了，抱起了地上的“狗兔子”。

你这是在夸自己吗？远处的石昊心中暗想，你自己就是兔子啊！

小麒麟还在睡觉，结果被扔在了地上，相当委屈。小狗也不好受，因为太阴玉兔将它抱起来后，不仅狠狠地揉捏它，还揪它的耳朵！

“汪！”小狗直龇牙。

“咦，你怎么叫得这么……可爱啊？”

小狗差点吐出一口血来，老脸都红了，它都多大年纪了，还被称作可爱。

“嘿嘿！”曹雨生怪笑起来。

他们一起登上了须弥断山。

远处，有一个清丽的身影，她白衣如雪，秀发乌黑光亮，肤色如雪，明眸皓齿，如同仙子一般。

正是清漪和月婵融合后的补天教仙子。

放眼望去，有很多熟人，比如大须陀、蓝仙、小天王、拓古驭龙等人。

“这都是当年在边荒一战的年轻主力啊，如今不知道有多强大了！”

有人在议论，觉得他们应该是当世最强的一批年轻人。

很快，又有人到了，不少人见状都起身相迎。

“王十来了，王家天赋最强大的传人！”

“王家九龙，末者为最，谁能想到还隐藏着第十条龙，他可是王长生的幼子啊，相传得到了大道赐福！”

一时间，群雄议论纷纷，许多人站起身，笑着相迎。

第1564章 王十

WANMEI SHIJIE

王十来了，他身材中等，面容秀气，年轻且富有活力。

他脸上带着笑，十分平和，但是没有一个人天真地认为他实力不强，因为这是一条蛰伏的“凶龙”。

谁都知道王十强大无比，那晶莹的肌体内有着爆炸性的力量，可以比肩同等阶的真龙。

仔细看的话，就会发现他的肌肤紧密而结实，这是肉体达到巅峰化境的体现，他多半有金刚不坏之躯。

“王家果然不凡！”有人轻叹道。

自从见到王十后，真正的高手都有种惊悚感，如同遇到了人形凶龙，似乎被一个庞然大物给盯上了。

一般的人觉察不到，只觉得他平和、温煦，如同一个涉世未深的少年，没有什么威胁。可是，道行越精深的人，却越发心惊，因为他的体内蛰伏着恐怖的力量，一旦爆发，将会引得天摇地动，星辰成片坠落。

石昊暗自点头，这个王十果然不简单，是一个厉害人物。

隐约间，石昊可以感应到，王十体内有大道浮光，蕴含着惊人的力量，天生与道亲和，算是上天的宠儿。

王十与王长生很像，都是眉清目秀，看起来相当俊美，同时天赋超绝，这一纪元没有几人可以同他相比。

“诸位道友太客气了，无须多礼。”王十微笑着道。见很多人迎上来，他连连拱手。

在王十的身后，跟着王曦，她依旧亭亭玉立，容貌绝世，只是跟在王十的身边，风采显然要被压下去不少，比以往暗淡。

她称得上沉鱼落雁之姿、闭月羞花之貌，但如今天下局势恶化，人心不稳，众人都在想着各自的前程，天才就意味着来日辉煌，就是这等绝色丽人也不可能比王十更引人注目。

邀月公主的琴音止住了，但百鸟不散，依旧环绕在她的身畔。

王十拍手，感叹道："其音如悠悠仙曲，萦绕在耳，触动道心，邀月公主琴艺惊人。"

其他人顿时跟着附和，都称赞邀月公主琴技高超。

"见过几位道兄。"接着，王十又冲不远处的十冠王、谪仙等人抱拳，脸上带着温和的笑，礼数周到。

是个八面玲珑的人，这是石昊对王十的第一印象。王十本身实力就很强，来这里之后还让许多人觉得如沐春风，显然不简单。

毫无疑问，王十已经成为一个中心点，成功引起了所有人的注意。很多人围了上去，将他拥簇在中央。

"大须陀道兄，可曾想好去仙域哪一区域？"王十已经坐下，笑着问不远处的大须陀。

人们都知道，这一次的聚首，从某种意义上来说就是一次话别、最后一次聚会，因为众人的选择不同，有人要进仙域，有人也许只能留下。

"还未确定。"大须陀话语简洁，轻轻一叹。

他望着这片古地，这浩大的断山才是古僧一脉的发祥地，若是没有被毁，这里才是他理想的圣地。

王十笑盈盈的，而后看向十冠王，道："以兄之天资，相信无论在仙域何方，都注定璀璨一世。"

这番话很客气，评价极高，但是谁都知道，这不算多么夸大，以十冠王的天资与实力来说，他的未来注定绚烂。

三十年过去了，他如今修炼到哪一步了？

十冠王很平静，道："我其实想在走之前跟你切磋一场。"

听到这句话，不少人心中一震，而后露出惊容，十冠王要跟王十进行一战？那是何等的人物，居然有可能真正地展开一战！

石昊总算知道王十有多么不简单了，连十冠王都想跟他对决，自然凸显了王十的超凡入圣。不然的话，一般的天才怎么入得了十冠王的眼？

王十很谦逊，但不怯弱，道："道兄太看得起我了，我也想与道兄交流一下修炼的心得。"

"择日不如撞日，那不如就在今日，你我一战如何？"十冠王开口道，眸子灿灿，如两轮小太阳。

“今天还是算了，只饮酒，坐而论道，谈谈你我的前程，还是不要动手了。”王十摇头道。

随后，他又补充道：“在你我离开时，进入仙域前，在这九天上展开一战如何？”

“好！”十冠王闻言，直接点头。

“对手难求，我很期待！”王十哈哈笑道。

远处，太阴玉兔轻叹，扯着“狗兔子”的长耳朵，很不耐烦，有些遗憾地道：“可惜少了一个人，不然的话，以他之资，轮得到王十嚣张吗？”

附近的人听到这番话，都露出异色，有人不解。

三十年过去，一些人与事显然从一些人的记忆中消失了。当然，也有人了然，猜到她忆起了谁。

当年，边荒大战，年轻一代谁出的力最多？毫无疑问，是被废掉的那个人，他曾经亲手打败了数名帝族生灵。

那一战，他堪称神勇无敌，相对来说，就是十冠王、重瞳等人都黯然失色，战功远无法与之相比。

“谪仙兄风采绝世，如同仙道人物转生，我一直希望有一天也能跟你切磋一番。”王十开口道，盯着谪仙。

谪仙笑了笑，露出一嘴雪白的牙齿，道：“可以，随时奉陪！”

早先，人们觉得王十很平和，但现在就是道行不够强的人也已经意识到王十的自信以及他强势的一面。

他这是在挑战，接连约战两场了。不久的将来，他要分别跟两大年轻高手决战。

王十的笑容依旧温和，但是在许多人看来，他如同那蛰伏的凶兽，渐渐露出了锋利的獠牙。

这个时候，人陆续赶到了。

“金展来了。”

许多人望去，金展到了，他英姿勃发，修为越发强大。整个人精气如虹，蕴含在体内时，都快掩藏不住了。

“当年，这也是一位猛人啊！他在边荒参与过大战，虽然垂死而归，但据闻因祸得福，道行激增。”

有人谈论道，看向金展，又看向王曦。

“这两位结成道侣了吗？”有人露出怪异之色，想到当年的事，那可是沸沸扬扬啊，金家与王家欲联姻，结果后来耽搁了。

“王家那个时候略有后悔，他们曾有机会将荒收为己用。要知道，那时候荒与王曦有些关系……”

有人低语道，在那里议论。

“当年王家一心压制荒，发生过种种不快，曾一度想收他为仆从，后来估计后悔死了！”

荒，一个久远的名字，他被残仙废掉后，渐渐就没有被人提起了，可是今日，在这种场合下，人们又想到了他。

“闭嘴，我不想听到那个名字！”金展突然说道，冷漠地看向低语的那几人。

气氛顿时有些微妙，那些人闭嘴了。

“怎么，提我兄弟荒的名字不行吗？你金展算什么？这么霸道。我偏要提，又如何？”就在这时，一个金发少年走来。

他很结实，身体如同金属铸成的一般，天生有一股力量感，满头金色长发披散，瞳孔中射出刺目的电光。

有人认出，他属于天角蚁一脉，是一个很恐怖的高手，号称至尊之下，力之极尽者。

“呵呵，金家似乎出了一些事，所以金展道友很焦躁？”魔女肤色雪白，眼眸如水，倾国倾城，道，“如果荒在这里，金道友还敢这么说吗？”

“有何不敢？可惜，他永远也来不了了！我想他如今在下界已经是风烛残年了吧？失去道行，与凡人无异，尘归尘，土归土，注定要过早地消失。”金展说道。

“听诸位提到昔日之人，真是很遗憾，我无缘得见。”王十开口道。

此时，拓古驭龙、太阴玉兔、卫家四凰中幸存活下来的两人、五灵战车的主人齐宏等一阵出神，想到了那位故人。

他曾经横扫年轻一代，在边荒接连击败帝族强者。可惜，当年一别，他再也没有机会来这里了。

大须陀、小天王、戚顾道人等也一阵感慨，觉得荒被废掉，泯然于众人，太可惜了。

就是王家的王曦也神色微变，当年发生了太多的事！

“月婵仙子，抑或是清漪仙子，听闻你当年与荒交情匪浅，你觉得他若是活着，未曾发生意外，会有多强呢？”王十笑着问道。

一些人变了脸色，比如小蚂蚁、长弓衍等人，因为他们都知道清漪与荒当年发生过什么，王十这是在挑衅吗？

而且，月婵同清漪融合后，很难说清现在她是否还偏向荒，毕竟当年月婵可是跟荒对立的。王十这般提起，也有试探的味道吗？

一些人望向补天教的仙子。

白衣胜雪的女子明眸闪动，看向王十，道：“他若还在，比你强大。”

简单的话令王十脸色微僵，他没有想到补天教的这位仙子居然直接说出这么一句话。

“是吗？我还真希望他能活着，有朝一日出现在我面前。”王十平静地说道。

第1565章 对立

WANMEI SHIJIE

小蚂蚁脾气很冲，身为十凶的后人，一向天不怕地不怕，参与过边荒大战，对王家的这位所谓绝代天骄王十丝毫无惧。

“我也希望啊！毕竟他是我辈中的一位强者，可惜他身中折仙咒，多半永远没有那个机会了。”不等王十再说什么，便有人开口。这样的语气，与其说是可惜，倒不如说是揶揄。

王家、金家等势力庞大，在九天上根深蒂固，自然有一些盟友，这一代的顶级天才也有些想向他们靠拢，故此帮着他们说话。

“你在胡说什么?!”小蚂蚁一头金发灿烂刺目，如同烈焰在焚烧，当年之事让他遗憾，让他心痛，却也无奈。

总的来说，他不愿相信，石昊成为凡人，而今已经步入晚年。可是，折仙咒真的无解，谁能硬抗下来?

当年，残仙出手，谁也没有办法阻挡，只能留下这段遗憾。

“三十年过去，哪怕他再怎么天赋异禀，也已经血气枯败，而今最好的情况就是风烛残年，勉强度日，情况糟糕的话，就已经死了！”此时，风族的一位强者开口道。

金家、王家、风族，这三大长生世家，都曾跟石昊对立。

听到这些话，一些人沉默了。长弓衍、小蚂蚁等人胸膛起伏，情绪波动剧烈。

若真的是那种情况，当年的天纵强者未免太可悲，太凄惨了。

三十年前，他们曾下界，借道三千道州，前往虚神界。

那个时候，有些人见到了石昊，他笑呵呵的，一点也不伤感，但也告诉众人，他没有几天好潇洒了，终将废掉。

那是他们最后一次见到石昊，那一别就是三十年，他们再也没有机会下去。

由于黑暗生灵侵袭，各处通道都关闭了！

三十年未见，那位故人该不会真的垂垂老矣，如同天边的残阳一般，英雄迟暮了吧?

这多半是……最可能发生的事！

毕竟，折仙咒会斩掉人的道行，一身法力消失后，强者元气大伤，就此血气受损，逐渐干枯。

“他能活着就已经算是一种奢望，还谈什么崛起？说什么复出？”金展开口，言语中带着不屑。

他跟石昊之间的仇恨太深，他这一生的转折点都是因为与石昊的一次大战而引起的，那一次在帝关挫败，让他错失了成为同代领军人的机会。

那是金展命运的转折点，一战过后，他一度消沉，道行不稳，最后跟异域生灵战斗时，肉身还遭到了重创。

那一战过后，王曦没有履行诺言，成为他的道侣，金、王两家之间因此有了一丝罅隙。

“你这昔日败将，忘记当年在帝关，荒是如何轻易碾压你的了吗？他不在了，你就觉得自己可以睥睨群雄了？”小蚂蚁十分恼火，故此直接出言讽刺。

金展目光冷厉，杀意尽显。

“诸位，说这些作甚？我们无须为远去的人伤了和气，这一次主要是为了谈一谈你我今后的路。”有人开口道，努力打圆场。

可惜，这种努力白费了。有人对小蚂蚁、太阴玉兔等针锋相对，并不友好。

“一个逝去的人，有什么可赞叹的？死了就是死了，无论过去多么厉害，现在也只是下界的一堆白骨。”风族的强者说道。

当年就是风族最先对石昊出手的，石昊才出现在无量天，就被他们派出的元青给盯上，发配到太初古矿。

只因罪血一脉与风族的祖上相冲，有太多的恩怨，他们不希望石族有人成长为一株参天大树。

“我怎么觉得你说话这么刺耳？”拓古驭龙开口道。他来自边荒帝关的家族，与石昊关系不错。

他们是在战场中结下的交情，当年拓古驭龙目睹石昊一个人击败了异域帝族的数名高手。

并且，石昊在那最后一战中还救过拓古驭龙、卫家四凰的两人等的性命。

一些人神色不善，包括补天教仙子、齐宏等人，都看向风族的高手。

当年，风族的传人是被石昊除掉的，彼此间仇怨很深。风族的这个人倒也干脆，带着敌意，冷笑连连。

“逝者已矣，有什么好争论的？”王家有人开口道，但不是为了平息事态，而是有点挑衅的意思。

“路在自己脚下，都是他自己选择的。”王家的这个人淡淡地说道。

这是除王十、王曦之外，王家来的另一人——王澜，他天资了得，是近三十年来崛起的人物，近一二十年来尤其出彩，战力超凡。

“你什么意思？”长弓衍沉声问道。

“许多错都是他自己造成的，被废早已注定。”王澜回道。

“小子，石昊当年在边荒大战，立下赫赫战功时，你还在王家吃奶呢！”小蚂蚁是个暴脾气，说话自然不客气。

说吃奶是夸张了，但是，当年王澜的确还没有出世，那时他还不足二十岁，正在修炼的关键期。

“旧事不提也罢，不过今日有一件事，要得罪了。”王澜竟没有发怒，突然改口，望向一个方位，盯住太阴玉兔等人。

“不久前，我族中的一位长辈遭劫，被人掳走，据闻，当时有一个胖道士在场，他名为曹雨生！”王澜这般说道。

“你什么意思？”太阴玉兔问道。

“对不住，听闻你与那曹道士交情不错，我等欲在盛会结束后请你去我王家做客一段时间。”王澜说道。

听闻此话，许多人都是一惊，而后一起望向一直平静不语的王十，他是此次聚会的发起者之一，目的不纯。

王十冷冷地开口了，不再平和，与不久前的气质不一样了：“我大兄被俘，今日多有得罪。”

他都这么说了，众人就明白了，王家这是早有预谋。

清漪、拓古驭龙、长弓衍、卫家四凰的两人、小蚂蚁等一大群人都面露怒色，没有想到王家竟这么肆无忌惮，要在此次聚会上拿人。

“你敢！”小蚂蚁第一个站出来，走向太阴玉兔，要跟她同进退。

“轰！”

跟在太阴玉兔旁边的一只雪白的小麒麟，突然间散发出恐怖的血气，令很多人震惊不已。

这也是十凶的后代，三十年过去，它成长起来了！

“有点意思，不过，诸位，对不住。人，我们是一定要带走的，但请放心，我们暂不会伤害她，只等那胖道士登门请罪。”

就在此刻，一个冰冷的声音传来，一道模糊的身影浮现，渐渐变得清晰。他一头灰发，眼眸如金灯，气息恐怖。

在他的周围，虚空龟裂，他整个人站在那里，令天地都战栗不止。

“王五！”一些人认出了他的身份，想不到这个人竟也亲自到场了。

“你王家行事太肆无忌惮了，这是一次同辈的聚会，你们竟要随意拿人?!”补天教的仙子斥道。

很多人又惊又怒，与石昊、太阴玉兔有交情的人都瞪大了眼睛。

即便王长生真的成为至尊中的第一人，可王家人这般行事也太张扬了，强势至极。

一些人猜测，这是因为王家要进仙域了，背后有仙家古教撑腰，所以越发不可一世。

“呵呵，我兄长被人袭击，生死不知。如今我拿下一个与凶徒有关的人，又能如何？谁要相阻吗？”王五淡淡地说道。

王家“九条龙”身份超然，远超一般的遁一境修士，其中几人算得上准至尊，实力恐怖。

王五有说这种话的底气，因为他是王长生的亲子。

“是吗？你还真是张狂。”忽然，有人开口了，并且泼出一杯酒水。“唰”的一声，晶莹的液体洒向王五。

“砰！”

许多人目瞪口呆，王五如遭雷击，竟然没能避开，整个身躯都倒飞了出去。这只是一杯酒而已！

第1566章 弹指灭敌

WANMEI SHIJIE

王五实力强大，修道的岁月漫长，在当世可以说是至尊之下有数的高手之一，居然遭遇了这样一击。

错，这不应该说是一击，出手之人非常随意，就这么泼出一杯酒水，便将人撞飞了出去。

这是什么人？听声音似乎很年轻。

所有人一齐回头，寻找开口之人，看向一个方位，想知道他是谁。

那里有一个人，他的生命气息蓬勃，应该很年轻。这种血气不是衰老的修士身上所能拥有的，他坐在那里，却有些虚无感，让人难以捕捉他的真身。

一张玉石桌后，一道身影若云深不知处的仙山，安静地坐在那里，自斟自饮，默默品酒。

王五化解了那股冲劲，终于稳住身形，落在地上。但即便如此，他还是踉跄后退了几步。

可见刚才他受到了怎样的冲击，一杯酒水就让他横空而去，太惊人了。

“你究竟是谁?!”王五脸色难看，能这样逼退他的人绝对恐怖。王长生可以轻易做到，王九也可以，他们都比他要强一截。

那个人没有搭理王五，端着酒杯，像是在出神，想着一些心事。

“你到底想怎样？”王五再次开口，心中有一股怒火，居然被人小觑，他暗中咬牙。

“看不惯你张狂的样子。”那个人似乎已经回过神来，平静地回应道。

“你过界了！”王五沉声道，盯着这个人，又扫了一眼太阴玉兔等人。

“这句话如果是你的父亲来跟我说，还不算过分，凭你也敢嚣张？”那个年轻人挑了挑眉，这般说道。

附近，所有人都非常吃惊，这个人究竟是谁，这么强大，竟敢蔑视王五？他有何等惊人的修为？

王五脸色难看，这个人很嚣张，太看不起他了，居然这么一副教训的口吻。

这个人自然是石昊。他在旁边看得清楚，对方居然要强行带走太阴玉兔，他自然不能坐视不理。

事实上，石昊自从来到这里后，就没打算放过这些人。

“朋友，太阴玉兔是我父亲点名要带回去的。”王五深吸了一口气，再次开口，神色郑重无比。

他觉得，眼前这个人年纪应该不是很大，哪怕知道对方的修为比他高深，他也没喊对方前辈，而是称对方为朋友。

同时，他抬出了王长生，这是一种警告，让对方不要插手这件事。

“你好像没有明白我的意思，我只是纯粹看不惯你们的行径，哪怕抬出你父亲来也没用！”石昊冷冷地说道。

所有人不禁发愣，这个人太强势了，完全不给王五面子，直截了当地说出这番话，很是讽刺。

“朋友，你未免欺人太甚！”王五开口道，神色冷漠。身为王长生的第五子，他习惯了强势，很少遇到这种事。

“你没资格跟我称朋道友，并且，你似乎不太明白自己的处境，就凭你也敢在我面前张扬？”石昊说道，饮下玉杯中的酒。

众人心惊胆战，这个人到底是谁啊？他这是在藐视王家的第五条“龙”啊，像是在训斥小辈般。

王五心有怒火，他还不知道这个人是石昊，若是知道的话估计会吐血，曾经的小辈今日居然以这等姿态训斥他，等于跟他父亲平起平坐。

“道友，你这样强出头，有些过了！”王五很是恼火。

“一个小辈而已，屡次顶撞我，还想抬出你的父亲威慑我？”石昊扫了他一眼。

一刹那而已，王五涨红了脸，他被人鄙视了。

可是，他为何从这个人身上感受到了一股相当年轻的生命气息？这应该是一个年轻人才对。但是，此人“倚老卖老”，看样子好像还真是一个前辈。

“不知道前辈修道多少载？成道于哪一年？”王五问道。

“修道怎么也有数十载了吧，怎么，你还不服气是吗？”石昊脸上露出一丝冷淡的笑。

开什么玩笑？修道数十载，就有这等修为？王五觉得对方是在消遣他。

其他人都笑了，看到王五吃瘪，长弓衍、拓古驭龙、小蚂蚁等人都很振奋，这个不知道什么身份的修士出现得太及时了。

“欺人太甚！”王五低吼道，开始结印。他心有不甘，想掂量一下对方是否真的达到至尊境了，还是说，这只是一位准至尊？

“小辈，你妄想跟我动手？”石昊大笑道。他起身，脚下出现一条金光大道，大道蔓延向前，神圣无比，光华灿灿，径直通向王五那里。

在金光大道的两旁，一株又一株神莲浮现，扎根在虚空中，叶片翻动间，发出大道轰鸣声。

人们倒吸一口凉气，大道在其脚下，这个人多半真的成道了！

王五捏法印，施展宝术，向前劈去，可符文才冲击到石昊的身前，就全部溃散了。

金光大道磨灭一切，斩尽术法，石昊宛若万法不侵。

“砰！”

王十到了石昊近前，石昊一巴掌就将王五抽飞了。

“你要强行带走太阴玉兔，这么大的人欺负一个小姑娘，不害臊吗？还要颜面吗？”石昊问道。

同一时间，他对王五露出了真容。

“你……”王五顿时震惊了，眸子睁大，难以置信。

“啪！”

这一次，王五的话被一巴掌扇回去了，想躲避都来不及。

“噗！”

王五吐出一口血，这不光是负伤了，最主要是气的。他浑身都在哆嗦，眼角都要瞪得裂开了。

这是谁？当年那个小子，不仅没有被废掉修为，还成了这等高手，多半进入至尊境了。

这分明是一个小辈，却以前辈自居，俯视着他，带着鄙夷之色。

这种感觉太难受了，当年石昊被他们兄弟视作小虫子，若非孟天正拦着，他们早就抬手将石昊除掉了。

可是今日，一切都调换过来了，那个小辈高高在上，已经可以轻慢他、俯视他了。

“你……”王五再次开口，并想爆发神识。

结果，“砰”的一声，他再次挨了一掌，整个人横飞出去，爆发出的一切气息都被压制了。

王五目眦欲裂，却没有办法。他不是没有手段，其体内刻有神秘的法阵，能爆发出无与伦比的力量，可现在法阵失效了。石昊脚踩金光大道，早已彻底压制了他，让他毫无还手之力。

石昊研究过王大的法阵，知道如何针对“九条龙”，本就可以压制他们，现在对付王五更是轻而易举。

“砰！”

王五横飞出去，不过这一次，石昊没有再容他呼喝，而是探出一只大手，一把就将他抓起。

最后，石昊直接将王五镇压，塞进一个丹炉内，封印了起来。

须弥断山上，鸦雀无声，所有人都看傻眼了，王五就这么被人收了?!

这时，石昊盯住了风族那个传人，毫不犹豫地探出一只大手，拍了他一掌，令他当场没了生气。

接着，石昊又盯上了金展。

“你是……”最后关头，金展看到了石昊的真容，如同活见鬼一般。

“不！等一等，我有话说！”金展呼喊道。他实在不甘心这样丢掉性命，他很想问一问，石昊怎么能熬过折仙咒，且道行精进到这一步。

“噗！”

石昊弹指间，以一道剑气击中金展，但没有立刻诛杀他的元神。

随后，石昊又看向王家的王十等人。

第1567章 前辈

WANMEI SHIJIE

此前，王十给人的感觉是气质出众，温和如春风，一旦露出些许杀气，那就是大凶般的存在。可是现在跟石昊一比，许多人都觉得，王十那点气势不算什么，相对来说如同温顺的家兽。

王家的几人都不由自主地倒退，尤其是王澜，最为不堪，脸色苍白，身体忍不住轻微地颤抖，要叩拜下去。

王曦也不好受，感觉如巨山压顶，呼吸都困难了，忍不住臣服。

至于王十，也是如临大敌，他的身体背叛了意志，生出十分不好的感觉。

而其他人都早已如同泥塑木雕一般，不敢动弹。

那可是王五啊！居然就那么被镇压了。

而风族传人连一句话都没来得及说就殒命了，这是何等的威势，怎样的神能！

那金展号称一代天骄，是当年有资格问鼎年轻一代的领军人，可是眼下弹指间就被击败了。

此等威势，这样的战绩，已经不是一般的慑人，此中有大恐怖！

但凡是修士，莫不心惊肉跳，这虽是一个年轻人，可他的战力强得惊人，远远超出常理！

“是他……竟然是他！”金展很想大叫出声，但是他被场域压制，别说出声，就连神念波动都无法传出。

金展太震惊了，居然是那个人，他怎么还能出现？注定要沦为废骨的人，竟成了至尊？

金展想大吼，这让他无法接受，浑身都有种无力感。

当年，他就是被石昊简单的一击从九天上打落到地狱，失去了同辈领军人的资格，没有了绝世光彩。今日又是这般，他修为有成，出关而来，赶到须弥断山，想要在今日崛起，威震天下。可是，怎能料到，他又遇到了同一个人，又是一场惨败。

这一次更为可怕，一道剑气而已，就将他打败，让他毫无还手之力。

金展心有不甘，额头的青筋浮现。他这一生中，最为至关重要的两场战斗都遇到了同一个人，结局还一样。

他愤怒不已，若非这个荒，他遇上谁都无惧，肯定可以进行辉煌的一战，注定名动天下。

结果，他这一生都是如此倒霉，始终处在荒的阴影下，被全面地压制，他感到深深的无力。

“你……不能以大欺小！”王澜开口道，色厉内荏。

石昊闻言，略微一愣，而后笑了笑。

王十还算平静，最起码神色并不惊慌，他胆识过人，自有一番气度。他深吸了一口气，向前走来，开口道：“前辈与我等有仇怨吗？何至于如此出击？”

虽然他的兄长王五被石昊镇压，但他并未焦躁，也没有发慌，声音依旧平缓。

“她与你们有仇吗？”石昊指向太阴玉兔。

所有人都是一愣，这位跟太阴玉兔是什么关系？原来真是在为她出头啊！

“谢谢前辈！”太阴玉兔甜甜地一笑，咕哝道，“王家的人太可恶，请前辈替天行道，斩了他们的道行。”

一些人闻言，顿时变了脸色，这兔子还真是够狠的。

“好说。”石昊微笑着道。

王十听到石昊的话，不再询问是否有仇怨的问题，轻轻一叹，他知道这事不能善了，麻烦大了。他的五哥说了那么多，将父亲的名号都亮出来了，结果都无用。

此时，石昊抬手，向着王家的几人抓去，缓慢却有力，手掌遮盖天穹。

“慢！前辈，我不服！”王十喝道，阻止石昊下狠手。

“有何不服？”石昊问道，相当随意。

“你是至尊，可敢给我一个机会，同阶一战？我王十纵横天下，从不畏战，只求一个公平！”王十道。

到了这一刻，他没有退路，只能如此了。

石昊闻言，露出古怪之色，他被王十称为前辈，还被要求同阶挑战，有些惊讶。

“好，我给你这后辈一个机会。”石昊哈哈笑道。

事实上，他怎么能算是前辈？王十这么称呼，让他觉得好笑，若是知道他的身份后，王十会是什么表情？

“轰”的一声，王十爆发了，强者的气息浩荡，铺天盖地，席卷了日月星辰。

王家“九条龙”，末者为最!

世人皆知，王九是“九条龙”中的最强者，甚至有人猜测，他可能有缘达到至尊境了。

王十出世后，人们愕然，居然还有第十条“龙”？王十是王长生的幼子，是为躲避九天覆灭大祸而留下的子嗣。

在确定异域大军退走后，王十才出世。传言，他的天资超越“九条龙”，拥有无上仙骨，将来注定要得道成仙。

不过，这也仅是天赋而已，他虽然厉害，但年龄比“九条龙”小很多，一直被封印在某种生命物质中。现在他出世了，真实的年纪其实不大。

王十身在遁一境，修道的岁月不是很长，绝对是天赋绝世，若是进入仙域，注定会成仙。

“前辈，请！”王十开口道。

他神色肃穆，起手式——平乱诀!

他没有丝毫保留，上来就动用王家的最高神通，这是号称平定了一次恐怖大动乱的无上剑诀。

“哧！”

在王十的眉心前，一柄黑色的剑胎浮现而出，而后化成一道乌光，斩破天地永恒，伴着时光碎片，刹那即至。

“既然你叫我一声前辈，我也不便以大欺小。给你机会。”石昊古怪地笑道。

所有人都觉得，这位至尊的笑太异常了。

石昊压制了自己的修为，他从来都是那么自信，况且他晋升到了至尊境，眼光、感悟等与其他境界已经是天地之差!

谁能与他抗衡?

面对平乱诀，石昊并未动用绝世宝术，而只是在虚空中捏印，一柄宝杵浮现在此，由符文构建而成，黑黝黝的。

这是须弥断山，是古僧的圣地，他临时起意，捏出一柄僧宝。

他仿若古僧一脉的最强金身成就者，手持宝杵，降妖伏魔，威势盖世，宝相庄严，绽放无量光。

"砰！"

宝杵黑乎乎的，直接砸在那疾速而来的元神剑胎上，震得王十身体剧烈地颤抖，面色苍白如雪。

可以看到，那柄黑色的元神剑胎在龟裂，不敌宝杵。

人们心中战栗，那宝杵当真是坚固不朽，连王家号称无坚不摧、斩遍天上地下的平乱诀都难敌？

太恐怖了！

所有人都能感觉到，那个人并未释放至尊气，所动用的法力在遁一境的范畴内，但就是这么强横。

元神剑胎解体，化成一道又一道光，疾速而去，没入王十的额骨内，他身体摇动，面色雪白。

他的元神剑胎一击未中，自身反而受损，一个弄不好，可能会殒命。

王十号称一代天纵人杰，天赋惊人，结果却这么被人击败了。

须弥断山上，人们怎能不震撼？

"你一个至尊，哪怕压制了修为，也不是遁一境的修士可以比拟的，这样以大欺小好吗？"

忽然，冷冷的声音传来。一个灰发人出现，面孔还算年轻，看起来只有三十几岁的样子。

"八哥！"王十喊了一声。

人们一愣，王家第八条"龙"来了，这是"九条龙"中的第二强者。可是，他来了又能如何，能击败至尊吗？显然不是至尊的对手！

"不用担心，我敢现身，自然无惧，我王家这么多年来怕过谁？这世间有谁敢欺我们？他一个前辈高人，这么不顾身份地出手，会付出血的代价！"王家第八条"龙"说道。

随后，他取出一面骨镜，道："让我看一看，你究竟是谁。"

那面骨镜发着光，如同太阳一般焚烧天地，导致须弥断山腾起阵阵真佛气息，一切虚妄皆被揭开。

前方，一个年轻人脸上带着淡笑，露出真容。

"什么，你……"王家第八条"龙"当即险些扔掉手中的骨镜，身体摇动，情绪波动得很剧烈。

“啊！”不远处，清漪惊呼一声。原本她恬淡无比，清丽若仙，可是现在彻底震惊了。

“天啊！”小蚂蚁激动地大叫道。

王十先是发愣，而后震惊，这就是他口中的……前辈?

第1568章 风采如昔

WANMEI SHIJIE

王十再次吐血了，这不是伤势所致，而完全是气的！

待看清那个人后，他的脸色一阵青一阵白，胸腔中似乎有一股烈焰在焚烧，直冲天灵盖，气得他整个人都在颤抖。

那是谁？形体与容貌看着太熟悉了！

王十尽管没有见过他的真身，但是看过他的画像，身为王家的一员，对荒怎么可能会一无所知？

“是你……竟然是你?!”王十大叫道，心中有羞恼，也有气愤，忍不住发出一声低吼。

他觉得这一次太丢人了，早先，他还一口一个前辈地在叫，为的是化解危局，难怪那个人笑得那么古怪。

现在一切都能想明白了，因为他是荒，所以听到“前辈”二字时，他笑容怪异，且一口答应了下来。

王十恼羞成怒，从来没有觉得哪次像今日这般丢人，他堂堂王十，纵横天下，近三十年来不败，所向披靡，至尊以下无对手！

他被称作王家的真龙，是注定要成仙之人，被誉为天资无双。

许多人认为，他多半已经在天下同代中无敌了。尤其是跟王家关系莫逆的各族，都早已称呼他为“王无双”，或者“王家小仙王”，结果……

今日之事太让人觉得太羞耻了！

他王十居然向仇家低头，换来同阶一战的机会，并得到了那位“前辈”的允许，结果却在遁一境大败。

这也就罢了，那个人……竟然是荒！

“啊啊啊——”王十再次大叫。这种耻辱感让他的胸口如同遭遇百重混沌雷击，难以承受。

他们分明是同代人，修道的岁月相仿，结果，他却被对方那般压制，一记宝杵打来，将他的剑胎震碎了。

王十在同代人中败了，而且对方是王家的仇敌，这还是他一口一个前辈争取来的一次同阶决战的机会。

他从未吃过这么大的亏，怎能不吐血？

“十弟，冷静。你之所以会败，是因为他早已是至尊身，哪怕压制了道行，也不是其他遁一境的修士可以比拟的。

“不是你不敌，而是事出有因。这样对决不公平，在遁一境无人可敌他！”王家第八条“龙”劝道。

事实上，他比王十还要震惊，怎么会是这个年轻人？他实在无法理解，恨不得一巴掌将之立刻拍晕。

那可是荒啊，他修道才多少年？而且，他不是被残仙废掉了吗？当年，事情闹得很大，世人皆知。

所有人都认为，荒已经废了，如今多半成为一个风烛残年的凡人，再也没有机会回到九天上搅动风云了。

可是，这个荒给了所有人一个“惊喜”，就如同他当年那般，总是在逆境中崛起，创造奇迹。

王十听到兄长的话，不仅没有平复心绪，反而更加觉得羞辱。修道岁月相近，也算是同一代人，而自己号称天资绝代，可到头来却是那个王家仇人先一步成道。

他这么多年来都被神环笼罩，被世人赞誉，而那个荒，这些年来被一致认为废掉了，被放逐在下界苦寒之地，再也无法修道。

结果却是这么讽刺！

那个废人如今冲霄而上，仅数十载便成道了，打破神话，金光万丈，高高在上。而他王十却被衬托得这么可笑，天纵奇才，绝代无双，结果成了别人的踏脚石。

他怎会甘心？

“啊啊啊——”

太阴玉兔也在叫，扯着“狗兔子”的耳朵，兴奋到了极点，向着石昊那里冲去。

小狗气得龇牙咧嘴，耳朵被拉得很长，结果还被那小女娃“吧唧”一声，在途中直接扔在了地上。

太阴玉兔向着石昊冲去，大叫道："你这浑蛋，分明好好地活着，却害我们担心！"

"石昊！"小蚂蚁也已经飞起，满头金发舞动。他激动无比，第一时间冲了过去，心潮澎湃。

长弓衍的眼角略微湿润，得知当年同生共死的兄弟无恙，他比得到任何喜讯都要高兴，化成一道虚影，疾速而去。

"哈哈——"拓古驭龙大笑，畅快无比。他当真没有想到还会有今日，还能再次见到一个强大无比的石昊！

"哎呀，神迹！"卫家四凰中还活着的两名女子都在尖叫，真的不敢相信，当年跟她们一同在边荒大战对抗外敌、神威凛凛的石昊还能活着回来。

"怎么会是他?!"还有许多人傻眼了，无论如何都没有想到会看到这一幕。

荒回来了，传说中已是残废之躯的他，成了一个成道的至尊，重临九天，再次睥睨天下。

许多人战栗不已，风族、金家、王家等还活着的人，一个个都寒毛竖立，目瞪口呆。

天啊！一些人在心中大叫：这个人太邪异了，他怎么可能还活着，还成了至尊，太恐怖了！

"我就知道，他一向不走常人的路，总会伴着意外，果然，他又出现了！"截天教魔女的一句话，道出了一部分人的心声。

…………

一时间，这里沸腾了，尖叫声、嘶吼声，还有喃喃声此起彼伏，一片嘈杂。

石昊的出现，出乎所有人的预料。

清漪眼中闪着泪光，她看着那个人，仿佛就在昨日，所有的一切都还在眼前，她再次见到了那道身影。

一别三十年，多少如烟岁月，刹那间逝去。

当年分别之后，两人再也没有相见，等她一身两魂融合后，下界之门早已关闭，连虚神界都进不去了。

清漪脸上露出微笑，多年不动的道心，而今有了温暖的感觉。

她已经不再是清漪，曾经的欢声笑语，曾经的苦辣酸甜，曾经的种种经历，原

本都应该远去，与她无关了。

她如今是补天教的仙子，寻到了真我，将昔日的一切尘缘都斩断，此生唯有仙道。可是，为何她心灵悸动，有种满足感，还有一股温柔的心绪？她想要上前去，不由自主地，她的脚已经在动了。

她心中的一角很柔软，有思念，也有感动，还有一个声音在呼唤着：他回来了，他终于回来了，风采如昔！

“啊——”

虚空中，金展被禁锢的头颅此时不受压制，可以开口大呼了，因此，他大叫出声。

他比谁都先一步知晓这个人究竟是谁，只是他一直被定在那里，口不能言，神识不能散出。

现在他得到了机会，在那里大吼，发泄内心深处的焦躁、恐惧、不安，还有疑惑。

荒，你怎么会活着回来？而且还成了至尊？这是金展最想大吼出来的话语。之前，他还曾说过，荒这辈子都不可能出现了，泯然于众人矣。

可是，现实却是如此残酷，给了他一个无比讽刺的结局。依旧是荒，荒的无敌风采还在，就像当年那般，抬手就镇压了他。

他这一生，最重要的两场战斗都败给同一个人——荒，他的命运因荒而改变，这是他最大的不幸！

“石昊！”

一群人冲到近前，哈哈大笑着，有人眼中泛起泪花。他们太意外，太激动了，故友不仅活着，还成道了！

“三十年来，下界一直都封闭着，我们想再去看你都不能！”有人说道。

这些年来，他们无法借道虚神界，因此跟石昊彻底失去了联系。在他们最后的记忆中，石昊依旧洒脱，哪怕被废掉了，也还在笑。

而今，他们也在笑，不再是担忧，而是发自内心地畅快大笑。

“嘿嘿——”

就在此时，一个道人猥琐地笑着，来到近前。他的身体瞬间发生变化，成了小胖子，正是曹雨生。

“曹胖子！”

一些人先是吃惊，而后大笑，一起去捏曹雨生那肉乎乎的脸。

蓦地，人们醒悟了，数日前，跟曹雨生在一起，带着狗的人就是荒，是他将王大带走了。

下一刻，又有人大叫起来，那是跟王家、金家等关系很近的人。他们惊恐不已，因为，他们在路上听闻金家出了变故，这……也是荒干的?!

（本册完）

《完美世界》第29册即将上市，敬请关注!